EDGAR WALLACE

Mr. Reeder
weiß Bescheid

RED ACES

Kriminalerzählungen

Wilhelm Goldmann Verlag

Aus dem Englischen übertragen von
Gregor Müller

Herausgegeben von Friedrich A. Hofschuster

Gesamtauflage 172.000

Made in Germany · 1/82 · 7. Auflage
© der deutschsprachigen Ausgabe by Wilhelm Goldmann Verlag, München
Umschlagentwurf: Atelier Adolf & Angelika Bachmann, München
Umschlagfoto: Manfred Schmatz, München
Gesamtherstellung: Mohndruck Graphische Betriebe GmbH, Gütersloh
Krimi 1114
Lektorat: Friedrich A. Hofschuster · Herstellung: Peter Sturm
ISBN 3-442-01114-0

Edgar Wallace im Goldmann Verlag

<u>1922</u> wird der Goldmann Verlag in Leipzig gegründet.

<u>1926</u> veröffentlicht Goldmann die beiden ersten ins Deutsche übersetzten Kriminalromane des schon weltbekannten Edgar Wallace. Und nur ein Jahr später, nach der sensationellen Uraufführung von »Der Hexer« am Deutschen Theater in Berlin (Regie: Max Reinhardt), bricht das Wallace-Fieber aus. Goldmann hat damit eine neue Literaturgattung in Deutschland etabliert: den Kriminalroman.

<u>1932</u> stirbt Edgar Wallace in Hollywood. Als der Sarg nach England überführt wird, ist im Hafen von Southampton halbmast geflaggt und in Londons legendärer Zeitungsstraße, der Fleetstreet, läuten die Glocken: Großbritannien erweist seinem berühmten Sohn die letzte Ehre.

<u>1952</u> kommen die ersten Goldmann Taschenbücher auf den Markt. In der Reihe <u>Goldmann Rote Krimi</u> erscheinen im Laufe der nächsten drei Jahrzehnte sämtliche Kriminalromane von Edgar Wallace mit überwältigendem Erfolg. Über 40 Millionen Exemplare haben von 1926 bis heute ihre Leser gefunden. Und allein in Deutschland wurden 30 Kriminalromane von Edgar Wallace verfilmt.

<u>1982</u> erscheinen zum 50. Todestag alle 82 Kriminalromane in einer einmaligen Sonderausgabe und ein Edgar Wallace-Almanach.

Frankfurter Allgemeine

ZEITUNG FÜR DEUTSCHLAND

Dahinter
steckt immer
ein kluger Kopf

1

Ein junger Mann, der sich in ein anziehendes Mädchen verliebt hat, sieht in seiner Angebeteten Vorzüge und Tugenden,
wie kein Mensch sie je in sich vereinigen könnte. Von Zeit zu
Zeit jedoch beschleicht ihn der schlimmste Argwohn, und in
diesen Augenblicken hält er sein Idol der gröbsten Untreue
und Falschheit fähig.

Jedermann wußte, daß sich Kenneth MacKay bis über beide
Ohren verliebt hatte. Man wußte es in der Bank, wo er seine
Zeit damit zubrachte, anderer Leute Geld zu zählen. In der
Mittagspause freilich verfaßte er leidenschaftliche Briefe an
Margot Lynn. Auch sein Vater, der in dem alten Haus am Fluß
bei Marlow seinem entschwundenen Vermögen nachtrauerte,
mochte es bei den seltenen Anlässen, wenn er sich mit den Problemen anderer Menschen beschäftigte, zur Kenntnis genommen
haben. Doch höchstwahrscheinlich hatte er kaum je einen über-
flüssigen Gedanken daran verschwendet, denn George McKay
war sehr egozentrisch und brütete fast unablässig über ausge-
fallenen Methoden, um sein durch Leichtsinn verscherztes großes
Vermögen wieder herbeizuschaffen. Tagaus, tagein saß er in
seinem Arbeitszimmer, ein Häufchen Spielkarten vor sich oder
ein kleines Roulett, wobei er mit Systemen und Wahrschein-
lichkeitsrechnungen jonglierte.

Kenneth fuhr jeden Morgen auf seinem knatternden Motorrad nach Beaconsfield und am Abend wieder zurück. Da Margot
in London wohnte, wurde es manchmal sehr spät. In ihrer kleinen Wohnung konnte sie ihn nicht empfangen, also speisten sie
gemeinsam in nicht zu teuren Restaurants und besuchten ab und
zu ein Theater. Kenneth war Mitglied eines unauffälligen Londoner Klubs, wo er regelmäßig mit einer mitfühlenden Seele
zusammentraf. Abgesehen von Mr. Rufus Machfield, wie jene
Seele mit bürgerlichem Namen hieß, hatte er keine Freunde.

»Und ich möchte dir raten, hier auch keine zu suchen«, hatte
Rufus einmal gesagt.

Mr. Machfield war etwa fünfundvierzig Jahre alt und hatte das Cachet eines pensionierten Offiziers. Die meisten Menschen fanden ihn langweilig, denn er bezog seine Ansichten zu aktuellen Fragen aus dem jeweiligen Leitartikel seiner Tageszeitung. Er war jedoch durchaus nicht unsympathisch. In einem vornehmen Wohnviertel Londons besaß er eine luxuriöse Wohnung, die von einem französischen Diener in Ordnung gehalten wurde. Einzig an einer nützlichen Beschäftigung mangelte es ihm anscheinend.

»Der Leffingham-Klub ist billig«, meinte er, »das Essen nicht übel, und dann muß man auch die günstige Lage in der Nähe des Piccadilly bedenken. Dagegen spricht eigentlich nur die Tatsache, daß jeder Beliebige, soweit er nicht gerade im Gefängnis gesessen hat, Mitglied werden kann.«

»Entschuldige mal, schließlich bin ich ja auch Mitglied –«, ereiferte sich Ken.

»Du bist ein Gentleman und gut erzogen!« beschwichtigte ihn Mr. Machfield mit sonorem Wohlklang. »Ich gebe zwar zu, daß du nicht reich bist . . .«

»Das kann nicht einmal ich bestreiten!«

Ken fuhr sich durch das wirre Haar. Er war groß, schlank und sah gut aus, ohne darauf eingebildet zu sein. An diesem Abend hatte er den Klub aufgesucht, um Rufus seine Sorgen anzuvertrauen. Er machte einen kranken Eindruck. Mr. Machfield vermutete, daß er in der letzten Zeit nicht gut schlief.

»Es handelt sich um Margot –«, begann Kenneth.

Mr. Machfield lächelte. Er war Margot vorgestellt worden, hatte die jungen Leute mehrmals in seine Wohnung zum Essen eingeladen und sie auch gelegentlich ins Theater geführt.

»Wir haben uns gestritten, Rufus! Ihre Schweigsamkeit machte mir schon lange Sorgen. Warum zum Teufel konnte sie mir nicht sagen, womit sie ihren Lebensunterhalt verdient? Ich weiß, daß sie kein Vermögen hat, dabei lebt sie durchaus nicht bescheiden. Sie behauptete, als Sekretärin bei einem Geschäftsmann zu arbeiten, doch das Büro wird unter ihrem eigenen Namen geführt. Überdies hält sie sich nur selten dort auf.«

Mr. Machfield überlegte. »Und mehr will sie nicht erzählen?«

Kenneth sah nach dem Diener, der sich gerade an einem Schrank zu schaffen machte. Er senkte die Stimme.

»Mehr will sie mir einfach nicht sagen. – Ich habe den Mann übrigens gesehen. Margot trifft sich heimlich mit ihm!«

Mr. Machfield sah ihn zweifelnd an.

»Oh . . . Was für ein Mensch ist es denn?«

Ken zögerte.

»Nun, um die Wahrheit zu sagen, er ist schon etwas älter. Ich bin ihnen eigentlich durch Zufall begegnet. Am Sonntagvormittag fuhr ich mit dem Motorrad spazieren. Margot hatte mir erklärt, daß sie nicht kommen könne – ich wollte sie zum Mittagessen in unser Haus einladen –, weil sie nach London müsse. Ich fuhr durch Burnham und hielt schließlich an, um durch einen kleinen Wald zu wandern. Ich hatte nämlich zwei Füchse beobachtet und wollte sie fotografieren. Dabei stieß ich auf ein Paar. Der Mann hatte die Hand auf die Schulter des Mädchens gelegt. Es war ein idyllisches Bild, sie standen in einer kleinen, sonnenüberfluteten Lichtung – na, du weißt schon! Ich fing die beiden jedenfalls mit der Kamera ein. Als ich auf den Auslöser drückte, warf der Mann einen Blick zurück, und auch das Mädchen drehte sich im. Es war Margot!«

Kenneth wischte sich mit dem Taschentuch die Stirn, dann leerte er sein Glas und stellte es mit zitternder Hand auf den Tisch zurück.

Rufus konnte ein Lächeln nicht unterdrücken.

»Und?«

»Er war alles andere als jung – mindestens fünfzig, sah allerdings ganz gut aus. Mein Gott! Ich hätte sie umbringen können! Margot war die Gelassenheit selbst, obwohl sie anfänglich die Farbe gewechselt hatte. Sie stellte mich jedoch weder vor noch gab sie mir irgendeine Erklärung.«

»Vielleicht ihr Vater –?« meinte Rufus.

»Sie hat keinen Vater – nur noch die Mutter, und die lebt in Florenz«, knurrte Ken.

»Und wie reagierte sie?«

Der junge Mann seufzte tief.

»Überhaupt nicht – sie sagte nur: ›Komisch, daß wir uns hier treffen!‹, sprach kurz vom Wetter, und als ich sie fragte, was das alles zu bedeuten habe, und wie dieser Mann zu ihr stehe – er war inzwischen weitergegangen –, lehnte sie es rundweg ab, mir irgendeine Erklärung zu geben. Sie drehte sich um und ging ihm nach.«

»Erstaunlich!« sagte Mr. Machfield. »Hast du sie seither gesehen?«

Kenneth nickte grimmig.

»Am gleichen Abend suchte sie mich in Marlow auf. Sie bat mich, ihr zu vertrauen. Das war eine Riesenüberraschung für mich. Ich kam die Treppe herunter, sah sie im Wohnzimmer stehen und war wie erschlagen. Der Diener hatte ihren Namen nicht genannt.«

»Nun?«

»Na ja«, meinte Kenneth verlegen. »Man muß ja schließlich einem Menschen, den man liebt, auch Vertrauen bezeigen. Sie sagte, er sei ein Verwandter, obwohl sie bisher nie einen solchen erwähnte . . .«

»Sie sprach also immer nur von ihrer Mutter, die in Florenz lebt? Das kostet doch Geld –«, murmelte Rufus. »Und was ist jetzt passiert? Ihr habt gestritten?«

Kenneth zog einen Brief aus der Tasche und gab ihn seinem Freund. Mr. Machfield las:

›Lieber Ken, wir müssen uns trennen. Es ist furchtbar für mich, Dir das sagen zu müssen. Bitte versuch nicht, Dich mit mir in Verbindung zu setzen – bitte!   M‹

»Wann hast du den Brief erhalten?«

»Gestern abend. Und natürlich fuhr ich am nächsten Morgen sofort zu ihrer Wohnung. Sie war nicht zu Hause. Ich fuhr zu ihrem Büro – auch dort niemand! Ich kam zu spät in die Bank und wurde angeschnauzt. Zu alledem drängt ein Bekannter auf Rückzahlung einer Summe von zweihundert Pfund – es kommt ja immer alles zusammen. Ich hatte mir das Geld für Vater geliehen. Du kannst dir also sicher vorstellen, daß ich verzweifelt bin.«

Mr. Machfield stand auf.

»Wir fahren jetzt nach Hause und essen erst einmal ordentlich. Was das Geld angeht . . .«

»Nein, nein, nein!« rief Kenneth McKay entsetzt. »Ich will mir von dir nichts borgen – nein! Wenn ich nur diesen Kerl finden könnte! Er ist an allem schuld. Er hat ihr sicher befohlen, daß sie sich mit mir nicht mehr abgeben darf.«

»Seinen Namen kennst du nicht?«

»Nein. Ich habe ihn vorher nie gesehen. Aber ich werde ihn schon noch aufspüren.« Ohne Übergang fragte McKay: »Kennst du einen gewissen Reeder – J. G. Reeder?«

»N-nein.«

»Ein Detektiv – hat viel mit Banken zu tun. Heute war er in unserer Filiale. Er sieht sehr merkwürdig aus. Gar nicht, wie man sich einen Detektiv vorstellt.«

Mr. Machfield meinte, er könne sich jetzt an den Namen erinnern.

»Hat er nicht diesen Zugüberfall aufgeklärt? J. G. Reeder – ja. Sehr intelligenter Mann – noch jung?«

»Er ist so alt wie – nun, er ist ziemlich alt. Und recht altmodisch.«

»Wie kommst du auf ihn?« fragte Rufus interessiert.

»Keine Ahnung. Vielleicht deshalb, weil ich mich selbst als Detektiv versuchen will.«

Machfield rief den Ober herbei und bezahlte.

»Ich weiß noch nicht, was ich dir anbieten kann – aber Lamontaine ist ein großartiger Koch. Er wußte es selbst nicht, bis ich ihn drauf brachte.«

Sie fuhren also zu Machfields Wohnung, und Lamontaine, der blasse, grauhaarige Diener, dessen Englisch durch keinen Akzent entstellt wurde, bereitete eine Mahlzeit zu, die sich sehen lassen konnte. Während des Essens kamen sie wieder auf Mr. Reeder zu sprechen.

»Was führte ihn eigentlich nach Beaconsfield – ist in eurer Bank etwas nicht in Ordnung?«

Kenneth wurde rot.

»Nun – seit einiger Zeit wird Geld vermißt. Es handelt sich allerdings nicht um große Summen. Ich habe meine eigenen An-

sichten, aber es gehört sich wohl nicht . . . Na, du weißt schon!«
Er drückte sich sehr undeutlich aus. »Außerdem hasse ich die
Bank – ich meine, die Arbeit. Aber ich mußte ja irgend etwas
tun, und als ich die Schule verließ, steckte mich mein Vater
eben in die Bank. Er hat sein ganzes Geld in Monte Carlo oder
Gott weiß wo verloren – sehr viel Geld sogar. Kein Mensch
käme auf den Gedanken, daß er ein Spieler war. Ich beschwere
mich ja nicht, aber manchmal habe ich wirklich genug!«

Mr. Machfield verfolgte das Thema nicht weiter. Er begleitete McKay zur Tür, starrte in die Nacht hinaus und sagte:

»Ziemlich kalt – es wird sicher bald schneien.«

Tatsächlich schneite es erst eine Woche später. Erst regnete es,
und nachts fiel dann Schnee. Am Morgen fanden die Leute
draußen auf dem Land eine weiße Welt vor. Dick vermummte
Bäume und Hecken, glitzernde Kristalle – Winter.

2

Von Beaconsfield her näherte sich ein Wagen. Der Reiter, der mit
seinem Pferd bewegungslos auf der verschneiten Straße wartete, beobachtete, wie die Scheinwerfer näher kamen.

Kurze Zeit später sah der Mann am Steuer des Wagens vor
sich auf der Straße einen berittenen Polizisten, der die Hand
erhob, und brachte die Limousine zum Stehen. Der Schnee fiel
in dichten Flocken.

»Was ist denn –?« rief der Fahrer, dann sah er die zusammen-
gesunkene Gestalt im Schnee. Er stieg aus und stapfte durch die
Schneewehen.

»Ich fand ihn gerade, als ich Sie kommen sah«, sagte der Polizist. »Könnten Sie vielleicht ein bißchen weiter herüberfahren –
damit wir ihn besser in Ihrem Scheinwerferlicht haben.«

Er ließ sich aus dem Sattel gleiten und näherte sich schwer-
fällig der regungslosen Gestalt im Schnee.

Der Begleiter des Fahrers setzte sich ans Steuer und manö-
vrierte den Wagen in eine Stellung, von der aus die Scheinwerfer

den erschreckenden Fund in grelles Licht tauchten. Das Pferd des Polizisten trabte zum Auto und sah neugierig hinein.

Der Beifahrer stieg aus, nahm mit zitternder Hand das Pferd am Zügel und trat zu den beiden anderen.

»Der alte Wentford –«, sagte der Polizist.

»Wentfort . . . Um Gottes willen!«

Der Mann, der den Wagen zuerst gelenkt hatte, kniete neben dem Toten nieder und starrte in das verzerrte Gesicht.

Der alte Benny Wentford!

»Um Gottes willen!« wiederholte er.

Er war ein nicht mehr ganz junger Rechtsanwalt und hatte so etwas noch nie erlebt – Aufregenderes als gelegentliche Auseinandersetzungen mit dem Sekretär seines Golfklubs war ihm bisher nicht widerfahren. Hier aber begegnete ihm der Tod, gewaltsam und schrecklich . . . Ein Toter auf einer verschneiten Straße – und es war der Mann, der vor zwei Stunden bei ihm angerufen und ihn gebeten hatte, er möchte ihn sofort aufsuchen.

»Sie sind mit Mr. Wentford bekannt – er hat mir von Ihnen erzählt.«

»Ja, ich kenne ihn. Ich bin oft an seinem Haus vorbeigekommen – auch heute abend, aber alles war zugesperrt. Er hatte mit meinem Chef vereinbart, daß ich ein Auge . . . Hm!« Der Polizist starrte nachdenklich vor sich hin. »Am besten bleiben Sie hier – ich reite zum nächsten Haus und rufe die Polizeistation an.«

Er schwang sich in den Sattel.

»He –! Wäre es nicht besser, wenn wir . . . ?« fragte Mr. Enward, der Rechtsanwalt, nervös.

Es war ihm gar nicht recht, mitten in der Nacht bei einem Toten bleiben zu müssen. Sein Begleiter, ein Angestellter seines Anwaltsbüros, zitterte am ganzen Körper.

»Hier können Sie wohl kaum wenden«, meinte der Polizist, nicht zu Unrecht, denn die Straße war außerordentlich schmal.

Einige Zeit hörten sie noch das Getrappel der Hufe, dann wurde es still.

»Ist er tot, Mr. Enward?« fragte der junge Mann.

»Ja . . . Ich denke schon. Der Polizist war sicher auch dieser Meinung.«

»Sollten wir uns nicht vergewissern? Vielleicht ist er nur – verletzt?«

Mr. Enward hatte das Gesicht des Toten gesehen. Er wollte gern darauf verzichten, es ein zweites Mal zu betrachten.

»Warten wir lieber, bis ein Arzt kommt – man soll sich da möglichst nicht einmischen. – Wentford! Es ist wirklich furchtbar.«

»Er ist immer ein bißchen exzentrisch gewesen, nicht wahr?« erkundigte sich der Angestellte neugierig. »Ganz allein mit dem vielen Geld in dem kleinen Haus! Ich bin am Sonntag vorbeigeradelt – eine Betonkiste nannte es meine Freundin. Mit seinem Geld . . .«

»Er ist tot, Henry«, sagte Mr. Enward streng, »und ein Toter hat keinen Besitz. Es scheint mir nicht ganz – passend, in seiner – hm! – Gegenwart davon zu sprechen.«

»Sind Erben vorhanden?« fragte Henry.

Mr. Enward gab keine Antwort. Statt dessen schlug er vor, die Scheinwerfer abzublenden. Henry gehorchte. Es wurde plötzlich sehr dunkel, und Mr. Enward hatte das Gefühl, der Tote bewege sich.

»Sie müssen wieder aufblenden, Henry!« befahl er schrill. »Ich kann ja nichts sehen –.«

»Man muß ihn ermordet haben. Wohin sind die Verbrecher wohl geflohen?« fragte Henry.

Mr. Enward lief es kalt über den Rücken.

Ermordet! Natürlich war er ermordet worden. Im Schnee sah man Blutspuren, und die Mörder waren . . .

Er warf einen Blick über die Schulter und hätte beinah aufgeschrien. Im Halbdunkel hinter dem Wagen stand ein Mann.

»Wer – wer sind Sie, bitte?« krächzte der Anwalt.

Er sagte ›bitte‹, weil er es nicht für empfehlenswert hielt, jetzt allzu große Unhöflichkeit zu zeigen.

Der Mann trat ins Scheinwerferlicht. Er ging etwas gebeugt und schien älter als Mr. Enward zu sein. Er trug einen flachen, dunklen Hut, unförmige Handschuhe und einen langen Wintermantel. Um den Hals hatte er einen gelben Schal geschlungen, und über dem Arm hing ein eingerollter Regenschirm, obwohl es stark schneite.

»Ich habe leider eine Panne – etwa einen Kilometer von hier . . .« Seine Stimme klang sanft, sich entschuldigend. »Sie sind wohl in der gleichen Lage?« erkundigte er sich höflich. »Auf solche Straßen war ich natürlich nicht vorbereitet. Man kann eben nicht vorsichtig genug sein.«

Offenbar hatte er den Toten nicht gesehen, da der Schatten des Anwalts die Sicht verdeckte.

»Haben Sie den Polizisten gesehen?« fragte Mr. Enward.

Wer immer dieser Fremde sein, und was er auch vorhaben mochte, er sollte ruhig erfahren, daß sich ein Polizist in der Nähe befand.

»Ein Polizist?« sagte der Mann überrascht. »Nein, nicht daß ich wüßte.«

»Ein berittener Polizist – Sie müssen ihm doch begegnet sein! Er versprach, bald zurückzukommen«, versicherte Mr. Enward schnell. »Ich heiße Enward und bin Rechtsanwalt.«

»Sehr erfreut!« murmelte der andere. »Dann kennen wir uns ja. Mein Name – äh – ist Reeder. R-e-e-d-e-r.«

Mr. Enward machte einen Schritt vorwärts.

»Der Detektiv? Sie kamen mir gleich so . . . Sehen Sie sich das an!«

Er trat etwas zur Seite und gab den Blick auf den Toten frei. Mr. Reeder kam langsam heran. Er beugte sich über den Körper, zog eine Taschenlampe aus seinem Mantel und betrachtete lange das im Todeskampf zur Fratze erstarrte Gesicht.

»Hm!« sagte er, stand auf und stäubte sich den Schnee von den Knien. Er suchte in den Innentaschen seines Mantels, brachte schließlich einen Zwicker zum Vorschein, klemmte ihn sich auf die Nase und schaute den Anwalt über den Rand der Gläser hinweg an. »Sehr – äh – merkwürdig. Ich war auf dem Weg zu ihm.«

Enward starrte ihn an.

»Tatsächlich? Ich auch! Haben Sie ihn denn gekannt?«

Mr. Reeder dachte nach.

»Ich – äh – kannte ihn nicht. Nein, ich war nie mit ihm zusammengetroffen.«

»Das ist übrigens mein Sekretär, Mr. Henry Green –«, stellte Mr. Enward hastig vor. »Es war so . . .«

Er berichtete in allen Einzelheiten, was er gesagt hatte, als er aus Beaconsfield angerufen worden war, was seine Frau gesagt hatte, als sie seine Stiefel suchte, wie schwierig es gewesen war, den Motor anzulassen, und wie lange er auf Henry hatte warten müssen.

Mr. Reeder machte den Eindruck, als höre er nicht zu. Er ging ein Stück weit die Straße hinauf, kam zum Toten zurück und sah ihn an, die meiste Zeit aber suchte er den Boden mit der Taschenlampe ab. Mr. Enward ging dauernd hinter ihm her, um seinen Bericht an den Mann bringen zu können.

»Ist er . . . Vermutlich ist er – tot?«

»Das kann man, glaube ich, mit gutem Recht behaupten«, sagte Mr. Reeder geduldig. »Mit allem Respekt möchte ich meinen, daß er sogar – äh – ausgesprochen tot ist.« Er warf einen Blick auf seine Uhr. »Um Viertel nach neun haben Sie den Polizisten getroffen? Und er hatte die Leiche gerade entdeckt? Jetzt ist es fünf nach halb zehn. Woher wußten Sie übrigens, daß es neun Uhr fünfzehn war?«

»Ich hörte die Turmuhr von Woburn Green schlagen.«

Mr. Enward brachte dies in einem Ton vor, als würde die Uhr von Woburn Green nur für ihn schlagen. Henry machte diesen Eindruck allerdings sogleich wieder zunichte, indem er vorgab, die Uhr gleichfalls gehört zu haben.

»Woburn Green?« meinte Mr. Reeder überlegend. »Hm . . . Neun Uhr fünfzehn!«

Das Schneetreiben wurde immer stärker.

»Er muß irgendwo hier in der Nähe gewohnt haben?« fragte Mr. Reeder.

»Sein Haus liegt etwas von der Hauptstraße ab – fünfzig Meter nach der Reklametafel einer Grundstücksfirma.« Mr. Enward zeigte ins Dunkel. »Gleich dort drüben befindet sich die Tafel. Zufällig vertrete ich auch diese Firma. Seltsam . . .« Am liebsten hätte er über die Vorzüge der Grundstücke, die diese

Firma anzubieten hatte, gesprochen, fand aber doch, daß der Zeitpunkt dafür nicht ganz passend sei. »Ich habe Mr. Wentfords Haus nur einmal betreten – vor etwa zwei Jahren, nicht wahr, Henry?«

»Vor eindreiviertel Jahren«, verbesserte Henry.

»Von der Straße aus kann man es nicht sehen«, fuhr Mr. Enward fort. »Es ist ein ziemlich kleines, einstöckiges Landhaus, wenn man es überhaupt so nennen kann. Anscheinend nach seinen eigenen Anweisungen erbaut. Es ist nicht gerade – ein Prunkstück.«

»Soso!« sagte Mr. Reeder, als sei dies die erstaunlichste Mitteilung des ganzen Abends. »Selbst gebaut! Ich nehme an, daß er Telefon besitzt – oder vielmehr besaß?«

»Er hat mich angerufen«, erklärte Mr. Enward, »also muß er Telefon haben.«

Mr. Reeder runzelte die Stirn, als wolle er die Logik dieser Feststellung anfechten.

»Ich werde hingehen und nachsehen, ob man von dort aus die Polizei verständigen kann.«

»Die Polizei ist bereits verständigt!« widersprach der Anwalt hastig. »Ich glaube, wir sollten alle hierbleiben, bis jemand kommt.«

Mr. Reeder schüttelte den Kopf.

»Dort ist Woburn Green. Warum holen Sie nicht gleich selbst die Polizei?«

»Aber . . .« Mr. Enward stockte. »Ich meine, man kann doch den Toten nicht einfach . . .«

»Er fühlt nichts. Wahrscheinlich ist er im Himmel«, sagte Mr. Reeder. »Wahrscheinlich. Außerdem stiehlt ihn hier niemand.«

Henry schrie plötzlich auf. Er hielt seine Hand in den Lichtkegel.

»Um Gottes willen – Blut!« kreischte er. »Blut – ich hab' ihn überhaupt nicht angerührt! Das wissen Sie, Mr. Enward – ich war überhaupt nicht in seiner Nähe!«

Seine Hand war tatsächlich blutbefleckt.

»Nur keine Aufregung!« befahl Mr. Reeder streng. »Was haben Sie angerührt?«

»Nichts – nur mich selbst.«

»Dann kann man wohl sagen – ›nichts‹«, sagte Mr. Reeder ungewöhnlich scharf. »Lassen Sie mich sehen!« Er trat zu Henry. »Am Ärmel – hm!«

Mr. Enward starrte Henry an.

»Sie beide fahren wohl jetzt besser zur Polizeistation«, schlug Mr. Reeder vor. »Wir sprechen uns dann morgen früh.«

Mr. Enward setzte sich voll Dankbarkeit ans Steuer, wobei er darauf achtete, seinem Angestellten nicht zu nahe zu kommen. Er ließ den Motor an und fuhr davon.

3

Mr. Reeder fand die Reklametafel und fünfzig Meter weiter einen schmalen Fußweg. Er stapfte durch den Schnee und kam zu einer ungepflegten Hecke. Das Gartentürchen stand offen.

Mr. Reeder nahm seine Taschenlampe. Er suchte Blut und fand es – nur eine Andeutung, denn der dicht fallende Schnee hatte sich auf die Flecken gelegt. Dafür erkannte er deutlich Fußspuren auf dem Gartenpfad. Sie waren ziemlich klein und schienen noch frisch. Er leuchtete mit der Taschenlampe vor sich her und folgte den Spuren, die zu der schmalen Haustür führten. An einem Fenster daneben bemerkte er zwischen den Vorhängen einen Lichtschimmer und hatte das Gefühl, daß ihn jemand beobachtete. Einen Augenblick später war alles dunkel. Aber es mußte sich jemand im Haus befinden.

Mr. Reeder klopfte. Nichts rührte sich, er klopfte wieder, diesmal stärker.

Die Schneeflocken tanzten im Wind.

Er klopfte ein drittes Mal und lauschte. Dann trat er vor das Fenster, aus dem er den Lichtschein gesehen hatte, und bemühte sich, einen Blick ins Innere zu werfen. Er glaubte ein Geräusch zu hören, aber es kam nicht aus dem Haus. Vielleicht nur der Wind.

Er kehrte zur Tür zurück, klopfte ein viertes Mal ohne Erfolg und versuchte es schließlich auf der anderen Seite des Hauses. Hier machte er eine Entdeckung. Ein schmaler Fensterflügel stand offen und knarrte im Wind. Im Licht der Taschenlampe zeigten sich zwei verschiedene Fußspuren, die eine führte zum Haus, die andere zur Straße.

Er machte kehrt und überlegte. In der Dunkelheit hatte er vorhin oben an der Haustür zwei kleine, weiße Vierecke gesehen und sie für Mattglaseinsätze gehalten. Aber eines der Vierecke hatte sich jetzt, wahrscheinlich durch einen Windstoß, gelöst und war in den Schnee gefallen. Er bückte sich und hob es auf. Es war eine Spielkarte – Karo-As. Er leuchtete das zweite Viereck an – Herz-As. Man hatte sie mit Reißnägeln – schwarzen Reißnägeln – nebeneinander an der Tür befestigt. Vielleicht der Besitzer des Hauses. Vielleicht dienten sie als Talisman.

Mr. Reeder seufzte. Er liebte es gar nicht, wenn er sich nachts durch enge Fensteröffnungen in fremde Häuser zwängen mußte. Aber vermutlich hatte sich der Einbrecher bereits entfernt.

Mr. Reeder schwang sich auf die Fensterbrüstung. Es gibt nur zwei Möglichkeiten, durchs Fenster in ein Haus zu gelangen – mit den Füßen oder mit dem Kopf voran. Er leuchtete hinein. Unter dem Fenster stand ein kleiner Tisch. Eine winzige Kammer, eigentlich ein Garderobenraum, denn an den Wänden hingen Mäntel und Kleidungsstücke. Mr. Reeder zwängte sich mit dem Kopf voraus durchs Fenster, wobei er sich sehr albern vorkam.

In Sekundenschnelle stand er auf den Beinen, ergriff die Klinke, öffnete die Tür und trat in eine enge Diele hinaus. Sogleich drückte er die Klinke der gegenüberliegenden Tür nieder. Sie war verschlosssen – oder doch nicht verschlossen. Es schien vielmehr, als stemme sich jemand dagegen. Mr. Reeder spannte seine ganze Kraft an, und die Tür flog auf. Jemand versuchte an ihm vorbeizulaufen, aber damit hatte er gerechnet. Er packte die flüchtende Gestalt.

»Ich bitte vielmals um Entschuldigung«, sagte er sanft. »Eine Dame, nicht wahr? – Wo ist denn das Licht?«

Er hörte sie aufschluchzen, tastete mit der Hand nach dem Schalter, fand ihn und drehte ihn nach unten. Einen Augenblick lang blieb es dunkel, dann ging das Licht an. Offensichtlich befand sich ein eigener Stromerzeuger im Haus.

»Kommen Sie doch, bitte, hier herein!«

Er schob sie sacht ins Zimmer zurück. Hübsch, außergewöhnlich hübsch – er konnte sich nicht entsinnen, je einer so hübschen jungen Dame begegnet zu sein, obschon sie sehr blaß aussah und zerrauftes Haar hatte.

»Wollen Sie sich nicht setzen?« Er schloß die Tür. »Sie brauchen keine Angst zu haben. Ich heiße Reeder.«

Sie hob den Kopf und sah ihn an.

»Sie sind der Detektiv? – Ich habe solche Angst!«

Sie stützte sich auf den Tisch und verbarg das Gesicht in den Händen.

Mr. Reeder sah sich im Zimmer um. Es war gemütlich eingerichtet – nicht luxuriös, ein freundliches Wohnzimmer. Der Kaminsims war heruntergerissen worden. Vor dem offenen Kamin lagen Scherben von Vasen und Porzellankannen. Der blaue Vorleger wies seltsame Flecken auf, ebenso der große Teppich. In der Nähe der Tür lag ein Blumentopf am Boden.

Mr. Reeder bemerkte einen Papierkorb und leerte ihn aus. Einbände von kleinen Büchern – fünf Stück, ohne Inhalt. Neben dem Kamin ein schmales Bücherregal. Die Bücher waren Attrappen. Er zerrte am Regal, und es glitt heraus. Auf der einen Seite war es mit Scharnieren an der Wand befestigt.

»Hm!« sagte Mr. Reeder und schob das Regal zurück.

Auf dem Boden neben dem Tisch lag eine Mütze. Sie war naß. Er betrachtete sie eingehend, steckte sie in die Tasche und wandte sich an das Mädchen.

»Wie lange sind Sie schon hier, Miss . . . Ich glaube, es ist besser, wenn Sie mir Ihren Namen sagen.«

»Eine halbe Stunde. Ich weiß nicht . . . Vielleicht auch länger.«

»Miss . . . Wie ist der Name?« fragte er beharrlich.

»Lynn – Margot Lynn.«

»Margot Lynn. Und Sie sind seit einer halben Stunde hier. Wer war sonst noch da?«

»Niemand!« Sie sprang auf. »Was ist geschehen? Hat er – haben sie gekämpft?«

Er legte ihr die Hand auf die Schulter und drückte sie behutsam auf den Stuhl nieder.

»Wer hat mit wem gekämpft?«

»Niemand – ist hier gewesen!« stieß sie hervor.

»Und Sie kamen von wo?«

»Ich kam vom Bahnhof Bourne End. Ich ging zu Fuß – das hab' ich schon oft getan. Ich bin Mr. Wentfords Sekretärin.«

»Sie sind um neun Uhr zu Fuß hierhergekommen, weil Sie Mr. Wentfords Sekretärin sind? Das ist sehr merkwürdig.«

Sie starrte ihn verängstigt an.

»Ist etwas geschehen? Sind Sie von der Polizei? Ist Mr. Wentford etwas passiert? Sagen Sie es mir, bitte!«

»Er hat mich erwartet. Wußten Sie das?«

»Er hat es mir gesagt – ja. Ich wußte nicht, worum es sich handelte. Er wollte auch seinen Anwalt hier haben. Ich glaube, er befand sich in Schwierigkeiten.«

»Wann haben Sie ihn zuletzt gesehen?«

»Ich telefonierte mit ihm – von London aus.« Sie zögerte. »Seit zwei Tagen habe ich ihn nicht mehr gesehen.«

»Und die Person, die hier war?« fragte Mr. Reeder nach einer kleinen Pause.

»Es war niemand hier! Ich schwöre Ihnen, daß kein Mensch hier gewesen ist. Seit einer halben Stunde warte ich auf ihn. Ich habe einen Schlüssel. Hier ist er ...« Sie suchte mit zitternden Händen in ihrer Tasche und holte zwei Schlüssel heraus. »Er war nicht da, als ich kam. Ich – dachte, daß er vielleicht in der Stadt sei. Er ist sehr – eigenwillig.«

Mr. Reeder zog zwei Spielkarten aus seiner Manteltasche und legte sie auf den Tisch.

»Warum hatte er diese beiden Karten an die Tür geheftet?«

»An die – Tür geheftet?« fragte sie verständnislos.

»Jawohl, an die Haustür.«

»Ich habe die Karten noch nie gesehen. So etwas sieht ihm gar nicht ähnlich. Er lebt sehr zurückgezogen und vermeidet jedes Aufsehen.«

»Er lebte sehr zurückgezogen«, verbesserte Mr. Reeder, »und vermied jedes Aufsehen –.«

»Lebte –?« flüsterte sie entsetzt. »Er ist doch nicht – tot? Um Gottes willen, er ist doch nicht tot?«

Mr. Reeder rieb sein Kinn.

»Ja, es tut mir leid, aber er ist tot.«

Sie war aufgesprungen und hielt sich am Tisch fest.

»War es – ein Unfall – oder – oder . . .«

»Sie meinen Mord«, sagte Reeder leise. »Ja, ich fürchte, daß es Mord war.«

Er fing sie auf, als sie zusammensank, trug sie aufs Sofa und suchte nach Wasser. Die Hähne waren eingefroren, aber er fand etwas Wasser in einer Kanne, füllte ein Glas und beträufelte ihr Gesicht, in der vagen Annahme, daß etwas Derartiges angebracht sei. Sie setzte sich aber bereits wieder auf.

»Legen Sie sich hin, ruhen Sie sich erst aus!« sagte Mr. Reeder, und sie gehorchte ohne Widerspruch.

Er sah sich erneut im Zimmer um. Den Revolver, der zwischen Kamin und Bücherregal an der Wand hing, hatte er vorher schon bemerkt. Die Waffe war für jemand, der mit dem Rücken zum Fenster saß, bequem erreichbar. Hinter dem Lehnsessel stand ein Wandschirm, der aus einer Stahlplatte bestand, wie sich beim Beklopfen herausstellte.

Mr. Reeder verließ das Zimmer. Von der Küche aus erreichte man das Schlafzimmer. Abgesehen von einer schmalen, vergitterten Luke ganz oben unter der Decke wies es keine Fenster auf. An der Wand über dem Bett hing ein weiterer Revolver, ein dritter fand sich in der Küche und in der Diele, unter einem Mantel verborgen, ein vierter.

Das Haus war eigentlich nichts weiter als eine Festung, ein Zementwürfel. Außer dem einen Fenster, durch das sich Mr. Reeder hineingezwängt hatte, ließ keine andere Öffnung ein gewaltsames Eindringen zu. Es schien eigentlich unverständlich, daß ein Mann, der sich gegen jeden Angriff abgeschirmt hatte, ein solches Fenster ungeschützt ließ. Aber bei näherem Hinsehen zeigte sich der durchschnittene Draht, der zu einer Alarmanlage gehörte, die beim Öffnen des Fensters ausgelöst wurde.

Auch auf der Matte in der Diele entdeckte Mr. Reeder Blutspuren. Er kehrte ins Wohnzimmer zurück und schnupperte.

Kein Pulvergeruch. Da er den Toten gesehen hatte, wunderte er sich darüber nicht.

»Nun zu Ihnen, Miss Lynn!«

Sie setzte sich auf.

»Ich bin kein Polizeibeamter. Ich bin – äh – jemand, den Ihr Bekannter, Mr. Wentford, zu sich bestellt hatte, weil er etwas von ihm wollte. Ich weiß nicht, worum es sich handelte! Er rief mich an, ich teilte ihm meine Bedingungen mit, aber er gab keinen Grund an, warum er mich bei sich haben wollte. Sie als seine Sekretärin wissen vielleicht . . .«

»Ich weiß nichts. Er hatte Ihren Namen nie erwähnt, bevor er mich anrief.«

»Ich bin nicht von der Polizei«, wiederholte Mr. Reeder. »Deshalb brauchen Sie keine Bedenken zu haben, mir die Wahrheit zu sagen. Alles, was ich gesehen habe, werden die Kriminalbeamten gleichfalls entdecken, auch wenn ich sie nicht darauf aufmerksam mache. Wer war der Mann, der das Haus verließ, als ich an die Tür klopfte?«

Sie war totenblaß, aber kein Muskel in ihrem Gesicht zuckte.

»Es war niemand – in diesem Haus – seit ich hier bin . . .«

Mr. Reeder seufzte und zuckte die Achseln.

»Sehr bedauerlich. Können Sie mir etwas über Mr. Wentford sagen?«

»Nein«, erwiderte sie leise. »Er war mein Onkel. Er wollte nicht, daß es jemand erfährt, aber jetzt geht es wohl nicht mehr anders. Er war sehr gut zu uns – er schickte meine kranke Mutter ins Ausland. Ich arbeitete für ihn.«

»Sind Sie oft hier gewesen?«

»Nicht oft. Wir verabredeten uns gewöhnlich an irgendeinem Ort, wo uns niemand kannte. Er hatte eine große Scheu vor Menschen und mochte es auch nicht, wenn Besucher hierherkamen.«

»Traf er sich denn auch mit seinen Freunden nicht hier?«

»Nein – ganz gewiß nicht«, versicherte sie mit Nachdruck. »Der einzige Mensch, den er regelmäßig sah, war der berittene Polizist, der hier seinen Streifendienst versieht. Mein Onkel machte ihm jeden Abend Kaffee. Wahrscheinlich brauchte er eben doch etwas Gesellschaft – besonders nachts fühlte er sich einsam, wie er mir einmal gestand. Der Polizist paßte auf ihn auf. Eigentlich waren es zwei – Wachtmeister Steele und Wachtmeister Verity. Zu Weihnachten schickte ihnen mein Onkel immer einen Truthahn. Wer von den beiden auch Dienst hatte, ritt am Haus vorbei. Einmal hielt ich mich abends hier auf, und der Wachtmeister brachte mich nach Bourne End.«

Das Telefon stand im Schlafzimmer. Mr. Reeder erinnerte sich, daß er die Polizei hatte anrufen wollen. Er ließ sich mit dem Posten verbinden und stellte ein paar Fragen. Als er zurückkam, stand das Mädchen am Fenster und sah hinaus.

Man hörte Stimmen, und als er durch den Vorhang auf den Gartenweg hinaussah, bemerkte er eine Reihe schwankender Laternen. Er ging zur Tür und empfing den Polizeisergeanten mit seinen Leuten. Hinter ihnen tauchte Mr. Enward auf. Mr. Reeder fragte sich, was wohl aus Henry geworden war.

»Das ist Mr. Reeder!« rief Enward schrill. »Haben Sie telefoniert?«

»Ja. Wir haben eine junge Dame hier – Mr. Wentfords Nichte.«

»Seine Nichte ist hier?« fragte Enward überrascht. »Tatsächlich? Ich wußte, daß er eine Nichte hatte. Sie wird . . .« Er hüstelte.

Jetzt war wohl nicht der Augenblick, von Erbschaftsangelegenheiten zu sprechen.

»Sie ist vermutlich in der Lage, die Angelegenheit aufzuklären?« erkundigte sich der Sergeant.

»Sie kann gar nichts aufklären«, entgegnete Mr. Reeder. »Sie war nicht hier, als das Verbrechen begangen wurde – sie kam erst viel später. Sie hat einen eigenen Schlüssel zum Haus. Miss Lynn arbeitete als Sekretärin für ihren Onkel.«

Dem Sergeanten war nicht ganz klar, was er mit Mr. Reeder anfangen sollte. Er war immerhin ein Zivilist, ein Mann ohne Autorität, dessen Anwesenheit also den Vorschriften zuwiderlief. Immerhin hatte sich Mr. Reeders Ruhm auch in Buckinghamshire verbreitet. Der Sergeant entschloß sich daher, Mr. Reeders Anwesenheit zu übersehen – was nicht ganz einfach war, da Reeder unmittelbar neben ihm stand und ihm ständig widersprach.

»Vielleicht würden Sie mir sagen, warum Sie hier sind, Sir?« fragte der Sergeant schließlich aufgebracht.

Mr. Reeder suchte in seinen Taschen, zog eine Lederbrieftasche hervor, legte sie auf den Tisch und entnahm ihr mit aufreizender Langsamkeit ein Bündel Telegramme. Er setzte seinen Zwikker auf die Nase und begann, die Telegramme zu studieren. Schließlich überreichte er eines davon dem Sergeanten.

Der Text lautete:

›Muß Sie heute abend in sehr wichtiger Angelegenheit sprechen. Rufen Sie mich unter der Nummer Woburn Green 971 an. Sehr dringend. Wentford‹

»Sie sind also Privatdetektiv, Mr. Reeder?«

»Wie Sie wollen – «, murmelte Reeder.

Der Sergeant bemerkte den angefüllten Papierkorb und zog etwas heraus. Es war ein leerer Bucheinband. Er fand noch vier weitere – lauter Buchdeckel ohne Inhalt.

»Tagebücher –«, sagte Mr. Reeder bescheiden. »Sie sehen, eines ist immer schmutziger als das andere.«

»Aber woher wollen Sie wissen, daß es Tagebücher sind?« knurrte der Sergeant.

»Weil es innen auf dem Einband gedruckt steht«, antwortete Mr. Reeder höflich. Er hatte nichts übersehen, nicht einmal die zwei Aschenhäufchen im Kamin, die einzigen Überbleibsel der Tagebücher. »In der Wand hinter diesem Regal ist ein Safe eingebaut. Vielleicht lassen sich dort Hinweise finden. Ich bezweifle es zwar.« Hastig fügte er bei: »An Ihrer Stelle würde ich aber den Safe nicht berühren, Sergeant! Jedenfalls nicht ohne Handschuhe. Die Beamten von Scotland Yard dürften bald ein treffen, und sie wären wenig erfreut, wenn sie nur Ihre Fingerabdrücke finden würden.«

4

Chefinspektor Gaylor von Scotland Yard erschien um halb zwei Uhr morgens. Miss Lynn war nach Hause gefahren. Mr. Reeder saß vor dem Feuer und rauchte eine Zigarette.

»Ist die Leiche hier?«

Mr. Reeder schüttelte den Kopf.

»Hat man den berittenen Polizisten, Wachtmeister Verity, gefunden?«

»Nur sein Pferd. Auf der Straße nach Beaconsfield. Am Sattel wurden Blutspuren entdeckt.«

»Blutspuren?«

»Blutspuren –«, bekräftigte Mr. Reeder. Er starrte ins Feuer und machte ein melancholisches Gesicht. »Wie ich schon sagte, ist die junge Dame nach Hause gefahren. Sie arbeitete bei Mr. Wentford als Sekretärin. Er scheint sie recht gut gemocht zu haben, denn er hinterließ sein Vermögen zu zwei Dritteln ihr, zu einem Drittel seiner Schwester. Soweit wir bisher feststellen konnten, befindet sich kein Geld im Haus, aber Mr. Wentford unterhielt ein Konto bei der Great Central Bank in Beaconsfield.« Er kramte in seiner Tasche. »Hier sind die beiden Asse!«

»Die beiden was?« fragte der Inspektor.

»Die beiden Asse – Karo-As und Herz-As, glaube ich, denn ich verstehe nicht allzuviel davon.«

»Wo haben Sie denn die her?«

»Diese Spielkarten wurden nach dem Mord an die Tür gesteckt.«

Gaylor lachte verzweifelt.

»Klingt ja wie ein Kriminalroman! Aber – wie können Sie das so sicher behaupten? Dafür gibt es doch gar keine Beweise.«

Mr. Reeder ächzte leise und nahm ein Spiel Karten vom Tisch.

»Sie werden feststellen, daß die beiden Asse in diesem Spiel fehlen. Außerdem waren zwei Karten zusammengeklebt. Keine Fingerabdrücke zu finden. Ich denke, daß die Karten nach dem vorzeitigen Ableben von Mr. Wentford aus dem Spiel gezogen wurden.«

Gaylor durchsuchte das Schlafzimmer. Als er zurückkam, war Mr. Reeder beinahe eingeschlafen.

»Was hat man mit dem Mädchen gemacht?« erkundigte sich der Inspektor.

Mr. Reeder zuckte die Achseln.

»Man brachte sie zur Station. Natürlich ließ man sie ihre Aussage unterschreiben. Die Beamten waren so freundlich, mir eine Abschrift zu überlassen – sie muß dort auf dem Tisch liegen. Man untersuchte auch ihre Kleidung und ihre Hände, aber das war unnötig. Es ist erwiesen, daß sie im Bahnhof Bourne End um zwölf Minuten nach acht ankam. Der Mord geschah um zwanzig Minuten vor acht, aber auf ein paar Minuten auf oder ab kommt es auch nicht mehr an.«

»Woher, zum Teufel, wollen Sie das alles wissen?« fragte Gaylor. »Haben Sie Beweise?«

»Nur eine Vermutung.« Mr. Reeder seufzte tief. »Zwanzig Minuten vor acht – das ist meine Vermutung. Der Polizeiarzt wird es wahrscheinlich bestätigen. Die Leiche lag hier!« Er deutete auf den Kaminvorleger. »Sie lag hier bis – nun, ziemlich lange.«

Gaylor hatte das Protokoll zur Hand genommen und las die beiden engbeschriebenen Bogen durch. Plötzlich fuhr er auf.

»Sie haben sich getäuscht! Passen Sie auf, was Miss Lynn ausgesagt hat: ›Ich rief meinen Onkel vom Bahnhof aus an und teilte ihm mit, daß ich mich wegen der verschneiten Straßen wahrscheinlich verspäten würde. Er antwortete, ich solle so bald wie möglich kommen. Er sprach sehr leise, seine Stimme klang aufgeregt.‹ – Das wirft Ihre Theorie über den Zeitpunkt des Mordes um, wie?«

»Ja, seltsam, nicht wahr? Es muß furchtbar peinlich gewesen sein.«

»Was war peinlich?« fragte Gaylor verwirrt.

»Alles –«, murmelte Mr. Reeder und schlief ein.

Um fünf Uhr rüttelte Gaylor den Schläfer wach.

»Sie gehen jetzt wohl besser nach Hause«, schlug er vor. »Wir lassen einen Beamten hier.«

Mr. Reeder erhob sich ächzend.

»Ich muß leider bleiben, wenn Sie nichts dagegen einzuwenden haben.«

»Was hat es für einen Sinn, hier zu warten?« fragte Gaylor überrascht.

»Ich habe eine Theorie – eine lächerliche Theorie natürlich –, ich glaube, daß die Mörder zurückkommen. Offengestanden bin ich nicht der Meinung, daß Ihr Wachtmeister hier etwas nützt, außer Sie geben ihm eine Schußwaffe, mit der er sich verteidigen kann.«

Gaylor ließ sich in einen Stuhl fallen.

»Also – 'raus mit der Sprache, verdammt noch mal!«

»Es gibt weiter nichts zu sagen, Mr. Gaylor! Ich habe nur einen Verdacht. Die beiden Spielkarten zum Beispiel – bloße Angeberei, mag sein, aber es gibt ähnliche Fälle . . .«

Der Inspektor nahm die Karten und betrachtete sie.

»Die Kerle haben sich vielleicht einfach einen Spaß geleistet.«

Mr. Reeder seufzte und schüttelte den Kopf.

»Im allgemeinen haben Mörder keinen Humor.« Er ging zur Haustür, öffnete sie. Es hatte aufgehört zu schneien. Er kam zurück und fragte: »Wo ist der Wachtmeister, den Sie hierlassen wollen?«

»Es sind ein paar Beamte in der Nähe«, sagte Gaylor. »Ich brauche nur zu pfeifen.«

Mr. Reeder sah ihn nachdenklich an.

»Das würde ich nicht tun. Warten wir doch, bis es hell wird – oder wollen Sie gehen? Ich denke nicht, daß Ihnen etwas geschehen wird.«

»Mir etwas geschehen?« brauste Gaylor auf.

Reeder ging nicht weiter darauf ein.

»Mein Vorschlag ist, daß wir uns eine Kanne Tee brauen und ein paar Eier machen. Ich habe Hunger.«

Nun war es Gaylor, der zur Haustür ging. Stirnrunzelnd sah er in die Dunkelheit hinaus. Er hatte schon früher mit Reeder zusammengearbeitet und hielt es für zweckmäßig, auf seine sonderbaren Vorschläge einzugehen.

»Ich könnte auch ein paar Eier vertragen«, sagte er, nachdem er die Haustür verriegelt hatte.

Mr. Reeder verschwand in der Küche und kam mit einem Teekessel zurück, den er aufs Feuer setzte. Darauf ging er nochmals hinaus und holte eine Pfanne.

»Nehmen Sie eigentlich jemals Ihren Hut ab?« erkundigte sich Gaylor.

Mr. Reeder hielt die Pfanne ein wenig schräg, um das Fett zu verteilen.

»Sehr selten –«, erwiderte er, »manchmal zu Weihnachten.«

»Wer hat Wentford umgebracht?« fragte Gaylor überraschend.

Die Antwort kam sofort.

»Zwei Männer, vielleicht sogar drei – das heißt, ich denke doch, daß es nur zwei waren. Keine berufsmäßigen Einbrecher, und einem von ihnen war jedenfalls mehr an dem Mord als an einer möglichen Beute gelegen. Wertsachen fanden sie keine, und selbst wenn sie den Safe geöffnet hätten, wäre ihnen nichts Wertvolles in die Hände gefallen. Die junge Dame, Miss Margot Lynn, hätte ihnen wahrscheinlich die ganzen Umtriebe ersparen können – vielleicht täusche ich mich da, aber eigentlich irre ich mich selten. Miss Margot ist . . .«

Er brach plötzlich ab und drehte sich um.

»Was ist denn?« fragte Gaylor.

Reeder legte einen Finger an die Lippen. Er erhob sich, ging zur Tür, die in die kleine Kammer führte, ergriff die Klinke und drückte sie langsam hinunter. Gaylor bemerkte, daß Reeder in der andern Hand eine Pistole hielt.

Die Tür war von innen verschlossen. Mit ein paar Schritten hatte Reeder die Haustür erreicht, den Riegel zurückgeschoben und die Tür aufgerissen. Zur größten Überraschung Gaylors stürzte Mr. Reeder beim nächsten Schritt zu Boden. Als der Inspektor hinzusprang, um ihm wieder auf die Beine zu helfen, schlug ihm etwas gegen die Knöchel, so daß er gleichfalls hinfiel. Nun war es Mr. Reeder, der ihm aufhalf. Entschuldigend erklärte er:

»Jemand hat Draht zwischen die Türpfosten gespannt.«

Er knipste seine Taschenlampe an und ging ums Haus herum. Niemand war zu sehen, aber das Fenster, das er vorher geschlossen hatte, stand offen, und frische Fußspuren im Schnee verloren sich in der Dunkelheit.

»Hol's der Teufel!« fluchte Gaylor.

Reeder sagte nichts. Er lächelte, als er das Haus wieder betrat, nachdem er den Draht mit einem Fußtritt gesprengt hatte.

»Glauben Sie, daß jemand in der Kammer war?«

»Ich bin sogar sicher«, sagte Mr. Reeder. »Lieber Himmel! Wie dumm von uns, daß wir keinen Polizisten vor der Tür postiert hatten. Eine Glasscheibe wurde herausgeschnitten – haben Sie es bemerkt? Unser Freund muß gelauscht haben.«

»Es war nur einer?«

»Nur einer – aber ob es der gleiche war, der auf diese Weise das Haus schon einmal verließ? Ich glaube nicht.«

Mr. Reeder nahm die Pfanne, machte Rühreier, servierte sie auf zwei Tellern und goß den Tee an. »Nein, sie kommen nicht mehr zurück. Wir brauchen nicht länger hier zu bleiben. Es waren zwei Männer, aber nur einer kam ins Haus.«

Nachdenklich verzehrten sie ihr Frühstück.

»Glauben Sie, daß Miss Lynn in den Mordfall verwickelt ist?« fragte Gaylor.

»Nein, nein«, wehrte Reeder ab. »So einfach ist es leider nicht.«

Eine graue Dämmerung zog herauf, als sie das Haus verließen. Auf der Hauptstraße wartete ein Wagen, der sie nach Beaconsfield bringen sollte. Sie kamen dort jedoch erst zwei Stunden später an, weil sie unterwegs auf eine Gruppe von Polizisten und Landarbeitern stießen, die mit ernsten Gesichtern die Leiche des Wachtmeisters Verity betrachteten. Sie lag hinter Büschen am Straßenrand.

»Erschossen –«, sagte ein Polizist, »der Polizeiarzt war eben hier.«

Gaylor und Reeder fuhren weiter nach Beaconsfield. Der Inspektor war deprimiert und schweigsam, Mr. Reeder nur schweigsam. Als sie den Ort errreichten, murmelte er:

»Ich möchte wissen, warum sie nicht ihre eigenen Asse mitgebracht haben.«

Eine der großen Londoner Abendzeitungen brachte einen ausführlichen Bericht über die Ermordung Wentfords und Wachtmeister Veritys. Der Artikel schilderte zunächst die näheren Umstände des Falles, soweit sie der Polizei bekannt waren, erwähnte, daß Chefinspektor Gaylor und Mr. J. G. Reeder an der Aufklärung der mysteriösen Angelegenheit arbeiteten, und endete schließlich mit einer Zeittafel über den Ablauf der bisher feststehenden Ereignisse:

19 Uhr – Wachtmeister Verity verläßt die Polizeistation, um seinen Streifendienst anzutreten.
21 Uhr 14 – Wachtmeister Verity entdeckt Mr. Wentfords Leiche.
21 Uhr 15 – Mr. Enward und sein Sekretär treffen mit Verity zusammen. Der Wachtmeister reitet nach Beaconsfield zurück, um Hilfe zu holen.
6 Uhr 45 – Die Leiche Veritys wird wenige hundert Meter vom ersten Tatort entfernt aufgefunden.

Mr. Kingfeather, Geschäftsführer der Great Central Bankfiliale in Beaconsfield, las diesen Bericht und verlor die Fassung. Er hatte die Bank an diesem Morgen sehr früh aufgesucht, um einen Brief zu schreiben. Er war ein ernster, bebrillter Mann mit dicklichem, blassem Gesicht und einem kleinen schwarzen Schnurrbart.

Nachdem er den Zeitungsbericht mehrmals überflogen hatte, rief er Mr. Enward in seinem Büro an.

»Hallo – Kingfeather? Ja, guten Morgen . . . Ja, ja, es stimmt, ich war praktisch Augenzeuge – den armen Polizisten hat man auch gefunden . . . Ja, erschossen . . . Ich habe als letzter mit ihm gesprochen. Furchtbar, einfach furchtbar! Daß solche Dinge geschehen dürfen . . . Ich sagte, daß solche Dinge geschehen dürfen! – Wie? – Ich sagte, daß solche . . . Sagen Sie, was ist denn mit Ihrem Telefon los? – Er hat bei Ihnen ein Konto? Tatsächlich? Ich komme vorbei . . .«

Mr. Kingfeather legte den Hörer auf und wischte sich die

Stirn mit dem Taschentuch. Er faltete die Zeitung zusammen und warf einen Blick auf den angefangenen Brief. Das Schreiben war bereits mehrere Seiten lang, und die letzten Worte lauteten: ›... kann es kaum ertragen, den ganzen Tag Dein liebes Gesicht nicht sehen zu dürfen, Liebste ...‹

Man durfte daraus schließen, daß der Brief weder an Kingfeathers Vorgesetzten noch an einen Kunden, der sein Konto überzogen hatte, gerichtet war.

Später erschien Enward. Der Anwalt gab sich noch gewichtiger als sonst. Schon am frühen Morgen war nämlich der Bildberichterstatter einer Nachrichtenagentur bei ihm erschienen, und Mr. Enward hatte sich um sieben Uhr dreißig am Frühstückstisch fotografieren lassen. Sein Bild würde in hundertfünfzig Zeitungen unter der Überschrift ›Anwalt findet Klienten ermordet auf!‹ erscheinen.

»Eine gräßliche Geschichte«, sagte Enward und legte seinen Mantel ab. »Er hat seine Bankgeschäfte also über Sie abgewikkelt? Ich bin zwar für alles verantwortlich, Kingfeather, in Wirklichkeit weiß ich aber sehr wenig. Wie groß ist sein Bankguthaben?«

Mr. Kingfeather überlegte.

»Warten Sie, ich hole die Unterlagen ...«

Er schloß die Mittelschublade seines Schreibtisches ab, weil sich dort unter anderem der Brief an Ena Burslem befand. Mr. Enward sah in dieser Maßnahme nichts Beleidigendes – im Gegenteil, er hielt es für einen Beweis von Kingfeathers Umsicht und Tüchtigkeit.

»Hier sind seine Kontoblätter –.« Kingfeather legte einen Aktenordner auf den Tisch und blätterte darin. »Guthaben: dreitausendvierhundert Pfund.«

Mr. Enward setzte die Brille auf und studierte die Eintragungen.

»Irgendwelche Depositen oder Wertpapiere – nein? Kam er eigentlich oft zur Bank?«

»Nie. Von seinem Guthaben bezahlte er Rechnungen. Wenn er Bargeld brauchte, schickte er einen Scheck, und ich überwies ihm das Geld. Es kamen auch Leute, um seine Schecks einzulösen.«

»Diese sechshundert Pfund zum Beispiel, die vor fünf Tagen abgehoben wurden – wie?« Mr. Enward deutete auf die betreffende Eintragung.

»Ja, der Betrag wurde bar ausgezahlt. Ich habe allerdings nicht gesehen, wer den Scheck einlöste. Ich war nicht hier – Mr. McKay, einer meiner Angestellten, hat ihn . . . Ja – bitte?«

Es hatte an der Tür geklopft. Kingfeather stand auf, ging dem Besucher entgegen.

»Ein glücklicher Zufall, daß ich Sie hier finde –«, sagte Mr. Reeder aufgeräumt. »Wentfords Konto?« Er zeigte auf den Aktenordner.

Es war allgemein bekannt, daß Mr. Reeder auch für die Great Central Bank arbeitete, so daß der Geschäftsführer die Frage keineswegs unpassend fand. Mr. Enward dagegen schien Bedenken zu haben.

»Das ist eine ziemlich ernste Angelegenheit, Mr. Reeder«, sagte er gespreizt. »Ich weiß nicht, ob wir Sie ins Vertrauen ziehen dürfen . . .«

»Sollten Sie nicht lieber erst zur Polizei gehen und sich erkundigen, ob man Sie ins Vertrauen ziehen will?« fragte Mr. Reeder scharf.

Mr. Kingfeather gab nochmals Auskunft über Wentfords Konto.

»Sechshundert Pfund – hm!« Reeder runzelte die Stirn. »Ganz beträchtlich. Wer hat den Betrag abgehoben?«

»McKay, mein Angestellter, sprach von einer Dame – sie sei tief verschleiert gewesen.«

Mr. Reeder starrte den Geschäftsführer an.

»McKay? Natürlich – wie dumm von mir! Kenneth McKay, nicht wahr? Hm! Verschleiert, sagen Sie? Haben Sie die Nummern der Banknoten registriert?«

Kingfeather brachte die Unterlagen, und Mr. Reeder sah sich alles sehr genau an und notierte umständlich die Nummern.

»Wann kommt McKay?«

Sein Dienst begann um neun Uhr. Gewöhnlich kam er zu spät. Auch an diesem Morgen.

Mr. Reeder beobachtete den jungen Mann durch ein Fenster

in Kingfeathers Büro. McKay sah müde aus. Er schien sich beim Rasieren geschnitten zu haben, denn sein Kinn zierte ein kleines Heftpflaster. Möglich, daß die roten Flecken an der rechten Manschette daher rührten, überlegte Mr. Reeder.

»Ich möchte ihn allein sprechen.«

»Er ist ziemlich vorlaut«, warnte Kingfeather.

Als Kenneth das Zimmer betrat, sagte Mr. Reeder:

»Machen Sie bitte die Tür zu – nehmen Sie Platz. Sie kennen mich, nicht wahr?«

»Jawohl, Sir.«

»Sie haben Blut an der Manschette, nicht wahr? Beim Rasieren geschnitten? Sie sind die ganze Nacht nicht zu Hause gewesen?«

McKay zögerte.

»Nein, Sir. Ich konnte mein Hemd nicht wechseln, wenn Sie das meinen.«

Mr. Reeder lächelte.

»Genau.« Er sah den jungen Mann durchdringend an. »Warum haben Sie gestern abend zwischen halb neun und halb zehn Mr. Wentfords Haus aufgesucht?«

Kenneth wurde totenblaß.

»Ich wußte nicht, daß er tot ist – bis heute morgen kannte ich nicht einmal seinen Namen. Ich ging hin, weil . . . Nun, ich habe jemandem nachspioniert.«

»Der jungen Dame – Margot Lynn? Sie sind in sie verliebt? Vielleicht sogar verlobt?«

»Ich bin verliebt in sie. Aber wir sind nicht mehr – befreundet«, gestand Kenneth leise. »Sie hat Ihnen wohl erzählt, daß ich im Haus gewesen bin? Oder haben Sie meine Mütze gefunden? Mein Name stand darin.«

»Sie fuhren mit Miss Lynn im gleichen Zug? Gut. Dann werden Sie beweisen können, daß Sie den Bahnhof in Bourne End . . .«

»Nein, das kann ich nicht. Ich bin schon vorher ausgestiegen. Kein Mensch hat mich gesehen, als ich den Zug verließ – es schneite sehr stark.«

»Das ist unangenehm«, sagte Mr. Reeder. »Sie dachten im

Ernst, daß sich zwischen Mr. Wentford und der jungen Dame eine Art – äh – Freundschaft entwickelt hätte?«

Kenneth machte eine verzweifelte Geste.

»Ich weiß nicht, was ich dachte – ich war einfach eifersüchtig.«

»Sie haben neulich einer Dame auf einen Scheck von Mr. Wentford sechshundert Pfund ausbezahlt?«

»Ich wußte nicht, daß Wentford . . .« Der junge Mann stockte, als Mr. Reeder abwinkte. »Jawohl, eine verschleierte Dame. Sie kam mit dem Wagen. Und es handelte sich tatsächlich um eine größere Summe, doch tags zuvor hatte mich Mr. Kingfeather angewiesen, jeden Scheck von Mr. Wentford zu honorieren, wer immer ihn vorwiese.«

»Wollen Sie mir etwas über Ihren Streit mit der jungen Dame erzählen?« fragte Mr. Reeder. »Ich weiß, die Angelegenheit ist delikat . . .«

Kenneth zögerte ein wenig, dann berichtete er über alles genauso, wie er es schon Mr. Machfield erzählt hatte.

»Miss Lynn kam an dem Abend zu Ihnen – hat sie Sie nicht gebeten, das bewußte Foto zu vernichten?«

»Nein«, erwiderte Kenneth überrascht. »Das Foto hatte ich ganz vergessen. Würde Ihnen das Bild etwas nützen?«

Mr. Reeder schüttelte den Kopf. Er stellte keine weiteren Fragen. Bevor er die Bank verließ, suchte er noch einmal Mr. Kingfeather auf.

»Haben Sie Mr. McKay angewiesen, jeden Scheck von Mr. Wentford zu honorieren, gleichgültig wer ihn einlösen würde?«

»Selbstverständlich nicht! Er hatte sich, wie in allen anderen Fällen, zu vergewissern, ob der Überbringer des Schecks zur Einlösung auch legitimiert war. Da fällt mir übrigens noch etwas ein. Ich esse immer im Gasthaus gegenüber zu Mittag und sitze meistens am Fenster, um die Bank im Auge behalten zu können. Als der Scheck eingelöst wurde, war ich jedenfalls nicht in der Bank anwesend – ich kann mich andrerseits aber nicht erinnern, von meinem Fensterplatz aus einen Wagen vorfahren gesehen zu haben.«

»Hm!« meinte Mr. Reeder.

Er zog in Beaconsfield und Umgebung ein paar Erkundigungen ein und fuhr dann zu Wentfords Haus, wo sich Gaylor mit ihm treffen wollte. Der Chefinspektor ging auf dem verschneiten Weg vor dem Haus auf und ab.

»Ich glaube, ich hab' den Kerl!« sagte er. »Kennen Sie einen gewissen McKay?«

Mr. Reeder sah ihn von der Seite an.

»Ich kenne mindestens ein Dutzend McKays.«

»Kommen Sie 'rein, dann zeige ich Ihnen etwas!« Der Inspektor ging voraus, und Reeder folgte ihm ins Zimmer. Der Teppich und die Möbel waren entfernt worden. Gaylor zog das Bücherregal heraus. Die Tür des Safes stand offen. »Wir haben vom Hersteller Schlüssel beschafft. Um halb neun bereits wurden sie geliefert.« Er griff in den Safe und holte drei Bündel heraus. Das erste bestand aus Rechnungen, das zweite aus alten Schecks, das dritte aus französischen Banknoten zu je tausend Francs. »Überraschung Nummer eins – französische Banknoten . . .«

»Ich bedaure, aber das überrascht mich nicht«, unterbrach Mr. Reeder, »ich habe nämlich die Kontoauszüge durchgesehen. Übrigens sind hier die Nummern der Banknoten, die gegen Schecks an Mr. Wentford ausbezahlt wurden.«

Er hob ein Blatt Papier hoch. Gaylor nahm es, sah es durch und sagte:

»Sechshundert Pfund sind eine Menge Geld! Was haben Sie sonst noch gefunden?«

»Nur, daß alle Einzahlungen mit französischen Banknoten getätigt wurden. – Und die Überraschung Nummer zwei?«

Chefinspektor Gaylor nahm einen beschriebenen Papierbogen aus dem Safe. Es handelte sich um einen Bericht, der mit ›D. Hartford‹ unterschrieben war und so lautete:

›Ich habe festgestellt, daß es sich bei dem Mann, der Sie durch einen Privatdetektiv suchen läßt, um George McKay, Sennet House in Marlow, handelt. Seine Absichten sind mir unklar, aber wohlwollend dürften sie auf keinen Fall sein. Sie brauchen sich jedoch keine Sorgen zu machen – er hat einen der unfähigsten Privatdetektive engagiert, die es gibt.‹

»Erstaunlich!« sagte Mr. Reeder, bekam dann aber einen Hustenanfall.

»Als erstes müssen wir Hartford finden –«, begann Gaylor, aber Reeder fiel ihm ins Wort.

»Er ist in Australien. Als er diesen Wisch hier schrieb, hatte er in London, Lamb's Buildings 327, ein Büro. Er machte Bankrott und mußte das Land schnell verlassen.«

»Wieso wissen Sie das?« fragte Gaylor überrascht.

»Weil ich der unfähige Privatdetektiv bin, der Mr. Lynn, oder Mr. Wentford, wie er sich nannte, finden sollte. Und ich fand ihn nicht.«

»Warum wollte McKay ihn denn finden?«

»Er schuldete ihm Geld. Mehr weiß ich nicht. Die Nachforschungen wurden schließlich eingestellt, weil – äh – Mr. McKay mir Geld schuldete. Man muß ja schließlich leben.«

»Aber Sie wußten doch Bescheid über Wentford?«

»Hm – ja. Ich erkannte ihn gestern abend – ich hatte einmal ein Bild von ihm gesehen. Ich fuhr auch nach Marlow und zog dort Erkundigungen ein. Mr. McKay – Mr. George McKay – verließ sein Haus gestern nacht nicht. Als der Mord begangen wurde, speiste er mit dem Pfarrer zu Abend.«

»Sie sind ein Spielverderber –«, sagte Gaylor.

Mr. Reeder seufzte.

Der Inspektor zeigte ihm eine benützte Filmrolle.

»Ich werde die Bilder entwickeln lassen. Ich fand den Film im Schlafzimmer. Es wird uns allerdings vermutlich nicht viel nützen.«

»Oh, es dürfte sogar sehr lehrreich sein, denke ich«, bemerkte Mr. Reeder. »Vor allem ein Bild von Mr. Wentford, auf dem er einen Arm um die Schultern seiner Nichte legt.«

Gaylor setzte sich.

»Wollen Sie mich auf den Arm nehmen?« knurrte er.

»Das würde ich gar nicht wagen!«

Gaylor stand auf und fragte scharf:

»Was wissen Sie über diese Morde, Reeder?«

Mr. Reeder breitete die Arme aus. Sein Zwicker rutschte etwas tiefer auf die Nase.

»Ach, wissen Sie, ich bin ungewöhnlich neugierig. Das Blut am Pferd des Polizisten – das ist sehr interessant. Ich will keine Theorien entwickeln. Aber Henry, Mr. Enwards Sekretär, hatte doch Blut am Ärmel, obwohl er den Toten nicht berührte. Dann die beiden Asse an der Tür – all das ist ungeheuer interessant! Mr. Gaylor, wenn Sie mir erlauben, mit George McKay zu sprechen, werde ich Ihnen sagen, wer diese Morde begangen hat.«

»Das Mädchen hat Ihnen etwas erzählt, ich meine – Margot Lynn?«

»Sie hat mir gar nichts erzählt. Vielleicht weiß sie allerhand. Ich habe vor, ein oder zwei Nächte in ihrer Wohnung zu verbringen, allerdings – das heißt – äh – nicht ohne Anstandsdame.«

Gaylor starrte Reeder fassungslos an – er war rot geworden.

6

Die letzte Seite des Briefes, den Mr. Eric Kingfeather am frühen Morgen begonnen hatte, bereitete ihm Schwierigkeiten. Es wäre wichtig gewesen, gewisse Dinge auszusprechen, aber manches konnte man eben nicht gut zu Papier bringen.

Verzweifelt beschloß er, es aufzugeben und selbst in die Stadt zu fahren. Bevor die Bank geschlossen wurde, konnte er natürlich nicht weg, aber unmittelbar danach. Dringende Arbeiten mußten eben zurückgestellt werden. Als die Dienststunden vorüber waren, übergab er Kenneth den Schlüssel zum Safe.

»Ich muß in die Stadt. Erledigen Sie die Tagesbilanz, und legen Sie dann die Unterlagen in den Safe. Ich komme um sechs Uhr zurück. Warten Sie auf mich.«

Kenneth McKay war mit dieser Regelung keineswegs einverstanden. Er wollte auch fort.

»Nun, das geht eben nicht!« erklärte Kingfeather. »Morgen kommt der Bankrevisor, um Wentfords Konto zu überprüfen. Es wird im Gerichtsverfahren eine Rolle spielen.«

Mr. Kingfeather holte seinen kleinen Wagen aus der Garage und fuhr nach London. In Bloomsbury parkte er und ging zu Fuß zu einem großen Apartmenthouse in der Nähe der Gower Street. Der Liftführer grinste ihn freundlich an.

»Die junge Dame ist zu Hause, Sir!«

Die ›junge Dame‹ öffnete selbst die Tür.

»Na, so eine Überraschung!« rief sie und trat zur Seite, um ihn einzulassen. Sie trug einen alten Kimono und sah nicht so anziehend aus wie sonst. »In einer halben Stunde wäre ich nicht mehr zu Hause gewesen.«

Sie führte ihn ins Wohnzimmer, in dem ein dicker Tabakqualm hing. Den Boden bedeckte ein schwerer, weicher Teppich, der einmal sehr teuer gewesen sein mochte, aber jetzt viele Flecken zeigte. Vor dem Kamin stand ein Diwan, auf dem sie offensichtlich gelegen hatte.

»Nun, mein Lieber, was bringt dich in die Stadt? Ich hab' dir doch gesagt, du sollst dich ausschlafen – so gegen eins hast du furchtbar ausgesehen, und man muß auf Draht sein, wenn man hinter dem Geld her ist.«

Sie war dunkelhaarig, robust und sah gut aus.

Sie unterhielten sich lange. Schließlich sagte sie:

»Jetzt verschwinde und mach dir keine Sorgen! Der Chef wird mit dir heute abend sprechen – du mußt ihm alles sagen. Du weißt schon, was ich meine.«

Er holte einen Brief aus der Tasche und gab ihn ihr mit einiger Verlegenheit.

»Ich hab' ihn heute früh geschrieben, oder vielmehr angefangen . . . Es ist mir bitter ernst!«

Sie küßte ihn.

»Du bist sehr lieb!«

Mr. Kingfeather kehrte in die Bank zurück, fand aber nur einen jüngeren Angestellten vor. McKay war einfach weggegangen. Aufgebracht machte sich Kingfeather an die Arbeit. Als Kenneth McKay noch einmal zurückkam, fauchte er ihn an:

»Ich hatte Sie doch gebeten, hierzubleiben, nicht wahr?«

»So? Nun, ich war auch hier, bis ich meine Arbeit erledigt hatte. Dann kam der Bankrevisor.«

Mr. Kingfeather wurde blaß.

»Was wollte er? Redman hat mir nichts davon erzählt.«

»Er war aber hier.«

Kenneth ging in sein Büro. Kingfeather kritzelte geistesabwesend auf seinem Schreibblock herum, dann bemerkte er einen Brief auf dem Kaminsims, den er bis jetzt nicht gesehen hatte. Er trug die Vermerke: ›Dringend! Vertraulich! Durch Boten‹ und kam von der Hauptverwaltung der Bank.

Er nahm ihn mit unsicherer Hand und öffnete ihn zögernd. An der Wand über dem Kamin hing ein Spiegel. Mr. Kingfeather erkannte sich kaum wieder.

Er brauchte den Brief nicht zweimal zu lesen. Jedes Wort, jedes Komma war in sein Gedächtnis eingegraben. Eine Weile stand er unschlüssig im Zimmer, dann ging er in McKays Büro hinüber.

»Der Revisor kam wohl wegen der Schecks von Wentford?« erkundigte er sich.

Der junge Mann sah ihn an.

»Wegen des Schecks von Wentford? Ich weiß nicht, wovon Sie reden. Sie meinen doch nicht den Scheck, den die verschleierte Dame einlöste?«

Kingfeather nickte.

»Nun, was ist damit?«

»Er war gefälscht, das ist alles.«

»Gefälscht?« wiederholte Kenneth mit zusammengezogenen Brauen.

»Ja – hat denn der Revisor nichts gesagt? Er hinterließ mir einen Brief.«

»Nein. Er schien überrascht, daß Sie nicht hier waren. Ich sagte ihm, Sie seien zur Hauptverwaltung gefahren. Ich lüge nicht sehr gern für Sie. Was ist mit dem Scheck los?«

»Er war gefälscht. Sie sollen sich morgen früh bei der Hauptverwaltung melden – man hat einen Teil der Banknoten gefunden, und zwar bei Ihnen ... Der Scheck wurde von Ihnen gebucht.«

McKay starrte seinen Chef mit offenem Mund an.

»Sie meinen den Scheck, den diese Frau brachte?«

»Angeblich soll es eine Dame gewesen sein, eine verschleierte Dame ...«

»Was heißt hier ›angeblich‹?« fuhr Kenneth auf. »Sie sagen, daß die Banknoten ... Ich habe sie ausgezahlt – das meinen Sie doch wohl?«

»Sie haben die Scheine oder einen Teil davon in Ihrem Besitz, das ist es.«

»Ich? Wollen Sie damit sagen, daß ich sie gestohlen habe?«

»Woher, zum Teufel, soll ich wissen, was Sie getan haben? Die Hauptverwaltung hat mir schriftlich mitgeteilt, daß ein Teil der von Ihnen ausgezahlten Banknoten über Sie bei einem Geldverleiher namens Stuart aufgetaucht seien.«

»Stuart – oh!« stieß Kenneth McKay hervor.

Nachdem Mr. Kingfeather in sein Büro zurückgekehrt war, um damit fortzufahren, seinen Schreibblock zu bekritzeln, stürzte Kenneth aus dem Haus.

Er erreichte Marlow kurz vor dem Abendessen und fand den Vater im Arbeitszimmer. Hier brütete George McKay gewöhnlich über seinen Systemen. Zu Kenneths Überraschung begrüßte ihn sein Vater mit einem Lächeln. Statt mit Spielkarten war der Tisch mit Dokumenten und Briefen bedeckt.

»Na, mein Sohn – endlich haben wir Glück gehabt. Die Angelegenheit ist zu meinen Gunsten entschieden worden. Ich wußte ganz genau, daß meine Rechte an dem Färbeverfahren weiterliefen. Die Firma muß ungefähr hunderttausend Pfund an Tantiemen nachbezahlen.«

Kenneth wußte von dem Streit zwischen seinem Vater und der Firma, für die er früher tätig gewesen war, wenn er sich auch nie besonders darum gekümmert hatte.

»Das bedeutet also, daß wir auf Jahre hinaus ein regelmäßiges Einkommen haben.« Der Vater zeigte auf den Kamin. Auf dem Rost lagen halbverbrannte Spielkarten. »Schau mal – jetzt werde ich mich wieder aufraffen! Die Firma hat mir angeboten, dem Aufsichtsrat beizutreten. – Was ist denn, Kenneth?«

Erst jetzt bemerkte er, wie blaß sein Sohn war. Kenneth ließ sich auf einen Stuhl fallen und erzählte von seinen Problemen. George McKay wartete, bis er geendet hatte.

»Wentfort – so? Der Name wird mich bis an mein Lebensende verfolgen.«

»Du kennst ihn?« fragte Kenneth fassungslos.

»Allerdings kannte ich ihn – heute morgen war Reeder hier.«

»Meinetwegen?«

»Nein, er wollte zu mir. Ich konnte mir ausrechnen, daß er mich des Mordes verdächtigen würde.«

Kenneth sprang entsetzt auf.

»Dich? Er ist ja verrückt! Warum solltest du . . .«

»Es gab einen guten Grund dafür – einen so guten Grund, daß ich schon den ganzen Tag die Polizei erwartete.« Er wechselte das Thema. »Erzähl mir von den Banknoten! Natürlich weiß ich, daß du dir von Stuart Geld geborgt hast, mein Junge. Es war sehr egoistisch von mir, daß ich es zuließ – wie bist du nun zu dem Geld gekommen?«

»Ich erhielt es vor ein paar Tagen. Als ich zum Frühstück herunterkam, sah ich einen Brief auf dem Tisch. Die Adresse war von Hand geschrieben. Ich war Stuarts wegen in großer Sorge gewesen – die Hauptverwaltung durfte ja nicht erfahren, daß ich mir Geld geborgt hatte. Als ich in dem Briefumschlag zwanzig Zehnpfundnoten fand, war ich wie vor den Kopf geschlagen.«

»Lag ein Brief dabei?«

»Nein.«

»Wer wußte, daß du in Schulden stecktest?«

Kenneth schwieg.

»Du hast es natürlich deiner Margot gesagt, nicht wahr – Wentfords Nichte? Er hieß in Wirklichkeit übrigens Lynn. Könnte sie das Geld geschickt haben?«

»Ich beschwöre, daß sie das Geld auf der Bank nicht abgehoben hat. Ich hätte sie doch erkannt. Im übrigen würde ich die verschleierte Frau bestimmt sofort wiedererkennen. Kingfeather behauptete zwar, daß überhaupt keine Dame dagewesen sei – er verdächtigt mich, den Scheck selbst eingelöst zu haben. Er geht sogar so weit, zu behaupten, der Scheck stamme aus einem Buch, das ich in meiner Schublade für Kunden bereithalte, die ihr Scheckbuch vergessen haben.«

George McKay sah seinen Sohn an.

»Wenn du wirklich in Schwierigkeiten wärst, würdest du mir doch die Wahrheit sagen, nicht wahr? Das tust du auch jetzt, oder nicht?«

»Ja, Vater.«

George McKay lächelte.

»Väter dürfen solche Fragen stellen, ohne die Söhne damit zu beleidigen. Komm jetzt und iß – dann kannst du zu deiner Margot fahren!«

»Vater, wer hat Wentford umgebracht?«

»Wahrscheinlich J. G. Reeder –«, antwortete McKay belustigt. »Er weiß viel zuviel!«

7

Als der Besucher gegangen war, öffnete Ena den Brief, den er ihr dagelassen hatte, las ein paar Zeilen und warf ihn dann ins Feuer. Sie kleidete sich an, verließ das Haus und winkte einem Taxi.

In einer vornehmen Straße im Stadtteil Mayfair ließ sie sich absetzen und stieg die Freitreppe zu einem der Herrschaftshäuser hinauf. Ein Diener in Livree ließ sie ein. In einem großen Raum saßen Männer und Frauen um einen mit grünem Tuch bespannten Tisch. Der Croupier verteilte Karten, schob Geldscheine mit dem Rechen dem Gewinner zu und kassierte die Einsätze der Spieler.

Ena fand den Chef in seinem Zimmer. Er las die Zeitung und rauchte.

»Mach die Tür zu!« befahl er. »Was ist los?«

»Nichts Besonderes. Feather macht sich Sorgen.«

Sie erzählte ihm die Geschichte. Mr. Machfield lächelte.

»Zerbrich du dir bloß nicht den Kopf. In der Nähe von Beaconsfield ist ein Mord passiert – hat er dir davon erzählt? Ich las eben einen Artikel darüber. Es würde mich sehr überraschen, wenn Reeder die Sache nicht bald aufklären würde –

Reeder ist ein sehr kluger Mann.« Der Chef zog nachdenklich an seiner Zigarre. »Ein merkwürdiger Zufall, nicht wahr, Ena, daß Feather ausgerechnet Wentfords Konto abkassiert hat?«

»War es nur ein Zufall? Das macht mir wirklich Sorgen. Wußte er, daß dieser Mann in ein paar Tagen tot sein würde? Ich hatte ein merkwürdiges Gefühl, als er so neben mir saß. Ich fragte mich dauernd, ob er Blut an den Händen . . .«

»Mein Gott!« unterbrach Mr. Machfield verächtlich. »Dieser Hasenfuß!«

Er stand auf, trat zur Wand und öffnete ein kleines Schiebefenster, durch das er die Menschen am Spieltisch beobachten konnte.

»Sie riskieren nichts!« knurrte er. »Aber es ist eben noch zu früh. Schau dir Lamontaine an – er langweilt sich!«

Der Croupier sah wirklich gequält vor sich hin. Machfield schloß den Schiebeladen.

»Glaubst du nicht, daß bei dir bald eine Razzia stattfinden wird?« fragte sie.

»Gewiß!« meinte er leichthin. »Aber ich habe noch ein paar andere Häuser bereit, die sofort anfangen können.«

»Was hältst du von Kingfeather? Wird er reden, wenn sie ihm draufkommen?«

»Natürlich. Mumm hat er bestimmt keinen. – Ena, ich habe einen kleinen Job für dich.«

Sie sah ihn mißtrauisch an und schwieg.

»Nichts Besonderes. Willst du etwas trinken?«

»Ja, aber nur Milch. Worum handelt es sich bei dem Job, und wieviel ist zu verdienen?«

»Tausend?« schlug er prüfend vor, ging von neuem zum Schiebefenster, sah in den Saal hinaus und wandte sich dann wieder Ena zu.

»Wen erwartest du eigentlich?« fragte sie. »Na, schon gut, ich hab' ja nichts gesagt. – Tausend klingt nicht schlecht.«

»Jetzt hör mal zu!« Machfield erklärte ihr in allen Einzelheiten, was zu tun war. »Einen Augenblick!« unterbrach er sich und starrte wieder durch den Ausguck. Plötzlich schien er blaß zu werden. »Wer hat ihn eingelassen? Dieser Portier . . .«

»Wen meinst du?«

Er winkte sie heran und öffnete die Luke einen Spalt.

»Schau – der kleine Mann mit dem Schirm . . .«

»Was ist mit dem?«

»Das ist Reeder – J. G. Reeder!«

Sie sah ihn überrascht an.

»Geh hinaus und unternimm irgend etwas – nein, warte einen Augenblick!«

Er nahm den Hörer des Haustelefons und drückte auf einen Knopf.

»Wer war dieser Mann – der ältere Herr mit dem Regenschirm? – Er hat eine Karte? – Auf welchen Namen? – Reeder?«

Mr. Machfield gab Mitgliederkarten an gewisse Personen aus. Er legte den Hörer auf.

»Geh, mach dich mit ihm bekannt – er weiß nichts von dir! Tu so, als wärst du eben erst gekommen.«

Als sie den Spielsaal betrat, saß Mr. Reeder dem Croupier gegenüber. Den Schirm hielt er zwischen die Knie geklemmt. Vor sich hatte er ein Bündel Banknoten liegen.

»Faites votres jeux, messieurs et mesdames«, sagte der Croupier mechanisch.

»Was heißt denn das?« fragte Mr. Reeder seine Nachbarin.

»Er meint, Sie sollen einen Betrag setzen«, antwortete Ena, die neben ihm Platz genommen hatte.

Mr. Reeder spielte ein paarmal und gewann sechs Pfund. Darauf erhob er sich und holte seinen Hut unter dem Stuhl hervor.

»Man soll aufhören, wenn man gewinnt«, sagte er zu Ena, die gleichzeitig mit ihm den Spieltisch verließ.

»Ein großartiger Einfall!« stimmte sie begeistert zu.

Mr. Reeder zuckte zusammen.

Sie führte ihn in den Erfrischungsraum. Er bestellte eine Tasse Tee und ein Stück Kuchen. Ena sah ihn erstaunt an. Und so etwas wollte ein Detektiv sein?

Sie unterhielten sich einige Zeit.

»Vielleicht besuchen Sie mich einmal«, schlug Ena vor. »Mein Name ist Mrs. Coleforth-Ebling . . .«

»So, so!« sagte Mr. Reeder und winkte einem Taxi.

»Meine Telefonnummer – vielleicht notieren Sie . . .«

»Ich habe ein sehr gutes Gedächtnis –«, murmelte er und schickte sich an, ins Auto zu steigen. »Ena Burslem, Gower Mansions 907 – ich vergesse es nicht.«

Er winkte zum Abschied.

Sie ging ins Haus zurück und erzählte Machfield, was sich abgespielt hatte.

»Ein kluger Bursche«, meinte er bewundernd. »Wenn ich Wentford umgebracht hätte, wäre mir nicht wohl in meiner Haut. Ich gehe nachher in den Leffingham-Club, vielleicht kann ich noch jemand zum Spielen animieren. Du kannst mit mir essen, Ena – ich muß dir ja noch die nötigen Anweisungen geben.«

Im Leffingham-Club fand Mr. Machfield stets einige junge Leute, die sich durch Zureden dazu verleiten ließen, den Spielsaal aufzusuchen.

Unterdessen traf sich Mr. Reeder im Yard mit Inspektor Gaylor.

»Wir haben Glück gehabt! Sie erinnern sich – Sie haben sich die Nummern der Banknoten notiert, die auf Wentfords letzten Scheck ausbezahlt wurden . . .«

»An die verschleierte Dame –«, ergänzte Reeder, »ja, ja.«

»Quatsch!« sagte Gaylor. »Wir haben zweihundert Pfund bei einem Geldverleiher aufgespürt. Sie wurden von Kenneth McKay, dem Bankangestellten, der den Scheck selbst einlöste, dort bezahlt – hier ist der Scheck!« Er nahm ihn aus einem Dossier. »Die Unterschrift ist sogar sehr schlecht gefälscht. Der Scheck stammt nicht aus Wentfords Scheckbuch, sondern von McKay.«

»Erstaunlich!« sagte Mr. Reeder.

»Nicht wahr?« Gaylor lächelte. »Und so einfach! McKay fälschte den Scheck, löste ihn ein und brachte schließlich Wentford um, damit, wie er glaubte, der Betrug nicht entdeckt würde.«

»Und Sie haben ihn verhaftet?«

»Ich bin doch nicht von gestern!« bemerkte Gaylor vorwurfsvoll. »Nein, ich habe ihn nur einvernommen. Er bestreitet nicht, dem Geldverleiher eine Summe zurückerstattet zu haben, das Geld hätte er aber von unbekannter Seite erhalten. Es sei ihm mit der Post ins Haus geschickt worden. Nun, was halten Sie davon?«

»Wir werden sehen –«, meinte Mr. Reeder unbestimmt.

8

Margot Lynn hatte einen anstrengenden Tag gehabt. Das kleine Büro in der City erschien ihr wie ein Gefängnis.

Sie hatte ihren Onkel nie besonders gemocht. Er war zwar mit der Bezahlung sehr anständig gewesen, hatte aber auch sehr viel von ihr verlangt. Börsenspekulationen, Bankgeschäfte – an Arbeit hatte es nie gemangelt. Und wenn sie sich gelegentlich auflehnte, drohte er, seine Unterstützung an ihre kranke Mutter einzustellen.

Sie verließ das Bürohaus durch eine Hintertür, um den neugierigen Reportern zu entkommen. Auch vor ihrer Wohnung warteten bereits wieder Zeitungsleute, doch einzig Mrs. Grible wurde sie nicht so bald los, so sehr sie dies auch wünschte.

Mrs. Grible war von Mr. Reeder gewissermaßen als Bewachung geschickt worden.

»Ich bin Ihnen und Mr. Reeder sehr dankbar«, äußerte Margot nach dem Abendessen. »Ich glaube nicht, daß ich Ihre Zeit weiterhin in Anspruch nehmen sollte . . .«

»Ich bleibe, bis Mr. Reeder kommt«, erklärte Mrs. Grible.

Mr. Reeder kam erst gegen zehn Uhr abends. Margot war entsetzlich müde und hätte sich am liebsten schlafen gelegt.

Reeder dagegen befand sich in angeregter Stimmung.

»Sie waren natürlich bei der Polizei?« erkundigte er sich. »Und Sie haben alles erzählt? Das ist sehr klug. Nun zum Schlüssel – haben Sie auch den Schlüssel erwähnt?«

Sie wurde rot.

»Den Schlüssel?«

»Gestern nacht in Wentfords Haus zeigten Sie mir zwei

Schlüssel – einer davon gehörte offensichtlich zu einem Bankfach.«

»Ja. Ich hätte das bei der Polizei angeben sollen, aber Mr. Wentford . . .«

»Hat Sie gebeten, nichts davon zu verraten. Er hatte zwei Schlüssel, einen für Sie und einen für sich selbst.«

»Er zahlte sehr ungern Steuern . . .«, begann sie

»Fuhr er manchmal in die Stadt?«

»Nur bei schlechtem, nebligem Wetter. Ich habe das Bankfach nie geöffnet, Mr. Reeder! Mein Schlüssel war nur für den Notfall bestimmt.«

»Wovor hatte er eigentlich Angst – sprach er mit Ihnen darüber?«

»Nein. Aber er muß große Angst gehabt haben. Er kochte selbst und hielt das Haus allein in Ordnung. Alle paar Tage kam ein Gärtner, der sich auch um die Lichtmaschine kümmerte. Mr. Wentford ließ ihn nicht ins Haus und bezahlte ihn durchs Fenster. Er hatte Angst vor Bomben – haben Sie das Eisengitter an seinem Schlafzimmerfenster gesehen? Die Wäsche wurde in einem Korb vor die Haustür gestellt, abgeholt und genauso wieder gebracht. Er untersuchte sogar die Milch, die ihm täglich gebracht wurde. Von Jahr zu Jahr wurde es schlimmer.«

»Er hatte zwei Telefone im Haus –«, sagte Mr. Reeder, »das ist auch sehr merkwürdig.«

»Er fürchtete, der Anschluß könnte unterbrochen werden. Der zweite Apparat war durch eine unterirdisch verlegte Leitung ans Telefonnetz angeschlossen – das hat furchtbar viel Geld gekostet.« Sie seufzte. »Jetzt hab' ich Ihnen aber alles erzählt! Soll ich die Schlüssel holen?«

»Sie stehen allein Mr. Gaylor zu«, sagte Mr. Reeder hastig. »Sie sollten sie nur ihm geben. Auch nicht der Person, die heute abend kommt.«

»Wer kommt denn heute abend?« fragte sie.

Reeder sah Mrs. Grible an.

»Würden Sie vielleicht – äh – draußen warten?«

Mrs. Grible zog sich sofort zurück.

»Einen Punkt sollten wir noch klären, Miss Lynn«, begann

Mr. Reeder leise, als sie allein waren. »Wie lange hielten Sie sich schon im Haus Ihres Onkels auf, als Mr. Kenneth McKay auftauchte?«

Ihr Gesicht wurde blaß.

»Er stieg durchs Fenster in die kleine Kammer – das weiß ich. Wann?« Mit gepreßter Stimme fuhr sie fort: »Ein paar Minuten, nachdem ich gekommen war.« Plötzlich sprang sie auf. »Er hat nichts mit dem Mord zu tun. Er war einfach eifersüchtig und spionierte mir nach. Dann erklärte ich ihm alles, und er glaubte mir ... Ich erkannte Sie durchs Fenster und bat ihn, zu gehen – das ist die Wahrheit!«

»Ich weiß, daß es die Wahrheit ist, meine Liebe, beruhigen Sie sich. Mehr wollte ich gar nicht wissen.«

Er rief Mrs. Grible herein. Im gleichen Augenblick, als sie das Zimmer betrat, läutete es an der Tür.

»Wer kann das sein?« fragte Margot.

»Vielleicht ein Reporter – vielleicht auch nicht.« Mr. Reeder erhob sich. »Falls eine unbekannte Person Sie in einer dringenden Sache zu sprechen wünscht, könnten Sie vielleicht einfließen lassen, daß Sie ganz allein sind.« Er sah sich um und deutete fragend auf eine Tür. »Das ...«

» – ist das Wohnzimmer«, ergänzte sie.

»Sehr schön.« Er schien erleichtert, öffnete die Tür zum Nebenzimmer, ließ zuerst Mrs. Grible eintreten und sagte, bevor er die Tür hinter sich zuzog: »Wenn es Reporter sind, brauchen Sie mich nur zu rufen.«

Es läutete zum zweitenmal. Margot eilte zur Tür. Draußen stand eine junge Dame, außergewöhnlich hübsch und elegant gekleidet.

»Kann ich Sie sprechen, Miss Lynn? Es ist sehr wichtig.« Margot zögerte.

»Kommen Sie bitte herein!«

»Sie sind ganz allein?« erkundigte sich die junge Dame, als sie die Wohnung betreten hatte, und Margot nickte. »Sie sind doch sehr mit Kenneth befreundet, nicht wahr?« Als das junge Mädchen errötete, lachte sie. »Natürlich – und Sie haben sich furchtbar gestritten?«

»Wir haben uns nicht gestritten.«

»Er ist sehr eifersüchtig, wie alle Männer. Er ist ein lieber Kerl, aber augenblicklich sitzt er in der Patsche.«

»Was soll das heißen?«

»Die Polizei ist hinter ihm her . . .«

Margots Augen weiteten sich.

»Nur keine Aufregung!« Ena genoß ihren Triumph. »Er wird sicher alles erklären können –.«

»Aber – er hat doch gesagt, daß er mir glaubt . . .« Beinah hätte sie die Anwesenheit Mr. Reeders verraten.

»Wer hat das gesagt?« fragte Ena schnell. »Einer von der Polente – ich meine, ein Polizist? Lassen Sie sich doch keinen Bären aufbinden! Wir wissen, daß Kenneth den Scheck nicht gefälscht hat . . .«

»Einen Scheck gefälscht? Wie meinen Sie das? Ich weiß nicht, wovon Sie sprechen.«

Ena war einen Augenblick verwirrt. Wenn Miss Lynn von der Fälschung wirklich nichts wußte, warum regte sie sich dann so auf? Plötzlich begriff sie. Natürlich, der Mord! Kenneth war in die Sache verwickelt.

»Ach, du lieber Gott! Daran hab' ich nicht gedacht!«

»Erzählen Sie – was ist mit der Fälschung?« forschte Margot.

Ena erinnerte sich wieder an ihren Auftrag.

»Ich möchte, daß Sie mich begleiten und mit Kenneth sprechen. Er wartet in meiner Wohnung auf Sie. Natürlich kann er nicht herkommen. Er wird Ihnen alles sagen.«

»Ja – ich komme gerne mit, aber . . .«

»Kein Aber, meine Liebe – ziehen Sie sich was an, und kommen Sie! Kenneth möchte, daß Sie alle Schlüssel in Ihrem Besitz mitbringen – er bildet sich ein, irgend etwas damit beweisen zu können . . .«

»Na, na, na!« ertönte eine sanfte Stimme.

Ena fuhr herum. Mr. Reeder hatte das Zimmer betreten.

»Wäre Ihnen vielleicht mit dem Schlüssel zur Speisekammer gedient?« meinte Reeder ironisch. »Oder mit dem Schlüssel zum Gefängnis Wormwood?«

»Ach, guten Abend, Mr. Reeder!« begrüßte ihn Ena gefaßt.

»Ich dachte, Sie wären allein, Miss Lynn? Ich ahnte nicht, daß Sie Mr. und Mrs. Reeder beherbergen.«

Mr. Reeder wurde ein wenig rot, aber er ließ sich nicht aus dem Konzept bringen. An Mrs. Grible prallte die Bemerkung wirkungslos ab.

»Das ist Mrs. Grible von der Kriminalpolizei –«, stellte Reeder vor.

»Zu irgend was wird sie ja taugen müssen –«, sagte Ena schnoddrig. Sie nahm ihren Mantel. »Ich rufe Sie später an, Miss Lynn!«

»Die Zellen im Polizeirevier an der Bow Street sind zwar sehr hygienisch, aber mit Telefon sind sie nicht ausgestattet«, bemerkte Mr. Reeder.

»Was heißt hier Zellen?« fauchte Ena. »Sie können mir überhaupt nichts nachweisen.«

»Das wird sich zeigen – möchten Sie vielleicht hier hereinkommen?« Er öffnete die Tür zum Nebenraum. »Ich habe etwas mit Ihnen zu besprechen.« Als er ein Klopfen an der Wohnungstür hörte, wandte er sich nochmals um und sah Margot an. »Wenn Sie mich brauchen, rufen Sie!«

Margot lief in den Flur, öffnete die Tür und prallte einen Schritt zurück. Es war Kenneth McKay. Er sah sehr ernst aus, nahm sie in die Arme und küßte sie.

»Hast du Zeit für mich?«

Sie nickte und führte ihn in das Zimmer, aus dem sich die anderen drei Besucher zurückgezogen hatten.

»Ich muß dir offen sagen, Liebling«, begann Kenneth ohne Umschweife, »daß ich in ernsten Schwierigkeiten bin. Ich komme eben von zu Hause. Wahrscheinlich ist die Polizei hinter mir her. Vielleicht auch hinter Vater. Er kannte Wentford und haßte ihn. Ich hatte keine Ahnung, daß . . .«

»Ken – warum sucht dich die Polizei?«

»Es handelt sich um einen gefälschten Scheck. Man hat einen Teil des Geldes bei mir gefunden. Liebling, ich muß dich etwas fragen, und du sollst mir die Wahrheit sagen. Kingfeather bezichtigte mich praktisch der Lüge, als ich angab, eine verschleierte Frau hätte den Scheck eingelöst. Im Prinzip ist mir

49

egal, was er sagt – er hat keine saubere Weste. In der Bank fehlt Geld, schon vor ein paar Wochen hat man Reeder zu uns geschickt . . .«

»Wie konnten sie das Geld bei dir finden?« unterbrach sie. »Und was soll ich dir sagen?«

»Du wußtest, daß ich Schulden hatte – ich sagte es dir. Ich machte mir furchtbare Sorgen deswegen. Ich kann mich nicht erinnern, ob ich dir auch die Summe nannte.«

Sie schüttelte den Kopf.

»Dann bist du es also nicht gewesen.« Er erzählte ihr von dem Brief mit den Banknoten. »Es waren zweihundert Pfund, und ich hatte das Geld dringend nötig.«

»Wer wußte sonst noch, daß du Schulden hattest?« fragte sie.

»Oh, praktisch alle«, meinte er verzweifelt. »Ich hab' es überall herumgequatscht – Kingfeather behauptet, er hätte mich nie angewiesen, jeden Scheck Wentfords zu honorieren, und die Geschichte von der verschleierten Dame sei glatte Erfindung . . .« Er hörte ein Geräusch, wandte sich nach der Tür zum Nebenzimmer, die sich geöffnet hatte, und stand Mr. Reeder gegenüber.

»Es war keine Erfindung, junger Freund«, versicherte Mr. Reeder. »Ich habe mit einem Tankwart gesprochen, der sich an den Wagen und an die Dame erinnert.« Er drehte sich um und winkte Ena herbei.

Kenneth starrte sie fassungslos an.

»Na?« sagte sie herausfordernd. »Soll ich Ihnen vielleicht ein Foto schenken?«

»Sie – sind die Frau, die den Scheck eingelöst hat!« stieß er hervor.

»Das ist eine verdammte Lüge!« schrie sie.

»Aber, aber . . .«, murmelte Mr. Reeder schockiert.

»Ich habe ihn noch nie gesehen«, erklärte Ena.

»Aber Sie erzählten mir doch . . .«, begann Margot verwirrt.

»Ich habe ihn nie gesehen!« schnitt ihr Ena das Wort ab.

»Auf alle Fälle werden Sie ihn wiedersehen«, meinte Mr. Reeder sanft. »Auf der Anklagebank nämlich . . .«

»Er hatte bestimmt mit dem Schwindel zu tun!« ereiferte

sich Ena. »Sie glauben doch nicht, daß ein Bankangestellter sechshundert Pfund an einen Unbekannten auszahlt, wenn er nicht an der Sache beteiligt ist. Woher sollte ich wissen, daß der Scheck gefälscht war? Mir schien er ganz in Ordnung zu sein.«

»Wie Sie meinen«, sagte Mr. Reeder freundlich. »Vielleicht beruhigt Sie dieser Gedanke im Gefängnis. Sie dürften drei Jahre bekommen – wenn man allerdings Ihre Vorstrafen berücksichtigt, können es auch fünf werden.«

Enas Selbstvertrauen brach zusammen.

»Man kann mich nicht verurteilen –«, jammerte sie, »ich habe nichts gefälscht!«

»Es wird sich schon ein Paragraph für Sie finden«, erwiderte Mr. Reeder. »So – kommen Sie, Mrs. Grible, nehmen wir die Dame beim Arm!«

9

In Mr. Machfields Spielclub florierte das Geschäft – noch mehr als gewöhnlich. Machfield fühlte sich nicht ganz wohl in seiner Haut. Wenn Mr. Reeder der Polizei von seinem Besuch hier erzählt hatte, konnte es heute abend noch eine Razzia geben. Aus diesem Grund wartete in der Nähe des Hauses ein großer Wagen mit laufendem Motor – nur vorsichtshalber natürlich. Mr. Machfield würde sich als Gast unter die Spieler mischen. Niemand wußte, daß ihm das Haus gehörte, und auf sein Personal konnte er sich verlassen.

Er warf einen Blick auf die Uhr. Mit Ena war er für Mitternacht verabredet, doch hatte sie versprochen, vorher anzurufen. Um drei Viertel neun Uhr tauchte Mr. Kingfeather unter den Gästen auf.

Machfield beobachtete ihn eine Weile, wie er ziellos hin und her schlenderte, dann winkte er ihm unauffällig.

»Sehr ungeschickt von Ihnen, heute hierherzukommen. Ich muß mit einer Razzia rechnen – heute nachmittag war Reeder hier.«

Kingfeather starrte ihn entgeistert an.

»Ist er am Ende noch hier?«

Mr. Machfield lächelte geringschätzig.

»Nein, und er wird auch nicht mehr vorbeikommen, es sei denn mit einer ganzen Abteilung Polizisten.«

»Wo ist Ena?« fragte Kingfeather.

»Sie kommt später«, log Machfield. »Sie hatte Kopfschmerzen, und ich riet ihr, zu Hause zu bleiben.«

Kingfeather goß sich ein Glas Whisky ein.

»Ich bin ganz vernarrt in sie.«

»Na ja, wer ist das nicht?«

»Glauben Sie, daß sie mich auch mag, Machfield?«

»Gewiß«, kam die Antwort im Brustton der Überzeugung. »Aber sie ist eben eine erfahrene Frau, die es vorzieht, ihre Gefühle nicht zur Schau zu tragen.«

»Glauben Sie, sie würde mich heiraten?«

Mr. Machfield lachte nicht. Dafür hatte er früher zuviel Poker gespielt. Ena besaß zwei Ehemänner, ohne auch nur von einem geschieden zu sein. Beide befanden sich nach ihrer Sprachregelung ›im Ausland‹, in Wirklichkeit im Gefängnis Princeton.

»Warum nicht? Aber sie ist eine sehr kostspielige Frau«, gab Machfield zu bedenken. »Wo wollen Sie all das Geld hernehmen?«

Kingfeather ging im Zimmer auf und ab.

»Darüber bin ich mir im klaren«, sagte er, »aber wenn sie mich wirklich liebt, wird sie sich bestimmt etwas einschränken. Ich muß diese Geschichten mit der Bank einstellen. Ich kann mir dieses Risiko nicht leisten. Übrigens dachte ich schon daran, zu kündigen und in London ein Geschäft zu eröffnen.« Er schwieg eine Weile. »Wegen dieses Schecks wird es noch Ärger geben. Ich bekam einen Brief von der Hauptverwaltung – morgen muß ich vor dem Generaldirektor erscheinen und McKay mitbringen. Das ist die übliche Prozedur.«

Machfield erwiderte nichts. Solche Einzelheiten langweilten ihn. Er benötigte seine Konzentration für wichtigere Dinge.

Kingfeather kam wieder auf Ena zu sprechen.

»Als ich sie das erstemal traf, wußte ich sofort, daß sie die einzig richtige Frau für mich ist. Ich weiß, daß sie es nicht leicht gehabt hat, aber ich darf mir da kein Urteil anmaßen, nicht wahr?«

»Allerdings«, murmelte Machfield. »Was wird übrigens mit Mr. Kenneth McKay geschehen?«

»Das geht mich nichts an«, antwortete Kingfeather laut. »Es besteht überhaupt kein Zweifel, daß die Unterschrift auf dem Scheck . . .«

»Ach ja, ja«, wehrte Machfield ungeduldig ab, »darüber wollen wir doch nicht diskutieren, nicht wahr? Ich meine, nicht unter Freunden. Sie haben mir die geschuldete Summe zurückbezahlt, und für mich ist die Sache erledigt. Ich mußte selbst sogar ein Risiko eingehen, als ich Ena hinschickte – ich meine, als ich Ena hingehen ließ«, korrigierte er sich. »Was wird aus McKay?«

Kingfeather zuckte die Achseln.

»Ich weiß es nicht, und es ist mir auch gleichgültig. Als ich heute nachmittag in die Bank zurückkam, war er verschwunden. Ich kann das natürlich nicht melden, weil ich mich selbst entfernt hatte. Unglücklicherweise erschien ein Revisor während meiner Abwesenheit. Ich werde die ganze Nacht arbeiten müssen, um die Rückstände aufzuholen. Ich rügte ihn deswegen . . .«

»Ach, er kam zurück?«

»Für fünf Minuten, kurz vor sechs Uhr. Er sah kurz herein und ging gleich wieder. Von ihm erfuhr ich überhaupt, daß der Revisor dagewesen war. Ich mußte darauf McKay von dem Scheck und den Banknoten erzählen. Übrigens ist es mir ein Rätsel, wie er zu den Scheinen kam – es kann sich doch um keinen Irrtum handeln? Wenn er hier in Ihrem Klub spielt, hat er sie vielleicht vom Croupier bekommen. Er kommt doch hierher, nicht wahr?«

»Nicht oft.«

Mr. Machfield hätte hinzufügen können, daß nur Leute hierherkämen, die wirklich genug Geld hatten.

»Eigentlich tut mir McKay ja leid«, sagte Kingfeather, »aber entweder er oder ich, nicht wahr?«

»Sie gehen jetzt wohl besser in den Spielsalon zurück«,

meinte Machfield gelangweilt. »Ich komme etwas später. Und spielen Sie nicht zu hoch – ich habe immer noch einen Teil Ihrer Schuldscheine, mein Lieber!«

Als Machfield kurz darauf den Spielsalon betrat, saß Kingfeather am Spieltisch und beteiligte sich mit bescheidenem Einsatz. Der Croupier sah fragend zum Chef auf, der kaum merklich den Kopf schüttelte. Das hieß, Kingfeather müßte bar bezahlen, weder Schuldscheine noch Schecks würden angenommen.

Von Zeit zu Zeit verließen Spieler den Tisch und entfernten sich, doch wurden ihre Plätze schnell von Neuankommenden eingenommen.

Mr. Machfield kehrte in sein Arbeitszimmer zurück, denn er erwartete einen Anruf. Er kam um zehn Uhr fünfzehn. Eine Frauenstimme sagte:

»Ena läßt ausrichten, daß alles in Ordnung ist.«

Er legte lächelnd den Hörer auf. Auf Ena konnte man sich eben verlassen.

Von einer Razzia keine Spur. Machfield hatte an allen Straßenecken Leute postiert. Sogar auf dem Dach hielt sich eine Wache auf. Er war also vorbereitet. Wahrscheinlich würde die Polizei erst gegen Ende der Woche zuschlagen. Zu diesem Zeitpunkt aber würde das Haus bereits leerstehen und zum Verkauf ausgeschrieben sein.

Kingfeather gewann. Ein großes Bündel Banknoten lag vor ihm auf dem Tisch. Natürlich gewann die Bank auch.

Ein langweiliger Abend! Mr. Machfield beobachtete gelassen durchs Schiebefenster den Spielsalon. Bisher hatte ihn wenig aus der Fassung bringen können. Jetzt aber erstarrte er, denn plötzlich stand Mr. Reeder im Zimmer, ohne Hut und Regenschirm.

Mit entschuldigendem Lächeln trat er auf Machfield zu.

»Ist es Ihnen sehr unangenehm?« flüsterte er in seiner gewinnendsten Art.

Machfield befeuchtete seine Lippen.

»Nun, Mr. Reeder, was soll das heißen? Wie sind Sie hereingekommen? Ich habe den Portier angewiesen . . .«

»Ich habe ihn belogen«, gestand Mr. Reeder geknickt. »Ich behauptete, Sie hätten meinen Besuch ausdrücklich gewünscht.

Das war natürlich nicht ganz korrekt von mir, und ich bitte um Entschuldigung. Jeder Mensch hat eben Schwächen, Mr. Machfield. Womit ich allerdings nicht sagen will, daß es unanständig wäre, um Geld Karten zu spielen. Weit gefehlt. So etwas macht mir sogar ausgesprochen Spaß.«

Machfield schien erleichtert.

»Aber selbstverständlich, Ihr Besuch freut mich sehr, Mr. Reeder. Ich darf Ihnen sicher etwas zu trinken anbieten, obschon ich eigentlich – nun ja, dafür nicht zuständig bin. Ich bin Gast wie Sie, aber ich weiß, daß der Besitzer untröstlich wäre, wenn Sie sich hier nicht wohl fühlten.«

»Ich trinke keinen Alkohol – vielleicht einen Schluck Tafelwasser?«

Tafelwasser war zwar keines vorhanden, doch Mr. Machfield versprach, dafür besorgt zu sein, daß auch dieser Wunsch in Zukunft erfüllt werden könnte. Mr. Reeder ging in den Spielsalon und brachte es erneut fertig, dem Croupier direkt gegenüberzusitzen. Bei seinem Anblick wurde Kingfeather blaß, hielt sich das Taschentuch vors Gesicht und verließ den Tisch.

»Lassen Sie sich bloß nicht vertreiben, Mr. Kingfeather!« rief ihm Mr. Reeder nach, so daß alle ihn hören konnten.

Kingfeather blieb hilflos an der Wand stehen.

Reeder zog ein Bündel Banknoten hervor und zählte sorgfältig die Scheine. Es war kein besonders großes Bündel.

Die Banknoten verschwanden rasch, eine nach der anderen, bis nichts mehr übrigblieb. Mr. Reeder steckte die Hand in die Tasche und kramte darin herum.

Der Croupier wollte gerade die Karten austeilen.

»Entschuldigen Sie!« Reeders Stimme klang sanft und bestimmt, jedermann am Tisch verstand ihn. »Mit diesem Päckchen können Sie nicht spielen. Es fehlen zwei Karten.«

Der Croupier hob den Kopf. Der grüne Schirm über seinen Augen verdeckte die obere Hälfte des Gesichts.

»Pardon?« fragte er höflich. »Ich verstehe Sie nicht. Das Spiel ist komplett. Niemand . . .«

»Es gibt zwei Karten, ohne die man, wie ich glaube, Ihr Spiel nicht spielen kann.« Reeder drehte seine Hand, die auf dem Tisch gelegen hatte, um. Auf seiner Handfläche lagen zwei Spielkarten – Karo-As und Herz-As. Der Croupier starrte sie an, schob seinen Stuhl mit einem Fluch zurück, blitzschnell zuckte sein Arm hinunter.

»Keine Bewegung – bitte!«

Mr. Reeder hielt eine Pistole in der Hand. Ihre Mündung zeigte auf den Croupier.

»Meine Damen und Herren, Sie brauchen nichts zu befürchten. Ziehen Sie sich an die Wand zurück, und vermeiden Sie möglichst, zwischen mich und Monsieur Lamontaine zu treten!«

Er machte ein paar Schritte rückwärts.

»Hier herüber!« befahl er Machfield.

»Hören Sie, Reeder . . .«

»Hier herüber – stellen Sie sich neben Ihren Freund!« Er ließ den Croupier nicht aus den Augen. »Meine Damen und Herren, die nächsten Augenblicke mögen etwas unangenehm für Sie sein – man wird Ihre Namen und Anschriften notieren, aber ich glaube Ihnen versprechen zu können, daß Ihnen nichts passiert, weil es hier um Wichtigeres geht als um Glücksspiele.«

Auf irgendein Zeichen hatten Beamte den Salon betreten. Sie legten Lamontaine Handschellen an und nahmen ihm zwei Pistolen ab. Machfield trug keine Waffe.

»Wessen beschuldigt man mich?«

»Das wird Ihnen Chefinspektor Gaylor persönlich sagen. Aber die Frage war eigentlich überflüssig. Sie wissen doch Bescheid, Mr. Machfield, oder nicht?«

Machfield schwieg.

10

Mr. Reeder führte Buch über seine Fälle. Mit dürren, leidenschaftslosen Worten schilderte er jeweils die näheren Umstände und den Ausgang.

Unter der Überschrift ›Zwei Asse‹ verfaßte er in seiner säuberlichen Handschrift den folgenden Bericht:

›Im Jahr neunzehnhundertneunzehn tauchte im Hotel Majestic in Nizza ein Mann auf, der sich als Rufus Machfield eintrug. Er führte noch eine Anzahl anderer Namen, aber Machfield dürfte hier genügen. Er hatte einen nicht sehr guten Ruf als Spieler und war dieser Beschäftigung auf den großen Passagierschiffen im Transatlantikverkehr nachgegangen.

Im Hotel Majestic lernte er einen Charles oder Walter Lynn kennen, einen Abenteurer, der sich auf den Schiffen zwischen England und New York in ähnlich zweifelhafter Weise betätigte. Und dabei hatte dieser Lynn die Bekanntschaft eines Mr. George McKay, wohlhabender Wollfabrikant aus Bradford, gemacht. Es ist ungewiß, ob die beiden schon damals miteinander Karten gespielt hatten, jedenfalls kann sich Mr. McKay daran nicht erinnern. Die Freundschaft kam Lynn gelegen, denn McKay fuhr jedes Jahr einmal nach Nizza. Er wohnte auch dort, als Lynn und Machfield sich kennenlernten. McKay war als erfolgreicher Spieler bekannt.

Lynn und Machfield berieten sich miteinander. Sie heckten einen Plan aus, wie sie McKay am Spieltisch ausnehmen wollten. In Nizza gab es außer den anerkannten Spielsalons auch eine Reihe privater Klubs, wo höhere Einsätze möglich waren. Der berühmteste dieser Klubs war »Le Signe«.

Um McKay beschwindeln zu können, mußte man sich mit einem Angestellten dieses Klubs verbünden. Lynns Wahl fiel auf einen jungen Croupier namens Lamontaine, der seinerseits zwei andere Croupiers gegen entsprechende Beteiligung gewinnen sollte.

Lamontaine erwies sich als äußerst gefügiges Werkzeug. Er war stark verschuldet und fürchtete, deswegen seine Stellung zu verlieren. Man traf sich in Lyon. Lynn setzte dem Croupier die Angelegenheit auseinander. Lamontaine erklärte sich bereit, mitzumachen, wobei er die Hälfte des Gewinnes für sich und die beiden anderen Croupiers verlangte, während die andere Hälfte Lynn und Machfield zukommen sollte. Nach einigem Hin und Her einigte man sich auf diese Verteilung.

Als Spiel wurde Bakkarat ausersehen, weil McKay der Versuchung, sich mit einer großen Bank anzulegen, kaum widerstehen konnte. Vierzehn Tage nach dieser vorbereitenden Besprechung berichtete Lamontaine, daß alles in bester Ordnung sei. Seine beiden Kollegen würden ihn unterstützen, und man wolle den Coup Freitag nacht landen.

Die Karten sollten so präpariert werden, daß die Bank jedes dritte Spiel gewann. Man vereinbarte, daß als Signal zwei Asse ausgespielt werden sollten, Karo-As und Herz-As.

Von diesem Augenblick an sollte Lynn mit hohen Einsätzen beginnen. Man wußte, daß McKay gegen die Bank spielen würde. Aber man gab höhere Einsätze, und Lynn übernahm die Bank mit einem Kapital von einer Million Francs. Vierzehnmal gewann die Bank und hatte damit eine so gewaltige Summe erreicht, daß alle anderen Tische im Salon verlassen wurden. Alles drängte sich um Lynn, die Croupiers und McKay.

Die Bank gewann praktisch jedesmal. Am Ende hatte Lynn einen Betrag von rund vierhunderttausend Pfund kassiert. Man brachte das Geld ins Hotel, und am folgenden Abend fuhr Lynn nach Lyon. Tags darauf sollte dort Machfield mit ihm zusammentreffen. Mit dem Croupier war ein Treffen in Paris vereinbart worden, um ihm seinen Anteil auszuzahlen.

An dem Abend, als Lynn Nizza verließ, machte jedoch einer der beteiligten Croupiers seinem Chef ein Geständnis. Er hatte die Nerven verloren und verriet seine Kameraden. Lamontaine wurde zusammen mit dem anderen Croupier verhaftet. Machfield konnte nur mit Mühe entkommen. Er fuhr nach Lyon, wo er am frühen Nachmittag eintraf. Im Hotel fragte er nach seinem Freund, erhielt aber die Auskunft, daß dieser nicht angekommen sei.

Lynn blieb verschwunden. Weder Machfield noch seine Freunde konnten ihn aufspüren. Als Lamontaine aus dem Gefängnis entlassen wurde und nach Paris kam, half Machfield dem Croupier, so gut er konnte. Gemeinsam fuhren sie nach England, um Spielklubs zu eröffnen, vor allem aber, um Lynn zu finden und ihm das Geld abzunehmen.

Aber noch ein anderer war hinter Lynn her – McKay, der ein Vermögen verloren hatte. Er beauftragte mich, Lynn zu suchen, doch war mir ein Erfolg nicht beschieden.

Ich weiß nicht, wann Lamontaine und Machfield Lynn entdeckten. Fest steht, daß Mr. Wentford, wie er sich nannte, in ständiger Furcht vor ihrer Rache lebte. Als sie ihn endlich aufspürten, stellte sich heraus, daß sie praktisch nicht an ihn herankonnten. Mehrere Versuche, seiner habhaft zu werden, schlugen fehl.

Es war Lamontaine, der den diabolischen Plan, der schließlich zu Wentfords Tod führte, entwickelt hatte. Er wußte, daß der einzige Mann, der das Haus betreten durfte, der berittene Polizist war. Lamontaine verschaffte sich daher alle nötigen Informationen. In der Mordnacht fuhren er und Machfield im Wagen nach Beaconsfield.

Lamontaine verkleidete sich als Polizist. Um sieben Uhr verließ Wachtmeister Verity die Polizeistation, um seinen Streifendienst anzutreten. Um sieben Uhr dreißig wurde er erschossen.

Man brachte die Leiche auf ein Feld, da die beiden Mörder hofften, der Schnee würde bald alles verdecken. Lamontaine trug ja bereits die Uniform eines Polizisten. Er bestieg das Pferd und ritt zu Wentfords Haus. Der alte Mann sah ihn heranreiten, und da er keinerlei Verdacht schöpfte, öffnete er die Tür.

Im Wohnzimmer wurde er niedergeschlagen. Die beiden Männer hatten ursprünglich vor, ihn im Haus zu lassen, aber während sie noch alles durchsuchten, läutete das Telefon. Margot Lynn rief vom Bahnhof aus an, um ihre Verspätung zu erklären. Einer der Mörder antwortete ihr mit verstellter Stimme.

Nun mußte die Leiche beseitigt werden. Sie wurde über den Sattel gelegt und das Pferd Richtung Beaconsfield geführt. Hier ergab sich eine zweite Komplikation. Die Scheinwerfer von Mr. Enwards Wagen tauchten auf. Man warf den Toten auf die Straße. Lamontaine setzte sich wieder in den Sattel. Der Rücken des Pferdes war mit dem Blut des Ermordeten verschmiert, und Mr. Enwards Sekretär, der die Zügel in die Hand genommen hatte, muß dabei mit dem Tier in Berührung gekommen sein. Dies war der erste nähere Hinweis, von dem aus dann die Rekonstruktion des Verbrechens möglich wurde.

Die beiden Verbrecher trafen in der Nähe des Hauses wieder zusammen. Es gelang ihnen nicht, noch einmal einzudringen. Sie lauschten und vernahmen, wo Wentfords Geld deponiert war, und daß er den größeren Teil dem Mädchen vermacht hatte. Dafür, fürchte ich, bin ich verantwortlich. Die beiden nahmen sich vor, Miss Lynn zu entführen.

Machfield hatte von den Schwierigkeiten des jungen McKay gewußt. Er benützte diese günstige Gelegenheit, nicht nur den jungen, sondern gleich auch den alten McKay zu ruinieren. Er schickte von dem Geld, das der betrügerische Kingfeather (drei Jahre Gefängnis) mit Enas Hilfe (fünf Jahre Gefängnis) der Bank abgenommen hatte, an den jungen McKay.‹

Zum Schluß fügte Mr. Reeder in seiner peniblen Art hinzu: ›Rufus John Machfield und Antonio Lamontaine wurden im Gefängnis Wandsworth am 17. April hingerichtet.‹

1

Der Mann auf der Anklagebank im Verhandlungssaal des Londoner Bezirksgerichts trug eine gewisse Überlegenheit zur Schau. Ein halb verächtliches, halb amüsiertes Lächeln erhellte von Zeit zu Zeit sein bärtiges Gesicht, und wenn er dabei mit den Fingern durchs Haar fuhr, geschah es weder aus Nervosität noch aus Verlegenheit.

Obschon er keine Krawatte trug, der Anzug und die Schuhe beschmutzt waren, wirkte er trotzdem gut angezogen. Der Brillantring an der rechten Hand deutete auf eine gewisse Wohlhabenheit hin. Bei seiner Verhaftung hatte man, wie der Wachtmeister aussagte, folgendes gefunden: Siebenundachtzig Pfund und zehn Shilling in Banknoten, fünfzehn Shilling in Silbermünzen, ein goldenes Zigarettenetui, ein kleines Fläschchen teuren Herrenparfüms und ein paar Schlüssel.

Er hieß Vladimir Litnoff, war russischer Staatsbürger und von Beruf Schauspieler. Englisch sprach er mit nur geringfügigem Akzent. In der vergangenen Nacht allerdings, unter dem Einfluß des Alkohols, hatte er fast nur russisch gesprochen, so daß die beiden Polizisten ihre Beschuldigung, der Angeklagte habe sich im Zustand der Volltrunkenheit befunden und Ärgernis erregt, nur durch den Hinweis auf sein Gebaren und bestimmte bezeichnende Gesten belegen konnten.

Der Schnellrichter nahm die Brille ab, lehnte sich zurück und sagte freundlich:

»Wenn Sie sich in diesem Land aufhalten wollen, müssen Sie sich anständig benehmen. Sie stehen nun schon zum zweitenmal vor Gericht. Ich setze eine Geldstrafe von zwanzig Shilling fest, außerdem haben Sie die Kosten des Verfahrens zu tragen.«

Mr. Litnoff lächelte, verbeugte sich elegant und verließ den Gerichtssaal.

Chefinspektor Gaylor, der auf dem Korridor wartete, weil er in der nächsten Verhandlung als Zeuge aufzutreten hatte, sah ihn vorbeigehen und erwiderte gutmütig Litnoffs Lächeln. Der Polizist, der den Russen verhaftet hatte, kam eben aus dem Gerichtssaal.

»Wer war denn das?« fragte ihn Gaylor.

»Ein Russe, Sir. Er torkelte in der Brompton Road völlig besoffen – ich meine, betrunken, herum. Er machte zwar keinen Krach, wollte aber auch nicht nach Hause gehen. Der – mit seinen Broschen!«

»Seinen was?«

»Ja, als ich ihn festnahm, sprach er davon – es war so ungefähr das einzige, was er auf englisch sagte: ›Du sollst meine schöne Brosche haben – zehntausend ist sie wert!‹ Mehr weiß ich nicht. Er behauptete auch, er habe in Monro Besitzungen – er schrie es den Leuten zu, als Wachtmeister Leigh und ich ihn abführten.«

»Monro – das liegt doch irgendwo in Schottland?«

Gaylor wurde in den Gerichtssaal gerufen. Als er am Abend seine Zeitung las, stieß er auf eine Notiz mit der Überschrift: ›Betrunkener Russe versucht Polizei zu bestechen – Brosche im Wert von zehntausend Pfund abgelehnt . . .‹

2

Vielen Leuten tat Mr. J. G. Reeder leid. Er wirkte so ungeschickt und hilflos, wenn man ihn mit den kräftigen, fähigen Beamten von Scotland Yard verglich. Es gab aber auch Leute, denen Mr. Reeder keineswegs leid tat.

Jake Alsby zum Beispiel verschwendete sein Mitleid nur an sich selbst. Während der langen Winterabende im Zuchthaus Dartmoor saß er mürrisch in seiner Zelle und dachte alles andere als wohlgesinnt an Mr. Reeder. Es war eine hübsche, große, komfortable Zelle. Sie enthielt ein Bett mit bunten Decken und war selbst an den kältesten Tagen ausreichend geheizt. Auf einem Wandbrett stand ein Foto seiner Familie. Die Familie staffelte sich von seiner Frau über einen häßlichen, zehnjährigen

Jungen bis hinunter zu einem sechs Monate alten Baby. Jake hatte das Baby bisher nur auf dem Bild gesehen. Es war ihm gleichgültig, ob er seine Frau und die Familie je wiedersah, aber das Foto diente dazu, seine Haßgefühle immer wieder aufzustacheln. Es erinnerte ihn daran, daß dieser J. G. Reeder ihn durch gemeine Lügen von seiner Familie gerissen und in dieses Verlies geschleudert hatte. Mr. Alsby liebte es eben über alles, die Realität phantastisch auszuschmücken.

Es traf zwar zu, daß Jake Banknoten gefälscht hatte und mit den Blüten gefaßt worden war, es traf auch zu, daß er wegen des gleichen Delikts vorbestraft war, doch im Gegensatz zu Mr. Reeders Aussage hatte sich Jake am Montag vor seiner Verhaftung nicht in der Nähe des Hyde Parks aufgehalten. Das war vielmehr am Dienstag gewesen. Mr. Reeder hatte also gelogen.

Im Zuchthaus erhielt Jake den Brief eines Kollegen. Darin hieß es unter anderem:

›Habe gestern Deinen alten Bekannten Reeder getroffen. Er hatte mit der Machfield-Sache zu tun, Du weißt schon, wo sie den Kerl in Bourne End umgebracht haben. Reeder ist noch immer der gleiche. Er hat mich gefragt, wie es Dir geht, ich sagte, gut, und er sagte, schade, daß er nur sieben Jahre bekommen hat, eigentlich hätte er zehn verdient, und ich sagte . . .‹

Von diesem Augenblick an begann Jake, neue Martern für den Mann auszusinnen, der einen Unschuldigen – denn schließlich war es an einem Dienstag gewesen – ins Gefängnis gebracht hatte.

Drei Monate nach Eintreffen dieses Briefes wurde Jake Alsby der Rest seiner Strafe erlassen. Er fuhr nach London. Seine Kinder befanden sich im Waisenhaus, seine Frau war mit einem anderen Mann nach Kanada ausgewandert.

»Daran ist nur dieser Reeder schuld!« sagte Jake.

Er stärkte sich mit diversen geistigen Getränken und machte sich auf die Suche nach seinem Feind.

Er schlug nicht den direkten Weg zu Mr. Reeders Büro ein, weil er noch zahlreiche Besuche machen und gewisse Bekanntschaften erneuern wollte. In einem kleinen Hotel stieß er auf einen bärtigen Mann, der abwechselnd englisch und russisch sprach. Er trug keine Krawatte – nach dem vierten Whisky pflegte Vladimir sich dieses schmückenden Kleidungsstücks zu entledigen – und erzählte von einer sehr wertvollen Diamantenbrosche.

Jake hörte fasziniert zu. Er zechte mit dem Mann, der zwar meist russisch sprach, aber jedenfalls genügend englisches Geld zu besitzen schien.

»Mein Beruf? Ich bin Schauspieler, ja! Aber damit ist nichts verdient. Das Geld geht hierhin, dorthin, alles andere nehmen die Agenten. Meine beste Rolle? Ich bin krank! Das ist eine gute Rolle! Delirium – wie nennt ihr das? Rausch? Ja, Rausch – du verstehst?«

»Hab' schon davon gehört«, meinte Jake weise. »Sie essen wohl vorher Seife?«

»Oh – gräßlich, nein – ti durak!«

Jake wußte nicht, daß er ›Idiot‹ tituliert worden war, doch es hätte ihm auch nicht besonders viel ausgemacht. Er wußte nur eines, nämlich, daß er einen großzügigen Mann kennengelernt hatte. Der Alkohol tat das übrige. Er spürte den Drang, seine innersten Geheimnisse zu offenbaren.

»Haben Sie schon einmal von einem gewissen Reeder gehört?« fragte er finster. »Ganz gemeiner Kerl – ich werde ihn schon noch erledigen!«

»Tatsächlich?« fragte der andere.

»Leg ihn schon um!« sagte Jake.

Der Russe leerte sein Glas, packte Jake begeistert am Arm und zog ihn aus dem Lokal. Die kalte Nachtluft zwang Jake in die Knie.

»Also los – wollen ihn umlegen!« lallte er.

»Aber warum gleich töten, Freundchen?« Arm in Arm schwankten sie dahin. »Leben – trinken! Ich zeig' dir meine schöne Brosche . . . Meine Farm – Weingärten – Berge – ich sag' dir, jemand muß es erfahren . . .«

Die Straße, durch die sie gerade taumelten, lag im Dunkeln. Zu beiden Seiten sah man nur die heruntergelassenen Rolläden kleiner Geschäfte. Jake bemerkte unklar, daß sie sich vor einem Milchladen befanden, als er einen Mann vor sich stehen sah.

»Guten Abend! Was wollen Sie denn –? Haben Sie eine Brosche?« stammelte Vladimir.

Der Unbekannte sagte nichts. Der Knall ließ Jake Alsby zurücktaumeln. Er sah, wie der Russe schwankte, den Kopf vorgeneigt, als lauschte er – beide Hände in die Weste gekrallt.

»He – was ist denn los?« Jake war plötzlich nüchtern.

Der Mann kam näher, drückte sich an ihm vorbei und stieß ihn mit der Schulter zurück, doch als er sich umwandte, war der Schütze in der Dunkelheit verschwunden.

»Hast du dir was getan?«

Der Russe war in die Knie gesunken. Plötzlich stürzte er vornüber und blieb dann ausgestreckt auf dem Pflaster liegen.

Jake sah sich um und rannte davon. Er wollte mit diesem – Mord nichts zu tun haben! Und es war Mord.

Er hastete um eine Straßenecke und stürzte einem Polizisten direkt in die Arme. Schrille Pfiffe ertönten. Verzweifelt suchte er sich zu befreien, aber es war zwecklos. Von allen Seiten kamen Polizisten gerannt.

»Ich hab' doch nichts getan – da drüben liegt einer auf der Straße ... Jemand hat ihn umgelegt!«

Zwei Polizisten brachten ihn zum Revier und durchsuchten ihn. In der rechten Tasche seines Mantels fand man eine Pistole, aus der vor kurzem ein Schuß abgefeuert worden war.

3

Mr. J. G. Reeder drückte auf die Klingel und seufzte. Er hatte jetzt schon viermal geläutet, ohne daß sich etwas geregt hätte.

Manchmal stellte er sich vor, wie er ins angrenzende Zimmer treten und Miss Gillette mit fester, aber väterlicher Stimme ermahnen würde. Er gäbe ihr die unmögliche Situation zu bedenken, die darin bestand, daß Sekretärinnen nicht erscheinen, wenn der Arbeitgeber sie braucht. Er würde darauf bestehen, daß sie in Zukunft ihre Liebesromane zu Hause ließe, und er würde, mit der gleichen festen, väterlichen Stimme, erklären, daß es vielleicht für alle Beteiligten das beste wäre, wenn sie sich eine andere Stelle suchte. Aber jedesmal, wenn er sich nach viermaligem Läuten von seinem Stuhl erhob, um die Sache ein für allemal zu regeln, setzte er sich wieder und läutete ein fünftes Mal.

»Lieber Himmel –«, sagte Mr. Reeder, »das ist wirklich anstrengend!«

In diesem Augenblick betrat Miss Gillette das Zimmer. Sie war hübsch, schlank und klein, hatte eine Stupsnase und blondes Haar, das stets einen zerzausten Eindruck machte.

»Entschuldigen Sie – haben Sie geläutet?«

Sie hielt eine lange, grüne Zigarettenspitze in der Hand. Mr. Reeder hatte sie einmal gebeten, in seinem Büro nicht zu rauchen. Seither hielt sie die Zigarette nur noch in der Hand, wenn sie bei ihm eintrat, und er hatte sich damit abgefunden.

»Ich glaube schon«, sagte er resigniert.

»Eben, ich dachte es mir doch.«

Mr. Reeder zuckte zusammen, als sie die Zigarettenspitze auf den Kaminsims legte, einen Stuhl heranzog, sich vor seinen Schreibtisch setzte und ihren Stenoblock zurechtlegte.

»Sie meinen wohl, daß ich anfangen soll?« fragte er würdevoll.

Jede andere wäre von dieser Zurechtweisung getroffen worden, nicht so Miss Gillette. Sie schloß nur müde die Augen.

»Nur zu –«, sagte sie.

»Bericht über den Fall Wimburg . . .«, begann er zögernd zu diktieren. Als er sich an seinem Thema erwärmte, sprach er immer schneller und schneller. Nicht einmal unterbrach ihn Miss Gillette mit einer Frage, nicht einmal stockte ihr Bleistift.

»Das wäre alles«, sagte er schließlich atemlos. »Hoffentlich habe ich nicht zu schnell gesprochen?«

»Nicht, daß ich wüßte – aber Sie haben dreimal das Wort ›unwesentlich‹ gebraucht. Einmal meinten Sie ›unzulänglich‹ und einmal ›unwirklich‹. Das müßten wir noch ändern.«

66

Mr. Reeder rutschte unruhig hin und her.

»Sind Sie sicher?«

Sie war immer sicher, denn sie hatte immer recht.

»Irgendwelche Verabredungen?« fragte er, obschon er wußte, daß keine Besprechungen vorgesehen waren. »In den Zeitungen steht auch nichts Besonderes?«

»Nichts als der Mordfall Pimlico. Das Komische an der Sache ist, daß der Tote . . .«

»Daran ist nichts komisch, meine Liebe«, murmelte Mr. Reeder. »Komisch? Du lieber Himmel!«

»Als ich ›komisch‹ sagte, meinte ich nicht ›amüsant‹, sondern ›merkwürdig‹« gab sie zurück. »Und wenn Sie mir für das ›unwesentlich‹ eins auswischen wollten, dann ist Ihnen das gelungen! Er hieß Vladimir Litnoff – Sie erinnern sich, der Betrunkene mit der Brosche.«

Mr. Reeder nickte.

»Hm! Da fällt mir ein – der junge Mann, der mit Ihnen im Kino gewesen ist . . .«

»War der junge Mann, den ich heiraten werde, sobald wir genug verdienen«, erklärte sie sofort. »Aber, wie zum Teufel haben Sie uns sehen können?«

»Na!« Mr. Reeder war schockiert. »So etwas – äh – sagt man doch . . .«

Sie sah ihn einen Moment stirnrunzelnd an.

»Setzen Sie sich!« platzte sie heraus, und Reeder, der über die Rechte von Sekretärinnen im Zweifel war, aber dennoch annahm, daß ein solcher Befehl nicht ganz in Ordnung sei, setzte sich langsam, während sie gelassen weiterfuhr: »Ich mag Sie ganz gut, Mr. John oder Jonas oder was immer das ›J‹ bedeuten mag. Ich wußte gar nicht, daß Sie Detektiv sind, als ich zu Ihnen kam. Ich habe für viele Geschäftsleute gearbeitet, aber noch nie für einen Detektiv. Und Sie sind anders als alle, die mir begegnet sind. Sie haben noch nie versucht, meine Hand zu halten.«

»Das möchte ich auch hoffen!« sagte Mr. Reeder, rot werdend. »Ich bin ja so alt, daß ich Ihr Vater sein könnte!«

»So ein Alter gibt es ja gar nicht!« Dann fragte sie ganz

ernst: »Würden Sie mit Tommy Anton sprechen, wenn ich ihn herbrächte?«

»Tommy – Sie meinen Ihren – äh . . .«

»Meinen ›äh‹ – genau. Er ist ein großartiger Junge – furchtbar verlegen und schüchtern, und wahrscheinlich macht er einen schlechten Eindruck, wie Sie auch, aber in Wirklichkeit ist er ein netter Kerl.«

»Ich soll ihn fragen – äh – was er für Absichten hat?«

Sie lächelte ihn strahlend an.

»Ich weiß genau, was er für Absichten hat. Man trifft sich mit einem Mann nicht über ein Jahr lang Tag für Tag, ohne ihn kennenzulernen. Nein, es handelt sich um etwas anderes.«

Mr. Reeder wartete.

»Wenn Sie ein normaler Arbeitgeber wären, würden Sie mich hinausschmeißen . . .« Während Mr. Reeder mit einem schwachen Kopfschütteln eine solche Absicht zu bestreiten versuchte, fuhr sie fort: »Aber das sind Sie nicht.« Sie stand auf, ging zum Fenster und sah hinaus. Plötzlich drehte sie sich um. »Man hat Tommy dreiundzwanzigtausend Pfund gestohlen.«

Er sah sie groß an.

»Gestohlen? Wann?«

»Vor über einem Jahr – ich kannte ihn damals noch nicht. Das ist übrigens nicht der Grund, warum er in Kommission Autos verkauft. Er versucht nur, sie zu verkaufen, hat aber keinen Erfolg. Sein Partner hat ihn bestohlen. Sie führten zusammen eine Autovertretung. Tommy und dieser Seafield waren damals in Oxford, dort fingen sie gemeinsam dieses Geschäft an. Tommy fuhr nach Deutschland, um mit einer Herstellerfirma zu verhandeln. Als er zurückkam, war Seafield verschwunden. Er hinterließ nicht einmal einen Brief – er hob nur das Geld von der Bank ab und ließ sich nie mehr blicken.«

Sie sah, wie etwas in Mr. Reeders Augen aufblitzte.

»Auch keine Nachricht an seine Frau? – Ach so, er war unverheiratet. Hm! Er wohnte . . .«

»In einem Hotel – er war Junggeselle. Nein, er sagte auch dort niemandem etwas – er gab lediglich an, er wolle für ein paar Tage wegfahren.«

»Er ließ seine ganze Kleidung zurück und bezahlte nicht einmal die Rechnung«, murmelte Mr. Reeder.

Miss Gillette war überrascht.

»Sie wissen also Bescheid?«

»Nein«, sagte er ohne weitere Erklärung.

Es klopfte an der Außentür.

»Sie sehen wohl am besten mal nach, wer da ist«, meinte er.

Sie stand auf und ging zur Tür. Draußen stand ein Geistlicher. Der schwarze Mantel reichte ihm bis zu den Knöcheln. Er sah sie unsicher an.

»Ist das Mr. Reeders Büro?« fragte er. »Ich meine den Detektiv Reeder . . .«

Sie nickte und betrachtete den unerwarteten Besucher interessiert. Er war ungefähr fünfzig, hatte angegrautes Haar und ein mildes, blasses Gesicht. Er schien sehr verlegen zu sein, denn seine Finger zerrten ständig am Regenschirm.

Hilflos sah er Mr. Reeder an. Reeder seinerseits drehte die Daumen und machte ein ernstes Gesicht.

»Wollen Sie nicht Platz nehmen, bitte?« fragte er seinen Besucher schließlich mit einer einladenden Geste.

»Die Angelegenheit, in der ich komme – nun, ich weiß gar nicht, wo ich anfangen soll . . .«

Mr. Reeder konnte ihm nicht helfen. Am liebsten hätte er ihm geraten, doch einfach die Wahrheit zu erzählen, aber für einen Geistlichen war dies wohl nicht die richtige Aufforderung. So schwieg er.

»Es handelt sich um einen Mann namens Ralph – ein weitläufiger Bekannter von mir, oder nicht einmal das. Ich hatte mit ihm korrespondiert, über irgendwelche wissenschaftlichen Streitfragen, doch weiß ich nicht mehr, was zur Debatte stand. Im Durcheinander meiner Briefe findet sich keiner mehr zurecht. Heute morgen nun rief mich Mr. Ralphs Tochter an. Sie wohnt bei ihrem Vater in Bishop's Stortford. Anscheinend fand sie meinen Namen in der Korrespondenz im Büro ihres Vaters – er besitzt nämlich ein kleines Büro in der Lower Regent Street, von wo aus er seine geschäftlichen Angelegenheiten abwickelt.«

»Welchen Beruf hat er?« fragte Reeder.

»Eigentlich gar keinen. Er hatte als Lebensmittelgroßhändler ein Vermögen verdient, trat dann aber in den Ruhestand. Irgendwelche kleineren Geschäfte betreibt er sicherlich noch. Letzten Donnerstag kam er in die Stadt – seltsamerweise rief er mich in meinem Hotel an, doch war ich nicht zu Hause. Seit diesem Tag hat ihn niemand mehr gesehen.«

»Du lieber Himmel!« sagte Mr. Reeder, worauf ihn Dr. Ingham, der Pfarrer, fragend ansah. »Ich meine, daß Sie gerade auf mich gekommen sind. Es ist sehr seltsam, daß Leute, die jemanden vermissen, stets mich aufsuchen. Und die junge Dame hat Ihnen das alles erzählt?«

»Ja. Sie macht sich natürlich Sorgen. Sie scheint übrigens einen Freund gehabt zu haben, einen jungen Mann, der genau das gleiche tat – er verließ einfach sein Hotel und verschwand. Es mag natürlich schon eine Erklärung geben, aber es ist sehr schwierig, einer jungen Dame beizubringen . . .«

»Sehr schwierig.« Mr. Reeder hüstelte. »Sie riet Ihnen, zu mir zu kommen?«

»Um ganz genau zu sein, wollte sie eigentlich selbst kommen – ich dachte nur, es wäre richtiger, wenn ich zuerst mit Ihnen spreche. Ich bin keineswegs arm, Mr. Reeder, ganz im Gegenteil, und ich möchte dieser jungen Dame helfen. Meine Frau wäre sicherlich damit einverstanden – wir sind dreiundzwanzig Jahre verheiratet und hatten nie eine Meinungsverschiedenheit. Doch, als Ehemann werden Sie . . .«

»Ledig –«, warf Mr. Reeder mit einer gewissen Genugtuung hin. »Ja, ich bin – äh – ledig. Und die junge Dame wohnt . . .«

»In der Stadt, ja. Im Haymarket Hotel. Sie wollen den Fall übernehmen?«

Mr. Reeder setzte den Zwicker auf die Nase und nahm ihn wieder ab.

»Welchen Fall?« fragte er.

»Den ich Ihnen eben vortrug«, sagte Dr. Ingham gequält. Er suchte in seinem Mantel und brachte eine Karte zum Vorschein. »Ich habe die Anschrift von Mr. Lance Ralphs Büro auf die Rückseite meiner Karte notiert.«

Reeder studierte die Adresse, dann drehte er die Karte um

und las die gedruckte Aufschrift. Dr. Ingham war Theologe und wohnte in Grayne Hall in der Grafschaft Kent.

»Es gibt gar keinen Fall –«, erklärte Mr. Reeder mit der Sanftheit eines Menschen, der eine unangenehme Eröffnung zu machen hat. »Die Menschen haben das Recht, zu – äh – verschwinden. Mein lieber Doktor Ingham, es gibt viele Leute, die dieses Recht nicht ausnützen. Sie flüchten nach Brighton oder nach Paris, tauchen aber später wieder auf. Das ist etwas durchaus Übliches.«

Der Pfarrer sah ihn besorgt an und nahm seinen Schirm in die andere Hand.

»Vielleicht habe ich Ihnen nicht alles erzählt. Miss Ralph hatte einen Verlobten, einen jungen Mann mit florierendem Betrieb, der ebenfalls verschwand und seinen Partner ...«

»Sie meinen Mr. Seafield?« Entgegen Reeders Erwartung zeigte sich der Pfarrer nicht überrascht.

»Eine Freundin von Joan arbeitet in Ihrem Büro. Es ist wohl die junge Dame, die mich eingelassen hat? Dadurch kamen wir ja auf Ihren Namen. Wir berieten, ob Joan zur Polizei gehen sollte, da kam sie auf die Idee, mit Ihnen zu sprechen. Und ich dachte, Sie wären die weniger unangenehme Alternative, wenn Sie diesen Ausdruck gestatten.«

Mr. Reeder neigte den Kopf.

Nachdem er seinen Besucher verabschiedet hatte, setzte er sich wieder an den Schreibtisch und kritzelte fünf Minuten lang geistesabwesend auf seinem Block herum, bis Miss Gillette unangemeldet das Zimmer betrat.

»Na, was sagen Sie dazu?« fragte sie.

Mr. Reeder starrte sie an.

»Was soll ich wozu sagen, Miss Gillette?«

»Die arme Joan. Sie ist ein lieber Kerl. Wir blieben trotz der Sache mit Seafield eng befreundet.«

»Wie kommen Sie denn darauf?«

»Ich hab' an der Tür gehorcht«, gestand Miss Gillette freimütig. »Nun ja, nicht gerade gehorcht, aber ich ließ meine Tür offen, und er sprach sehr laut. Das ist bei Pfarrern doch oft so, nicht wahr?«

Mr. Reeder sah sie an wie ein verwundetes Reh.

»Es ist nicht – äh – richtig, einfach ein Gespräch zu belauschen . . .« Er wollte weitersprechen, aber sie winkte ab.

»Das spielt doch gar keine Rolle! Wo wohnt Joan?«

Jetzt hätte Mr. Reeder sich würdevoll erheben, die Tür öffnen, ihr ein Monatsgehalt in die Hand drücken und sie hinausbitten müssen. Aber er ließ die Gelegenheit ungenutzt.

»Kann ich Tommy mal herbringen?« Sie stützte sich mit den Händen auf die Tischplatte. »Tommy wirkt nicht sehr intelligent, aber er ist es, und er hatte immer eine Theorie über Seafields Verschwinden. Tommy meint, daß Frank Seafield nie einen Scheck . . .«

»Einen Scheck? Ich dachte, er hätte das Geld von der Bank abgehoben?«

»Es war ein Scheck«, versicherte Miss Gillette mit Nachdruck. »Ein Scheck über sechstausenddreihundert Pfund. Er wurde in Berlin eingelöst.«

Mr. Reeder sah lange aus dem Fenster.

»Ich möchte mit Tommy sprechen«, sagte er ernst.

Als er sich umdrehte, war Miss Gillette verschwunden.

4

Eine Viertelstunde lang saß Mr. Reeder regungslos hinter seinem Schreibtisch. Dann klopfte es an der Außentür. Er stand auf, ging hinaus und öffnete. Der letzte, den er erwartet hätte, war Chefinspektor Gaylor.

»Dieser Mord an Litnoff – sind Sie interessiert?«

Mr. Reeder interessierte sich für alle Morde, für Litnoff jedoch nicht besonders.

»Wußten Sie übrigens, daß Jake Alsby auf dem Weg zu Ihnen war?«

Jake Alsby – Reeder runzelte die Stirn. Nach einer Weile erinnerte er sich.

»Nach meinem Gefühl ist Jake schon ein toter Mann«, sagte

Gaylor. »Er hatte mit dem Russen, der ziemlich viel Geld bei sich trug, stundenlang gezecht. Wenige Minuten, nachdem sie die Bar verlassen hatten, wurde Litnoff erschossen. Jake flüchtete. Als ihn die Polizei stellte, fand sie bei ihm eine geladene Pistole. Man hat schon Leute gehängt, gegen die weniger drückende Indizien vorlagen.«

»Das – äh – bezweifle ich. Das heißt, nicht die Tatsache, daß Personen auf Grund ungenügender Beweise gehängt wurden, sondern, daß unser Freund der Täter ist. Bei Jake handelt es sich um einen Berufsverbrecher, und diese Burschen tragen keine Waffen – nicht in unserem Land.«

Gaylor lächelte bedeutsam.

»Er war hinter Ihnen her. Das gibt er auch zu, und deswegen ist seine augenblickliche Einstellung etwas merkwürdig. Denn er möchte jetzt, daß Sie ihm aus der Patsche helfen!«

»Du lieber Himmel!« meinte Reeder.

»Er glaubt, Sie würden nach einem kurzen Gespräch mit ihm das Gefängnis verlassen und den wirklichen Mörder verhaften. Sind das Komplimente?«

Reeder runzelte wieder die Stirn.

»Im Ernst?«

»Seltsam, nicht wahr? Er hatte es zweifellos auf Sie abgesehen, aber jetzt möchte er unbedingt, daß Sie ihm helfen! Übrigens ist der Staatsanwalt auch der Meinung, daß Sie ihn besuchen sollten. Die Gefängnisverwaltung weiß Bescheid. Man kennt Sie dort ja, und wenn Sie sich ein paar phantastische Lügen anhören wollen, verspricht der Besuch ganz interessant zu werden. Hier habe ich Ihnen noch zwei Zeitungsberichte über den Mord an Litnoff mitgebracht. Sie brauchen ihn übrigens nicht mehr nach der Diamantenbrosche zu fragen – aber bedenken Sie, daß bei der letzten Verhandlung gegen Litnoff schon davon gesprochen wurde.«

Als Chefinspektor Gaylor gegangen war, setzte Mr. Reeder den Zwicker auf die Nase und las die Zeitungsberichte. Sie enthielten nichts, was er nicht schon wußte. Jake Alsby war ein Berufsverbrecher, dem die gesetzlichen Bestimmungen, soweit sie auf ihn zutrafen, wohlbekannt waren. Kein Profi trug

Feuerwaffen, weil die Richter in dieser Hinsicht nicht mit sich spaßen ließen.

Reeder wußte genau, was er getan hätte, wenn er Jake Alsby gewesen wäre und seinen Begleiter erschossen hätte. Vor der Flucht hätte er die Pistole weggeworfen. Daß Jake dies nicht getan, war ein Beweis dafür, daß er von der Pistole in seiner Tasche nichts gewußt hatte.

Mr. Reeder sinnierte vor sich hin, als er im Vorzimmer Stimmen hörte. Gleich darauf kam Miss Gillette atemlos herein. Sie schloß die Tür hinter sich.

»Ich habe gleich sie beide mitgebracht! Ich rief Joan an – sie wollte eben weggehen. Darf ich sie hereinführen?«

Er war gerührt, daß sie ihn überhaupt um Erlaubnis fragte, und nickte.

Tommy Anton war ein großer, junger Mann, nicht besonders auffällig, Joan Ralph dagegen war ausgesprochen hübsch.

»Das ist Tommy – und das ist Joan!« stellte Miss Gillette unnötigerweise vor, denn Mr. Reeder hätte die beiden wohl kaum miteinander verwechselt.

Er wußte von Anfang an, daß sie ihm nichts Neues erzählen würden. Trotzdem hörte er geduldig zu.

Tommy Anton schilderte in aller Ausführlichkeit seine Gefühle des Erstaunens, der Betroffenheit, die ihn bewegt hatten, als er entdecken mußte, daß sein Partner verschwunden war. Den Vermißten bedachte er mit großem Lob.

»Hat Ihnen Mr. Seafield je von einer Diamantenbrosche erzählt?« unterbrach ihn Mr. Reeder.

Tommy sah ihn verständnislos an.

»Nein – wir verkauften Autos. Er sprach nur selten von seinen Privatangelegenheiten. Natürlich wußte ich von Joan . . .«

»Hat Ihr Vater je etwas von einer Diamantenbrosche oder Spange gesagt?« erkundigte sich Mr. Reeder bei dem Mädchen, aber es schüttelte den Kopf.

»Nie – er kümmerte sich nicht um Schmuck. Allerdings hatte er sich vor Jahren an der Pizarro-Expedition finanziell beteiligt, ebenso Frank. Sie waren ganz begeistert davon.«

Mr. Reeder blickte zur Decke hinauf und dachte nach.

»Die Pizarro-Expedition – ja . . . 1923. Man wollte die vergrabenen Schätze der Inkas zutage fördern. Das Unternehmen wurde organisiert von Antonio Pizarro, der sich als Abkömmling des Eroberers von Peru ausgab. In Wirklichkeit hieß er Bendini – ein Amerikaner italienischer Abstammung, als Betrüger mehrfach vorbestraft. Er gründete in London eine Firma, und alle Leute, die sich finanziell an der Expedition beteiligten, verloren ihr Geld – war es nicht so?«

Er strahlte sie triumphierend an, und sie lächelte.

»Ich weiß von der Sache nicht einmal soviel wie Sie! Daddy legte fünfhundert Pfund an, Frank nur hundert – er war damals noch in Oxford. Ich weiß, daß beide ihr Geld verloren. Frank machte sich nicht allzuviel daraus, aber Daddy war sehr verärgert, weil seiner Meinung nach in Peru allerhand zu holen sein mußte.«

»Und wurde dabei auch von Diamantenbroschen gesprochen?« fragte er.

Sie zögerte.

»Ich glaube nicht, jedenfalls kann ich mich nicht daran erinnern.«

Reeder notierte drei Worte. Eines davon war, wie sie erkennen konnte, ›Pizarro‹. Das zweite, fand sie, sah wie ›Murphy‹ aus. Er stellte ihr noch ein paar Fragen zu ihrer eigenen Lage. Sie besaß ein kleines Einkommen und befand sich nicht in Geldnot.

Dann bat sie, ihn allein sprechen zu können. Mr. Reeder glaubte mit Genugtuung zu erkennen, daß Miss Gillette damit gar nicht einverstanden war. Es blieb ihr jedoch nichts anderes übrig, als sich zurückzuziehen und Tommy mitzunehmen.

»Mr. Reeder –«, begann Joan Ralph, »Sie haben sicher auch die Möglichkeit in Betracht gezogen, daß mein Vater mit – nun, mit irgendeiner Person auf und davon gegangen sein könnte. Ich weiß natürlich, daß man bei nicht mehr ganz jungen Männern auch mit solchen Dingen rechnen muß. Aber ich bin fest davon überzeugt, daß es bei Daddy anders war. Er hatte keine Freunde. Ich öffnete alle seine Briefe und kenne alle Menschen, mit denen er zusammenkam.«

»Auch die Briefe, die er in seinem Büro erhielt?«

Sie lächelte.

»Natürlich nicht – aber Daddy hatte keine Heimlichkeiten. Ich wußte, daß er eine Zeitlang mit Dr. Ingham korrespondierte, und das war praktisch der einzige außerhalb des Bekanntenkreises in Bishop's Stortford.«

Mr. Reeder sah sie nachdenklich an.

»Glauben Sie, daß Frank Seafield eine – äh – Freundin hatte?«

Sie verneinte mit Nachdruck.

Er führte sie in Miss Gillettes Zimmer hinaus. Nach einer Weile hörte er, wie die jungen Leute weggingen.

5

Mr. Reeder verfaßte drei Telegramme und brachte sie zur Post. Eines davon war tatsächlich an einen gewissen Murphy gerichtet.

Dann fuhr er mit dem Omnibus zum Gefängnis Brixton. Er war dort kein Unbekannter. Man führte ihn in ein Sprechzimmer, und wenige Minuten später stand Jake Alsby vor ihm.

Er schien völlig die Nerven verloren zu haben.

»Sie kennen mich doch, Mr. Reeder«, jammerte er. »In meinem ganzen Leben habe ich noch keine Pistole angerührt. Ja, gelegentlich mal einen niedergeschlagen . . .«

»Und es gibt ja wohl auch ein paar Leute, bei denen Sie das gern getan hätten«, ergänzte Reeder freundlich.

»Das war der Alkohol«, wimmerte Jake. »Wahrscheinlich hat Ihnen Gaylor erzählt, ich wäre hinter Ihnen her gewesen. Er macht ja alle Leute schlecht. Außerdem kannte ich diesen Russen gar nicht – warum sollte ich ihn niederknallen?«

Mr. Reeder zuckte die Achseln.

»Da sind schon ganz andere Dinge vorgekommen. Jetzt erzählen Sie mir mal alles, Alsby, aber ohne Flunkern. Vielleicht kann ich Ihnen helfen. Ich will nichts versprechen, aber man kann nie wissen.«

Alsby bemühte sich, so präzis wie möglich zu berichten.

»Als der Russe vor einiger Zeit wegen Trunkenheit festgenommen wurde«, sagte Mr. Reeder schließlich, »erzählte er dem Wachtmeister etwas von einer Diamantenbrosche . . .«

»Richtig, Sir«, unterbrach ihn Jake eifrig. »Mir gegenüber hat er sie auch erwähnt. Das hatte ich ganz vergessen. Wird das Schmuckstück vermißt? Ich hab' es ganz bestimmt nicht.«

Reeder sah ihn lange durchdringend an.

»Versuchen Sie sich zu erinnern, Alsby, was er sonst noch gesagt hat!«

Jake dachte angestrengt nach.

»Mir fällt nichts ein, Mr. Reeder. Nachdem wir die Bar verlassen hatten, waren wir nur noch kurze Zeit zusammen. Er wollte nach Hause, er wohnte in Bloomsbury – Lamington Buildings.«

»Wie erfuhren Sie das?«

»Er wollte ein Taxi nehmen. Ich sagte ihm, daß ich im Holbornviertel wohne. ›Du kannst mich bei den Lamington Buildings absetzen‹, schlug er vor. Er wechselte darauf schnell das Thema, und ich wußte, daß er versehentlich seine Adresse verraten hatte. Sie werden doch etwas für mich tun, nicht wahr, Mr. Reeder? Sie waren immer anständig zu mir.«

»Ihre Meinung hat sich aber sehr plötzlich geändert!« meinte Mr. Reeder.

Jake wurde in seine Zelle zurückgeführt. Mr. Reeder jedoch machte sich auf den Weg zu den Lamington Buildings. Sie befanden sich in einer Seitenstraße zur Gower Street.

Reeder begann seine Erkundigungen beim Portier. Der Name Litnoff war hier unbekannt, aber der Portier hatte in der Zeitung das Foto des Ermordeten gesehen.

»Ich wette, daß das Schmidt war. Er kam mir immer sehr komisch vor. Er übernachtete nur ein- oder zweimal im Monat hier. Erst heute nachmittag hab' ich noch mit Mrs. Adderly über ihn gesprochen. Sie ist übrigens jetzt in seiner Wohnung, aber aus der werden Sie nichts herauskriegen. Ich fragte sie: ›Und wenn nun die Polizei herkommt und etwas wissen will?‹ – ›Soll sie kommen!‹ fuhr sie mich an. Was soll man da sagen?«

»Könnte ich vielleicht Mrs. Adderly sprechen?« erkundigte sich Mr. Reeder.

Der Portier führte ihn den Korridor entlang zu einer Tür und klopfte. Nach einer Weile öffnete eine mürrisch aussehende Frau, die eine schmutzige Schürze trug.

»Das ist Mr. Reeder –«, sagte der Portier drohend, »der berühmte Detektiv.«

Mrs. Adderly wurde blaß.

»Ich kann alles erklären . . .«

Als sie Mr. Reeder in die Wohnung eingelassen hatte, schlug sie dem Portier die Tür vor der Nase zu.

Sie führte Mr. Reeder in ein bescheiden eingerichtetes Zimmer. Ein Tisch, ein Wohnzimmerschrank, ein kleiner Teppich, ein paar Stühle. An einer Wand hing eine Landkarte der Schweiz. Ein kleines Gebiet im Kanton Waadt war mit Rotstift markiert.

»Ich weiß nicht, was ich eigentlich sagen soll«, begann Mrs. Adderly. »Das Geld ist ehrlich verdient und liegt auf einem Postsparkonto, abgesehen von der Miete, die ich bezahlt habe. Ich bin Witwe und . . .«

»Von welchem Geld sprechen Sie?« unterbrach sie Mr. Reeder.

Sie meinte das Geld, das sie am Mittwoch erhalten hatte. Es hatte zusammen mit einem Brief auf dem Tisch im Eßzimmer gelegen. Sie zog einen Brief aus der Schürzentasche. Der kurze Text lautete:

›Bitte, bezahlen Sie von der beigefügten Summe die Miete. Ich fahre nach Frankreich und komme frühestens in drei Monaten zurück. Solange ich fort bin, können Sie den doppelten Lohn beziehen, aber ich verlange, daß Sie nicht über meine Angelegenheiten sprechen.‹

»Und Sie haben den Brief auf dem Tisch gefunden, sagen Sie?«

»Am Mittwoch morgen. Ich hab' das Geld auf ein Postsparkonto gebracht. Die Miete ist bezahlt, und ich habe auch die Quittung . . .«

»Das bezweifelt niemand«, beruhigte Mr. Reeder die Frau.

»Wenn Sie von der Polizei sind . . .«

»Das bin ich nicht – ich versuche nur, einiges aufzuklären.«

Sie wußte nur sehr wenig über ihren Arbeitgeber. Dreimal wöchentlich machte sie die Wohnung sauber. Zu diesem Zweck war ihr ein Schlüssel anvertraut worden. Sie hatte strikte Weisung, wieder wegzugehen, wenn sie die Tür von innen verriegelt vorfand. Im Laufe des vergangenen Jahres war dies dreimal vorgekommen. Mr. Schmidt sei Invalide, berichtete sie weiter, doch sehe er recht gesund aus. Manchmal fühle er sich jedoch besonders schlecht, und dann habe sie in seinem Schlafzimmer einen merkwürdigen Geruch bemerkt.

Die Wohnung bestand aus drei Zimmern und einer Küche. Der eine Raum war völlig unmöbliert. In einem großen Wandschrank fand Mr. Reeder drei verstaubte Kopfkissen ohne Bezüge.

Das Schlafzimmer enthielt eine eiserne Bettstelle mit Matratze, eine kleine Kommode, einen Spiegel, einen Tisch und zwei Stühle. Das Bett war nicht gemacht, aber die Decken lagen säuberlich zusammengelegt am Fußende. Über dem Bett hing ein Wandbrett, auf dem vier oder fünf russische Bücher standen. Auf dem Titelblatt des einen Buches fand sich eine Eintragung in französischer Sprache: ›Dieses Buch wurde mir vom Großherzog Alexander nach meinem Auftritt im *Revisor* überreicht.‹

Darunter stand der Buchstabe ›L‹.

Mr. Reeder interessierte in erster Linie die Tatsache, daß die Handschrift nicht mit der des Briefes an Mrs. Adderly übereinstimmte.

In der Kommode entdeckte er zwei Medizinfläschchen. Er entkorkte eines davon und roch daran – Chloroform.

Dann verließ er die Wohnung und sprach nochmals mit dem Portier.

›Mr. Schmidt‹ hatte Besucher empfangen, aber anscheinend waren sie stets nach elf Uhr nachts gekommen, wenn der Portier seinen Dienst schon beendet hatte. Ein Hausbewohner wollte festgestellt haben, daß es sich bei den Besuchern durchwegs um Männer gehandelt habe.

Als nächstes suchte Mr. Reeder eine Apotheke an der Straßenecke auf. Sowohl der Apotheker als auch sein Angestellter kannten Mr. Schmidt. Er hatte sich hier alle Medikamente besorgt.

»Könnten Sie mir Mr. Schmidt beschreiben?«

Die beiden konnten es. Mr. Schmidt war zweifellos der tote Litnoff. Reeder kehrte in sein Haus in der Brockley Road zurück. Es war keine Post gekommen. Er nahm ein bescheidenes Abendessen zu sich, las die Zeitung und vervollständigte sein Tagebuch. Gegen neun Uhr abends läutete es.

Die Haushälterin kam atemlos herauf.

»Zwei junge Damen!« meldete sie mißbilligend.

»Führen Sie sie bitte herauf.«

Kurz darauf betraten Miss Gillette und Joan Ralph das Zimmer.

»Ich wollte Sie eigentlich anrufen«, begann Miss Gillette sofort, »aber ich hielt es für sicherer, gleich herzukommen. Erinnern Sie sich – Sie fragten Joan nach einer Diamantenbrosche?«

Mr. Reeder bot den beiden Stühle an.

»Haben Sie die Brosche gesehen?«

»Natürlich nicht«, antwortete Miss Gillette. »Joan und ich waren heute im Corner House essen. Ein rothaariger junger Mann kam auf uns zu und erkundigte sich bei Joan, ob sie je Knickerbocker getragen habe.«

Mr. Reeder lehnte sich zurück.

»Ob sie Knickerbocker . . .«, wiederholte er entsetzt.

Miss Gillette nickte energisch.

»Er war furchtbar nervös und erzählte, sein Vater sei Juwelier und zur Zeit krank. Dann erwähnte er eine Diamantenbrosche. Er sagte, er hätte sie unterbewertet. Ich hielt ihn für betrunken. Joan war anderer Meinung.«

»Wie hieß er denn?«

»Es ist merkwürdig«, meinte Joan Ralph, »einmal bin ich nämlich in Knickerbockern fotografiert worden. Daddy knipste uns in Bishop's Stortford, als wir ein Stück spielten, und da trug ich Knickerbocker, weil ich einen Mann darzustellen hatte.«

Mr. Reeder fuhr sich mit den Fingern durch das spärliche Haar.

»Was hat er von der Brosche erzählt?«

Miss Gillette vertrat die Meinung, daß er nur unverständliches Zeug gefaselt hätte.

»Erst nachdem wir ihm gedroht hatten, den Geschäftsführer zu rufen, kamen wir auf den Gedanken, daß wir ihn nach seinem Namen und seiner Adresse hätten fragen sollen.«

Mr. Reeder nickte zustimmend.

»Er ist Juwelier, sein Vater ist krank, er hat eine Brosche unterbewertet, er hatte ein Bild von Miss Joan in Knickerbockern gesehen – das alles ist sehr bemerkenswert, aber auch bedauerlich. Sie werden ihm bestimmt nie mehr begegnen.«

»O doch«, widersprach Miss Gillette. »Er war im gleichen Bus und folgte uns bis hierher. Offengestanden, er steht draußen vor dem Haus.«

Mr. Reeder sah sie an.

»Haben Sie mit ihm gesprochen?«

»Selbstverständlich nicht –«, sagte Miss Gillette verächtlich.

Mr. Reeder ging zum Fenster, zog den Vorhang etwas beiseite und sah hinaus. Unter einer Laterne stand ein Mann, der sich plötzlich in Richtung der Lewisham High Road entfernte, als hätte er gespürt, daß er beobachtet wurde.

Reeder eilte sofort hinunter, aber als er die Straße erreichte, war niemand mehr zu sehen. Zögernd kehrte er ins Haus zurück.

Er verabschiedete sich von Miss Gillette und ihrer Freundin. Dann verfaßte er eine Anzeige, die er telefonisch bei vier Zeitungen unterbrachte: ›Rothaariger junger Mann, bitte setzen Sie sich mit dem Mädchen in Knickerbockern in Verbindung.‹

Als Adresse gab er sein eigenes Büro an.

Miss Gillette kam eine Stunde zu spät. Das war normal. Sie hatte die Anzeige nicht gelesen, so daß Mr. Reeder keine Erklärungen abzugeben brauchte.

Um zwölf Uhr betrat sie sein Zimmer und erklärte, sie sei zum Essen verabredet und käme wahrscheinlich vor drei Uhr nicht zurück.

Sein Inserat hatte bisher keinen Erfolg gehabt, und er bedauerte, nicht auch die Telefonnummer seines Büros angegeben zu haben.

Miss Gillette war kaum gegangen, als Chefinspektor Gaylor eintraf. Er wollte sich nach dem Ergebnis von Reeders Besuch im Gefängnis Brixton erkundigen.

»Ich bin eigentlich Ihrer Meinung«, stimmte er dann Reeders Bericht zu. »Jedenfalls reicht das Beweismaterial für eine Verurteilung nicht aus. Bei der Pistole handelt es sich um ein ausländisches Fabrikat. Wir konnten inzwischen feststellen, daß Alsby noch im Gefängnis saß, als die Waffe in Belgien verkauft wurde. Selbstverständlich könnte er sie auf Umwegen erworben haben, aber wahrscheinlich ist es nicht.«

»Haben Sie eigentlich je von der Pizarro-Affäre gehört?« fragte Mr. Reeder unvermittelt.

Gaylor lächelte. Er hatte ein ausgezeichnetes Gedächtnis.

»Die Schatzjäger? Merkwürdig, daß Sie gerade auf Pizarro kommen. Ich hatte mich bemüht, einen Mann namens Gelpin aufzuspüren, der offenbar sehr viel Geld in diese Sache gesteckt hat. Merkwürdigerweise konnte ich ihn nicht finden!«

»Vielleicht ist er tot?«

»Nein, bestimmt hält er sich irgendwo im Ausland auf. Er soll vor zwei Jahren verschwunden sein.«

»Wohl auch mit einer Bankanweisung«, bemerkte Reeder düster. »Wie viele Leute waren eigentlich am Pizarro-Unternehmen beteiligt?«

Gaylor sah ihn mißtrauisch an.

»Worauf wollen Sie hinaus? Wer ist sonst noch ins Ausland gegangen?«

»Ich weiß noch von zwei anderen – einer davon heißt Seafield.«

Gaylor nickte.

»Ich kann mich an diesen Namen erinnern.«

»Der andere heißt Ralph –«, sagte Mr. Reeder langsam, holte einen selbstverfaßten Bericht aus der Schreibtischschublade und überreichte ihn dem Inspektor. Gaylor las ihn aufmerksam durch. Dann zeigte er auf den Telefonapparat.

»Zufällig weiß ich, daß Gelpin bei der Scottish and Midland Bank in Birmingham ein Konto hatte. Darf ich ein Ferngespräch führen?«

Er meldete ein dringendes Gespräch an. Nach fünf Minuten wurde er mit der Bank verbunden. Mr. Reeder hörte nur die Fragen und einsilbige Antworten. Als Gaylor aufgehängt hatte, sagte er:

»Bankanweisung über 17 500 Pfund – eingelöst in Paris, Budapest und Madrid. Inzwischen hat die Bank drei Schecks über erhebliche Beträge erhalten. Ein Brief von Mr. Gelpin lag jedesmal bei. Der Geschäftsführer der Bank meint, daß Gelpin sehr viel reise, weshalb er sich nicht die geringsten Sorgen mache. Er erwähnte übrigens etwas, das uns vielleicht weiterhelfen könnte. Als Gelpin wegfuhr, gab er an, nach Montreux reisen zu wollen.«

Mr. Reeder erinnerte sich sofort an die Landkarte mit der roten Markierung in Litnoffs Zimmer.

Es klopfte. Ein Bote brachte ein Telegramm. Es trug die Unterschrift ›Murphy‹ und stammte vom Chef der New Yorker Kriminalpolizei.

›Pizarro-Bande seit zehn Jahren nicht mehr aktiv. Pizarro selbst verbüßt in Sing-Sing lebenslängliche Zuchthausstrafe. Seine einstige rechte Hand, ein Mann namens Kennedy, ist vor zwölf Jahren in Kalifornien zum letztenmal in Erscheinung getreten. Soll anständig geworden sein. Von neuem Pizarro-Unternehmen nichts bekannt.‹

Auch Gaylor las das Telegramm und gab es Reeder zurück.

»Glauben Sie, daß es sich um einen Pizarro-Trick handelt?«

»Zu dieser Schlußfolgerung bin ich allerdings gekommen«, sagte Mr. Reeder.

Um zwei Uhr erschien Dr. Ingham, der Pastor. Sein heftiges Klopfen verriet schon, wie aufgeregt er war.

»Mein lieber Freund – etwas Erstaunliches . . . Ein Lebenszeichen von Mr. Ralph!«

Mr. Reeder hätte eigentlich erfreut sein sollen, statt dessen sah er seinen Besucher trübsinnig an.

»Erfreulich –«, murmelte er, »wirklich erfreulich.«

Der Pastor kramte in seinem Mantel und brachte schließlich ein Telegramm hervor.

»Ich sprach heute morgen zufällig bei Miss Ralph vor, und während ich noch bei ihr im Hotel war, kam dieses Telegramm. Die junge Dame ist natürlich sehr erleichtert – kein Wunder, mir geht es ebenso.«

Mr. Reeder nahm das Telegramm. Es war in Berlin aufgegeben und an Joan Ralph, Haymarket Hotel, gerichtet: ›Halte mich einen Monat in Deutschland auf. Nächste Anschrift Hotel Marienbad in München. Alles Liebe – Daddy‹

»Erstaunlich«, sagte Mr. Reeder.

»Nicht wahr? Ich ließ mir das Telegramm mitgeben, um es Ihnen zeigen zu können.«

»Erstaunlich«, wiederholte Mr. Reeder.

»Das kann man wohl sagen«, stimmte Dr. Ingham zu. »Und doch auch wieder nicht. Vielleicht mußte er einfach dringend nach Deutschland und hatte keine Gelegenheit mehr, seine Tochter zu verständigen.«

»Das habe ich nicht gemeint«, versicherte Mr. Reeder. »Ich dachte vielmehr, wie erstaunlich und merkwürdig es ist, daß er das Telegramm an ein Hotel richtete, in dem sie nie zuvor gewohnt hat.«

Dr. Inghams Augenbrauen zuckten in die Höhe.

»Guter Gott!« flüsterte er. Sein Gesicht war blaß geworden. »Das ist mir gar nicht aufgefallen. Sie hat früher nie dort gewohnt – sind Sie sicher?«

Mr. Reeder nickte.

»Sie erwähnte es gestern, bevor sie wegging. Sie hat Ihnen

doch sicher erzählt, daß sie bei mir war? Nein, sie ist nur ins Haymarket Hotel gezogen, weil es in der Nähe von Mr. Ralphs Büro liegt. Und auf jeden Fall hätte er nach Bishop's Stortford telegrafiert.«

»Wirklich seltsam«, sagte der Pastor nach einer Pause.

»Allerdings«, pflichtete ihm Mr. Reeder bei.

»Ich finde mich überhaupt nicht mehr zurecht«, gestand Dr. Ingham schließlich. »Ich mache mir wirklich Sorgen. Dieser rothaarige junge Mann zum Beispiel . . .«

»Miss Ralph hat Ihnen davon erzählt?«

»Miss Gillette, Ihre charmante Sekretärin – sie erschien im Hotel mit ihrem Bruder . . .«

»Ihrem Freund«, korrigierte Mr. Reeder.

»Tatsächlich? Sie stellte ihn nicht vor.«

»Das wundert mich nicht.« Mr. Reeder sah eine Zeitlang gedankenverloren vor sich hin. »Der rothaarige junge Mann ist tatsächlich sehr bemerkenswert. Er macht mir Kopfzerbrechen. Immerhin hat er noch fast das ganze Leben vor sich. Daraus einfach herausgerissen zu werden, nur weil sein Vater krank war und er eine Diamantenbrosche unterbewertete, wäre zu ärgerlich.«

Dr. Ingham starrte ihn verständnislos an.

»Ich begreife nicht ganz, was Sie meinen. Sie wollen doch nicht sagen, daß der junge Mann in Gefahr schwebt?«

»Ja, doch!« Mr. Reeder seufzte.

»Ich finde mich nicht mehr zurecht«, wiederholte Dr. Ingham. »Das alles kommt mir ganz unwirklich vor. – Mr. Reeder, kommen Sie je nach Kent?«

»Ich wohne dort«, antwortete Reeder, denn die Brockley Road am Stadtrand Londons gehörte bereits zu dieser Grafschaft.

»Nein, ich meine die Provinz. Ich habe die Sache mit meiner Frau besprochen. Sie hat eine Theorie entwickelt, die meiner Meinung nach sehr phantastisch klingt. Ich hätte gar nicht davon angefangen, wenn Ihnen nicht diese Zweifel bezüglich des Telegramms aus Berlin gekommen wären. Erst gestern abend sagte ich noch zu ihr: ›Wenn Mr. Reeder von deiner Theorie hören würde, müßte er glauben, du hättest zu viele Kriminalromane gelesen!‹ – Mit ihrer Gesundheit steht es allerdings nicht zum besten – wäre es darum zuviel verlangt, wenn ich Sie bitten würde, ein Wochenende bei uns zu verbringen?«

Mr. Reeder zögerte.

»Ich reise nicht gern, aber – was für eine Theorie hat Ihre Gattin entwickelt?«

Dr. Ingham lächelte.

»Eigentlich sollte ich mich für einen solchen Unsinn entschuldigen. Als ich vor Jahren in Amerika war, wurde ich betrogen. Es handelte sich nur um eine unbedeutende Summe, aber das Ganze war mir doch eine Lehre. Ich beteiligte mich an einem Unternehmen – einer Art Schatzsuche, die von einem Gauner namens Pizarro organisiert worden war. Meine Frau ist nun der Meinung, daß hinter Mr. Ralphs Verschwinden ein teuflischer Plan stecke – die Zusammenhänge sind mir allerdings nicht klar. Und ihre Theorie hat, so absurd es auch klingen mag, mit Pizarro zu tun. Ich weiß zufällig, daß Pizarro im Zuchthaus sitzt – das heißt, jedenfalls glaube ich es . . .«

Mr. Reeder hob die Hand.

»Sonnabend nachmittag habe ich nichts Besonderes vor. Darf ich Ihre Gastfreundschaft in Anspruch nehmen? Ihre Gattin ist eine sehr intelligente Frau, und ich möchte sie gern kennenlernen. Aber ich muß abends wieder zurück. Ich schlafe grundsätzlich nur in meinem eigenen Bett.«

Dr. Ingham zeigte dafür Verständnis und versprach, Mr. Reeder einen Wagen zur Station zu schicken.

»Oder nein, ich möchte vorschlagen, daß Sie die ganze Strecke mit dem Wagen zurücklegen. Das dauert zwar etwas länger, aber die Straße ist sehr gut, und ich könnte Sie in der Brockley Road abholen lassen.«

Mr. Reeder stimmte zu.

Den ganzen restlichen Tag wartete er vergeblich auf ein Lebenszeichen des rothaarigen jungen Mannes. Er stellte eine Liste zusammen von Personen, die sich seinerzeit am Pizarro-Unternehmen beteiligt hatten. Mit drei Ausnahmen verschickte er an diese Leute Telegramme. Die Ausnahmen waren Mr. Ralph, Mr. Seafield und Mr. Gelpin.

Gegen fünf Uhr kehrte Miss Gillette ins Büro zurück. Um sechs Uhr brach Mr. Reeder auf und fuhr nach Scotland Yard, um Chefinspektor Gaylor zu besuchen.

»Die Mühe hätten Sie sich ersparen können«, meinte Gaylor, als ihm Reeder von den Telegrammen erzählte. »Wir haben uns bereits mit den zuständigen Polizeibehörden in Verbindung gesetzt und Nachforschungen anstellen lassen. Ich warf auch einen Blick auf die Landkarte in Schmidts Wohnung und telefonierte mit der Polizei in Montreux. Bei dem mit Rotstift markierten Gebiet handelt es sich um ein heruntergekommenes Landgut, das einem Russen gehören soll. Das Haus ist seit Jahren nicht bewohnt worden und zerfällt zusehends. Der Russe war natürlich Litnoff. Anscheinend hat er sich dort nur ein- oder zweimal sehen lassen. Die ganze Sache ist sehr undurchsichtig.«

»Für mich ist sie völlig klar«, versicherte Mr. Reeder, »aber das kommt daher, weil – nun ja, weil ich mich in einen Verbrecher einfühlen kann.«

Kurz vor neun Uhr schaute er nochmals in seinem Büro vorbei. Es war kein Telegramm gekommen, nur ein Brief, der von einem früheren Klienten stammte und einen Scheck enthielt.

7

Der Regen prasselte auf Mr. Reeders Wettermantel, rann in Strömen von der Hutkrempe auf die Schultern, als er zur nächsten Busstation stapfte, um nach Hause zu fahren.

Bei diesem Wetter war niemand unterwegs. Nur an der Ecke der Brockley Road stand ein Mann, der sich rasch umdrehte, als Mr. Reeder näher kam.

»Haben Sie vielleicht Feuer?«

Die Stimme klang rauh und gewöhnlich. Irgendwie schien sie nicht zu der eleganten Erscheinung im blauen Trenchcoat zu passen.

»Ich habe kein Streichholz bei mir. Und selbst wenn ich eins hätte, wäre ich nicht so dumm, die Hände in die Taschen zu stecken«, antwortete Mr. Reeder scharf. »So – gehen Sie mir jetzt hübsch aus dem Weg, Sie ersparen sich eine Menge Unannehmlichkeiten!«

»Ich hab' Sie doch ganz höflich gefragt, oder nicht?« knurrte der Mann.

»Auf diese Höflichkeit kann ich verzichten«, sagte Mr. Reeder, packte den anderen bei der Schulter und stieß ihn mit unerwarteter Kraft zur Seite. Dann öffnete er das eiserne Gartentor und warf es hinter sich zu. »Übrigens, Sie können Kennedy ausrichten, daß er nur seine Zeit verschwendet.«

»Ich weiß nicht, wovon Sie reden«, fauchte der Mann.

Mr. Reeder gab sich nicht weiter mit ihm ab, stieg die kleine Treppe hinauf, schloß die Tür auf und betrat das Haus. Den nassen Mantel hängte er über einen Bügel. Er ging in sein Zimmer hinauf, knipste aber das Licht nicht an, sondern trat im Dunkeln ans Fenster und sah hinaus. Der Mann im blauen Trenchcoat stand immer noch vor dem Haus, war aber nicht mehr allein. Eine seltsame Gestalt in einem gelben Regenmantel hatte sich zu ihm gesellt.

Mr. Reeder trat ins Zimmer zurück und holte ein Luftgewehr aus dem Schrank. Auf diese Entfernung war die Waffe nicht gefährlich, ein Treffer aber immerhin schmerzhaft. Er schob das Fenster nach oben, zielte und drückte ab. Der Mann im gelben Regenmantel schrie auf und hüpfte wie wild herum.

»Verdammt noch mal!« sagte der Mann im Trenchcoat.

»Irgend was hat mich gestochen . . .«

Mr. Reeder zielte diesmal genauer.

»Au – verdammt!« schrie jetzt der Mann im Trenchcoat. Er drehte sich um und erblickte den Schützen am Fenster.

»Verschwindet!« rief Mr. Reeder sanft und eindringlich.

Die Antwort hörte er nicht mehr, weil er das Fenster schnell schloß. Aber als er ein paar Minuten später wieder hinab sah, waren die beiden Gestalten verschwunden.

Gegen elf Uhr ging er zu Bett. Er schlief wie immer ziemlich fest, sonst hätte er das erste Steinchen gehört, das gegen das Fenster klirrte. Der zweite Stein allerdings weckte ihn. Er zertrümmerte nämlich die Scheibe. Mr. Reeder sprang aus dem

Bett, schlich zum Fenster und sah hinaus. Die Straße lag völlig verlassen da. Nach einiger Zeit entdeckte er die Umrisse einer Gestalt hinter einem Lorbeerbusch im Vorgarten.

Diesmal nahm Mr. Reeder nicht das Luftgewehr, sondern eine Pistole mit. Geräuschlos eilte er die Treppe hinunter, öffnete die Haustür und leuchtete mit der Taschenlampe in den Garten hinaus. Im Lichtkegel zeigte sich ein völlig durchnäßter junger Mann.

»Mr. Reeder? – Tun Sie bloß die Lampe weg!« rief er flehend.

»Ach, Sie sind's? Haben Sie meine Anzeige gelesen?«

Der junge Mann schlüpfte hastig ins Haus. Mr. Reeder verriegelte die Tür, führte ihn ins Arbeitszimmer hinauf und knipste das Licht an.

Der rothaarige Jüngling sah bedauernswert aus. Gesicht und Hände waren blutig. Er trug keine Krawatte. Das Wasser tropfte von seinem Anzug auf den Teppich.

»Ich wollte eigentlich nicht herkommen, aber nachdem sie mich umzubringen versuchten . . .«

»Sie nehmen wohl am besten erst ein heißes Bad«, unterbrach ihn Mr. Reeder.

Er führte den jungen Mann ins Badezimmer – es lag im gleichen Stockwerk, und das Wasser war wie durch ein Wunder tatsächlich heiß –, dann ging er nach oben und holte ein paar Kleidungsstücke. Im Arbeitszimmer stand eine Kaffeemaschine. Im Schrank fand Mr. Reeder noch Kuchen.

Als der Kaffee fertig war, kam auch schon der junge Mann wieder zurück. Er war sehr blaß, hatte eine lange Nase und ein spitzes Kinn. Um seinen mageren Körper schlotterte ein Anzug von Mr. Reeder.

Er trank, während Mr. Reeder sich um das Kaminfeuer kümmerte, Kaffee und aß ein paar Stückchen Kuchen.

»Nun, Mr. . . .«

»Edelsheim, Benny Edelsheim«, stellte sich der junge Mann vor. »Ich wohne in der Pepys Road in New Cross. Haben Ihnen die jungen Damen von mir erzählt? Wäre ich nur nicht weggelaufen, als Sie nach mir ausschauten. Sie sieht doch recht gut aus, nicht wahr? Ich meine nicht die Blonde – die andere.«

»Haben Sie mir mitten in der Nacht die Fensterscheibe ein-
geschlagen, um über die Vorzüge von brünetten Mädchen zu
diskutieren? Vielleicht sagen Sie mir erst, wer Sie mißhandelt
hat?«

»Ich weiß nicht, ich glaube, der Mann im gelben Regenmantel
– eigentlich waren es ja zwei. Ich wollte gerade mein Haus betreten – ich meine, das Haus meines Vaters, als mich ein Mann
um Feuer bat. Während ich nach einem Streichholz suchte, schlug
er zu. In einiger Entfernung stand ein Auto . . .«

»Und Sie – was taten Sie?«

»Ich lief davon. Ich wollte schreien, aber ich konnte nicht,
und dann stellte mir der andere ein Bein.« Benny warf einen
Blick auf seine Fingerknöchel. »Dabei hab' ich mir die Hände
blutig geschlagen. Vielleicht waren es auch drei Kerle. Anscheinend stand der Fahrer neben dem Wagen. Er stürzte sich auf
mich, aber ich wich ihm aus und rannte davon, so schnell ich
konnte.«

»Um welche Zeit war das?«

»Gegen neun. Ich war unterwegs zu Ihnen, wollte zuerst nur
noch nach Hause, um mit meinem Vater zu sprechen. In der
Clerkenwell Road betreiben wir ein Juweliergeschäft. Doch
mein Vater ist schon seit fast einem Jahr krank, deshalb mußte
ich das Geschäft führen.«

»Sie konnten entfliehen?« fragte Mr. Reeder.

»Ja. Dabei war nirgends ein Polizist zu sehen. Es war furchtbar. Als ich bemerkte, daß sie mich mit dem Wagen verfolgten,
sprang ich schnell über einen Zaun. Ich rannte über eine Wiese,
kletterte über eine Mauer und fand endlich einen Polizisten. Er
hielt mich für betrunken und wollte mich ins Krankenhaus bringen, also lief ich von neuem davon.«

»Haben Sie den Mann mit dem gelben Regenmantel nochmals gesehen?«

»Erst, als ich hierherkam. Es war schon fast Mitternacht. Er
und sein Kumpan gingen die Lewisham High Road entlang.
Ich sprang in Ihren Vorgarten und versteckte mich hinter dem
Strauch. Bald darauf erschienen die beiden. Der eine von ihnen
eilte die Treppe hinauf und machte sich an der Haustür zu

schaffen. Ich kam fast um vor Angst und wartete, bis sie wieder verschwanden.«

»Und Sie trauten sich auch dann nicht zu läuten?«

»Nein. Ich warf Kiesel ans Fenster. Wieviel Scheiben hab' ich eigentlich zerbrochen?«

Mr. Reeder goß noch eine Tasse Kaffee ein. Allmählich gewann Benny Edelsheim seine Fassung wieder.

»Ist sie hier?« fragte er. »Die Dunkelhaarige?«

»Sie ist nicht da«, erwiderte Mr. Reeder streng.

»Was wird da eigentlich gespielt?« erkundigte sich der junge Mann besorgt. »Ich habe Ihre Anzeige heute abend in der Zeitung gesehen. Was habe ich denn angestellt? Erst als ich vor diesen Kerlen davonrannte, kam ich auf die Idee, daß alles mit der Anzeige und der Brosche und dem, was ich der jungen Dame erzählt habe, zusammenhinge. Übrigens müßte ich mich entschuldigen – normalerweise spreche ich junge Damen nicht an. Sie sind doch nicht ihr Vater, oder?«

»Ich bin überhaupt kein Vater«, betonte Mr. Reeder.

»Ich dachte es mir doch – Sie sind vor allem Detektiv. Mein Vater meint, Sie wären sogar der beste Detektiv, den es gibt. Doch ich wollte Ihnen erklären, daß ich mir nichts Böses bei der Sache gedacht habe.«

»Sie, mein lieber junger Freund«, erwiderte Mr. Reeder, »sind nicht mehr als sozusagen ein Rädchen in einer großen, komplizierten Maschine. Ich kann gut verstehen, daß Sie den Auftraggebern der beiden Raufbolde Ärger gemacht haben. Aber kommen wir jetzt zur Sache – erzählen Sie mir, warum Sie die jungen Damen im Restaurant angesprochen haben.«

»Ich erkannte sie sofort. Ich muß Tag und Nacht an sie denken, Mr. Reeder. Sie ist doch hoffentlich nicht verheiratet?«

»Praktisch ja – sie ist verlobt!«

Benny machte ein erschrockenes, besorgtes Gesicht.

»Ich verliebte mich sofort in sie, als ich ihr Bild sah«, berichtete er. »Sie trug Knickerbocker. Ist sie nicht hübsch? Sie können sich nicht vorstellen, welchen Eindruck die Fotografie auf mich gemacht hat. Ich dachte, dies ist die Frau für dich! Dabei sah ich das Bild nur für einen Augenblick. Er, das heißt, der Fremde, der unser Geschäft besuchte, öffnete die Brieftasche, nahm das Foto heraus, weil sich die Brosche im gleichen Fach befand, und da sagte ich mir . . .«

»Ja, ja –«, wehrte Mr. Reeder etwas ungeduldig ab. »Bitte, lassen wir Ihre Gefühle jetzt für einen Augenblick beiseite. Erzählen Sie mir etwas über die Brosche.«

»Die Brosche, o ja. Sie war sehr hübsch, eine Spange mit Diamanten und Smaragden. Ich verstehe einiges von Edelsteinen. Mein Vater gab mich bei einer erstklassigen Firma in die Lehre . . .«

»Wollte er die Brosche verkaufen?«

»Nein, er wollte sie nur schätzen lassen. Wir tun das sehr oft, und ich habe ziemlich viel Erfahrung darin.«

»Sie haben das Schmuckstück also geschätzt?«

»Ich schätzte den Wert auf zwölfhundertfünfzig Pfund, aber das stimmte eben nicht ganz. Mein Gott, jeder macht mal einen Fehler. Ich kann mich erinnern . . .«

»Die Brosche war in Wirklichkeit mehr wert?«

»Ja, hundert Pfund. Ich sagte es der jungen Dame, als ich ihr begegnete. Ich dachte, sie würde es ihrem Bekannten . . .«

»Vater –«, korrigierte Mr. Reeder.

»Oh, das war ihr Vater?« Benny runzelte die Stirn. »Ja, ich schätzte die Brosche hundert Pfund zu niedrig ein. Eigentlich wollte der Mann nur wissen, ob die Steine echt wären, und das konnte ich ihm natürlich bestätigen. Wahrscheinlich spielte die falsche Schätzung gar keine Rolle für ihn, und ich hätte auch nicht davon angefangen, aber ich wollte ja der jungen Dame vorgestellt werden.«

»Wann kam er ins Geschäft?«

»Gegen fünf Uhr nachmittags.«

»Und was geschah, als Sie die Brosche geschätzt hatten?«

»Er wickelte sie wieder ein. Ich fragte ihn, ob er sie verkaufen wolle, aber er verneinte.«

»Und das war am Mittwoch vergangener Woche?«

»Am Dienstag – ich weiß es deshalb noch genau, weil ich an jenem Abend verabredet war.«

Mr. Reeder machte sich ein paar Notizen.

»Hatten Sie die Brosche früher schon einmal gesehen?«

Benny Edelsheim sah ihn groß an.

»Seltsam, daß Sie danach fragen, Mr. Reeder. Ich beschrieb meinem Vater die Brosche, und er meinte, sie wäre ihm bereits vor einem halben Jahr vorgelegt worden. Natürlich kann er sich da täuschen, doch sein Gedächtnis ist recht gut.«

»Warum kam der Mann gerade zu Ihnen? Werben Sie in den Zeitungen?«

»Wir sind spezialisiert auf Schätzungen«, sagte Benny stolz. »Mein Vater regte sich furchtbar auf, weil ich diesen Fehler gemacht habe.«

»Das also war der Grund.« Mr. Reeder nickte und warf einen Blick auf die Uhr. Es war halb drei Uhr früh. Er ging zum Telefon und bestellte ein Taxi. »Ich bringe Sie nach Hause. Machen Sie aus Ihren feuchten Kleidern ein Bündel, während ich mich anziehe.«

Die Fahrt zur Pepys Road verlief ohne Zwischenfall. Mr. Reeder wartete, bis der junge Mann im Haus verschwunden war, dann fuhr er zum nächsten Polizeirevier und besprach sich mit dem diensthabenden Beamten.

Als Benny Edelsheim am nächsten Morgen aus dem Fenster sah, stand ein uniformierter Polizist vor dem Haus Wache.

8

Der Morgen brachte auch Mr. Reeder eine Überraschung. Als er sein Büro betrat, war Miss Gillette bereits da. Sie unterhielt sich in ihrem Zimmer mit Dr. Ingham.

Mr. Reeder blieb an der halbgeöffneten Tür stehen und lauschte. Sie sagte gerade:

»Ich würde mir darüber keine Sorgen machen, Dr. Ingham. Reeder macht das schon. Er ist viel klüger, als er aussieht.«

Leise ging er in sein Zimmer und klingelte.

»Ich hab' Sie gar nicht hereinkommen hören – Sie machen einen noch ganz nervös! Übrigens, Mr. Ingham ist hier.«

»Dr. Ingham«, verbesserte sie Reeder.

»Gestern nacht versuchte jemand in sein Haus einzubrechen. Der arme Mann sieht furchtbar aus.«

»Führen Sie ihn herein.«

Der Pastor hatte offensichtlich eine aufregende Nacht hinter sich. Über der Nase trug er ein Heftpflaster, ein Auge war angeschwollen, die Unterlippe aufgeplatzt.

»Ich sehe nicht gerade vorteilhaft aus«, sagte er, als er Mr. Reeder die Hand schüttelte.

Er war am vergangenen Abend nach St. Margaret zurückgefahren und um zehn Uhr angekommen.

»Grayne Hall, unser Haus, befindet sich an einer Stelle, wo früher eine Burg stand. Es ist natürlich sehr einsam, aber ich habe mir einen schönen Garten anlegen lassen. Gegen Mitternacht weckte mich meine Frau. Sie behauptete, ein Geräusch gehört zu haben. Ich ging hinunter, natürlich unbewaffnet, denn ich besitze kein Gewehr. Ich kam in die Eingangshalle und suchte nach dem Lichtschalter, als mich jemand angriff. Ich bekam einen furchtbaren Schlag ins Gesicht, aber es gelang mir, nach einer alten Streitaxt zu greifen, die an der Wand hing. Damit verteidigte ich mich. Meine Frau, die den Lärm hörte, begann zu schreien, und ich hörte einen der Angreifer rufen: ›Los, Kennedy!‹ Unmittelbar danach wurde die Haustür aufgerissen, und ich sah zwei Männer davonlaufen.«

»Du lieber Himmel –«, seufzte Mr. Reeder. »Einer von den Kerlen rief ›Los, Kennedy!‹? Sind Sie ganz sicher?«

»Ich könnte es fast beschwören. Später fiel mir ein, daß ein Mann namens Kennedy Mitglied der Pizarro-Bande war.«

Mr. Reeder sah den Pastor nachdenklich an.

»Man hat Sie nicht mit einer Waffe angegriffen?«

Dr. Ingham lächelte gequält.

»Das ist ein schwacher Trost!« meinte er leicht gereizt.

Er hatte die Polizei nicht geholt. Anscheinend war sein Vertrauen zu den örtlichen Polizeibeamten nicht sehr groß, aber er wollte auch nicht unbedingt in die Zeitungen kommen.

»Ob es sich bei den Männern um simple Einbrecher gehandelt hat, oder ob Rachegelüste im Spiel waren, wage ich nicht zu entscheiden. Mrs. Ingham sieht hinter allem Pizarros Hand. Übrigens freut sie sich sehr, Sie kennenzulernen. Nun sagen Sie mir, Mr. Reeder, was soll ich tun? Ich verlasse mich ganz auf Ihren Rat. Es ist wohl zwecklos, jetzt noch zur Polizei zu gehen. Ich kann die Männer nicht beschreiben – ich sah nur undeutliche Umrisse.«

Mr. Reeder sah vor sich hin.

»Sehr merkwürdig«, murmelte er. »Kennedy, Casius Kennedy. Ein ganz übler Bursche. Er hat das alles von seiner Mutter geerbt, einer sehr – äh – unappetitlichen Dame.«

Dr. Ingham atmete tief ein.

»Was soll ich tun?« fragte er.

»Bitten Sie um Polizeischutz – ein Beamter soll sich im Haus, ein anderer im Garten aufhalten. Ich hoffe, daß wir uns am Samstag sehen werden.« Reeder erhob sich abrupt und streckte dem Pastor die Hand entgegen. »Bis Samstag also!«

Dr. Ingham verließ unzufrieden das Haus.

Mr. Reeder war schlecht gelaunt. Miss Gillette konnte es recht bald feststellen.

»Was haben Sie dem Doktor geraten?« fragte sie.

»Wenn ich Sie brauche, läute ich!« fauchte er.

Sie ging verwirrt hinaus und hörte, daß er die Tür hinter ihr absperrte. Als sie ihn etwas später anrief, war er noch immer äußerst ungnädig.

»Ich glaube, ich möchte nach Hause –«, begann sie.

»Ich schicke Ihnen das restliche Gehalt per Post!« schnitt er ihr das Wort ab.

Sie verließ das Büro und knallte die Türe zu.

Er nahm den Hörer und telefonierte mit Chefinspektor Gaylor.

»Ich brauche ein paar Leute.«

»Das wundert mich nicht«, erwiderte Gaylor. »Ich lasse übrigens den jungen Edelsheim beobachten. Vielen Dank für Ihren Brief. Gibt's was Neues?«

Reeder berichtete von Dr. Inghams Abenteuer.

»Oh –«, sagte Gaylor und machte eine längere Pause. »Na ja, das eilt nicht.«

»Gewiß«, pflichtete Reeder bei. »Macht es Ihnen etwas aus, wenn ich Ihren Namen heute benütze?«

»Solange Sie sich nicht Geld darauf borgen!«

Reeder verbrachte die nächsten Stunden damit, Firmen anzurufen, die Segel- und Motorjachten vermieteten oder verkauften. Erst beim zehnten Anruf hatte er Erfolg, und auch da nur, weil er sich als Chefinspektor Gaylor ausgab.

In der Zwischenzeit waren zwei Beamte von Scotland Yard erschienen. Als kurz nach dem Mittagessen von einem Boten ein schweres Paket abgegeben wurde, erwiesen sie sich als sehr nützlich, wenigstens der eine von ihnen, der ein Jahr lang in der Sprengstoffabteilung von Scotland Yard gearbeitet hatte. Er entdeckte das schwache Ticken, das aus dem Paket drang, sofort.

»Eine Zeitbombe – wir müssen vorsichtig sein . . .«

Das Paket wurde in einen großen Wasserbehälter versenkt, und als es der Kriminalbeamte nach einer halben Stunde herausnahm, hatte das Ticken aufgehört.

»Ein ausgeklügeltes Ding . . .«

In diesem Augenblick läutete das Telefon. Mr. Reeder nahm ab. Es war Gaylor.

»Sind Sie's, Reeder? Ich komme vorbei und hole Sie ab! Wir haben Gelpin gefunden.«

»So?«

»Er ist tot – erschossen. Ein Förster hat seine Leiche im Wald bei Epping aufgefunden. Warten Sie auf mich, ich komme gleich!«

Es knackte in der Leitung. Mr. Reeder hielt den Hörer noch eine Weile in der Hand.

»Ist irgend etwas nicht in Ordnung Sir?« erkundigte sich einer der Detektive.

»Ja – bei mir. Eigentlich hätte ich damit rechnen müssen.«

Ein paar Minuten später saß er in einem Polizeiauto, das mit vier Beamten unterwegs nach Epping war.

Es dunkelte, als das Auto an einem kleinen Waldweg hielt. Ein Wachtmeister führte sie zu der Stelle, wo die Leiche lag.

»Nichts in den Taschen – nicht der geringste Hinweis auf die Identität. Wenn wir nicht das Foto und die Beschreibung bekommen hätten, wären wir jetzt wohl noch keinen Schritt weiter.«

In der Nähe der Leiche war ein Revolver gefunden worden.

»Wo ist die Waffe?«

Ein Polizist zog sie aus der Tasche und gab sie Gaylor.

»Im Knauf sind zwei Buchstaben eingraviert – F. S.«

»F. S. –«, wiederholte der Chefinspektor stirnrunzelnd, »das kann alles mögliche heißen.«

»Zum Beispiel Frank Seafield«, sagte Mr. Reeder.

»Warum gerade Seafield? Das ist doch unwahrscheinlich.«

Sie kehrten in die Stadt zurück. Nachdem Mr. Reeder sich mit Seafields einstigem Geschäftspartner in Verbindung gesetzt hatte, mußte Gaylor wieder einmal feststellen, daß Reeder keinen Hirngespinsten nachjagte. Tommy Anton erschien im Yard und identifizierte die Waffe.

»Sie gehört Frank«, erklärte er sofort. »Er trug immer einen Revolver bei sich. Ich zog ihn manchmal damit auf. Er gab sich gern etwas theatralisch.«

Auch Joan Ralph, die nach Bishop's Stortford zurückgekehrt war und am Telefon Auskunft gab, kannte den Revolver gleichfalls und beschrieb ihn genau.

»Das ist wirklich unglaublich«, sagte Gaylor nach diesem Gespräch zu Reeder. »Wenn es nun doch Selbstmord ...« Er verstummte gleich wieder, ohne den Satz zu beenden.

»Aha, es ist Ihnen wohl auch eingefallen, daß er dann nicht selbst jeden Hinweis auf seine Identität beseitigt hätte. Vielleicht können Sie mir folgendes erklären: Warum trug er einen so schäbigen Anzug und Hausschuhe? Warum war nur der Anzug verschmutzt? Warum war der Rücken trocken? Es hat fast die ganze Nacht geregnet.«

Gaylor starrte mürrisch vor sich hin.

»Tennant hat mir erzählt, daß Sie durch Boten heute eine Bombe erhalten haben. Die Pizarro-Bande natürlich. Kennedy?«

»Gewiß«, antwortete Reeder. »Mich kann jetzt nichts mehr überraschen. Ich habe meine Haushälterin zu ihrer Mutter geschickt. Und ich bleibe heute nacht in der Stadt.«

»Wo?« wollte Gaylor wissen.

»Das ist mein Geheimnis.«

Sie verließen zusammen Scotland Yard. Draußen schlug Gaylor vor:

»Sie sollten ein wenig in Deckung gehen – ich würde doch nach St. Margaret fahren. Dort kann Ihnen nichts passieren.«

»Eine ausgezeichnete Idee«, sagte Mr. Reeder. »Unglücklicherweise ist der Doktor aber noch in der Stadt.«

Er fuhr zu seinem Büro, begleitet von einem der Detektive, die ihm Scotland Yard zur Verfügung gestellt hatte. Der zweite Mann wartete immer noch in Miss Gillettes Zimmer, doch schien er eingeschlafen zu sein, denn es dauerte einige Zeit, bis er die Tür öffnete.

»Ein Telegramm ist für Sie gekommen«, meldete er und überreichte es Mr. Reeder.

Es kam von Dr. Ingham – Reeder möchte umgehend nach Grayne Hall kommen, weil sich einiges ergeben hätte. Das Telegramm war in Dover aufgegeben worden. Reeder gab seine Antwort telefonisch durch. Er teilte mit, daß er am nächsten Nachmittag um drei Uhr ankommen werde. Dann fuhr er, entgegen seiner Ankündigung, daß er es nicht tun würde, doch zu seiner Wohnung und übernachtete dort.

Am nächsten Morgen erhielt er einen Brief von Miss Gillette. Sie kündigte. Erleichtert seufzte Mr. Reeder.

›Ich möchte Mr. Anton behilflich sein‹, schrieb sie. ›Dr. Ingham hat versprochen, ihm die Gründung eines neuen Geschäfts zu ermöglichen. Er war überhaupt sehr liebenswürdig, und ich kann Ihnen nicht genug danken dafür, daß Sie Mr. Anton mit ihm zusammengebracht haben. Er schrieb Tommy gestern, bevor er London verließ, und empfahl, daß ich Tom doch helfen sollte. Der Nachsatz seines Schreibens wird Sie interessieren, deshalb lege ich ihn hier bei.‹

Dr. Ingham hatte geschrieben: ›P. S. Es wäre mir natürlich furchtbar, Mr. Reeder einer Sekretärin zu berauben. Ich habe nämlich die größte Hochachtung vor ihm.‹

»Hm«, murmelte Reeder, »wie freundlich – wirklich sehr freundlich!«

Am Vormittag kam die Haushälterin zurück und packte seinen Koffer. Mr. Reeder fuhr noch vor dem Mittagessen in die Stadt, traf sich mit Gaylor und übergab ihm die neu eingetroffenen Telegramme. Gaylor überflog sie.

»Ich weiß schon Bescheid«, sagte er. »Neun von den siebzehn Personen, die sich an Pizarros Unternehmen beteiligten, sind verschwunden. Ich kann Ihnen sogar noch mehr verraten – gleichzeitig mit diesen Leuten sind etwa achtzigtausend Pfund verschwunden. Übrigens lege ich keine weiteren Beweismittel gegen Jake Alsby vor. Nächste Woche wird er entlassen.«

Gaylor begleitete Mr. Reeder zum Bahnhof.

»Amüsieren Sie sich gut! Und falls die Pizarro-Bande Sie bis nach Dover verfolgt, dann schicken Sie mir gleich eine Postkarte!«

9

Während der Reise las Mr. Reeder in einem Buch. Er hatte die Gewohnheit, beim Lesen die Lippen zu bewegen. Ein älterer Herr mit Schnurrbart, der ihm gegenübersaß, amüsierte sich darüber. Einmal versuchte er, ein Gespräch anzufangen, aber Mr. Reeder erwies sich als wortkarg.

In Dover stieg Reeder aus. Der Mann mit dem Schnurrbart folgte ihm. Im Bahnhof traten drei Männer auf ihn zu, und er deutete auf Reeder.

»Das ist er – laßt ihn nicht aus den Augen!«

Der Wagen, mit dem Mr. Reeder abgeholt wurde, hatte den Bahnhofplatz kaum verlassen, als die vier Männer eine Limousine bestiegen und die Verfolgung aufnahmen.

Die Fahrt von Dover nach St. Margarets Bay war ungemütlich. Der Regen trommelte unaufhörlich gegen die Windschutzscheibe. Während der Wagen die steile Straße hinaufklomm, konnte Mr. Reeder tief unten das gelblich-grüne, schaumgekrönte Wasser der Nordsee sehen.

Grayne Hall stand ganz einsam am Rand eines steilabfallenden Felsens. Ein rotes Ziegelgebäude mit seltsam niedrigen Kaminen, die zum Stil des Hauses nicht paßten.

Das schmiedeeiserne Tor war geöffnet. Das Auto hielt vor dem Säuleneingang, wo Dr. Ingham den Gast erwartete. Neben ihm stand eine große, schlanke Frau, die außerordentlich jung wirkte, wenigstens aus einiger Entfernung.

»Willkommen!« rief Dr. Ingham. Er hatte ein Auge bandagiert und trug immer noch ein Heftpflaster über der Nase, doch schien er guter Stimmung zu sein. »Vielleicht können Sie meine Frau davon überzeugen, daß dies hier nicht der trostlos verlassenste Fleck Erde ist, den es gibt, lieber Reeder! Denn – wenn Sie ihre Befürchtungen hinsichtlich einer Wiederholung des Überfalls zerstreuen könnten, wäre ich Ihnen wirklich dankbar.«

Mrs. Ingham lächelte freundlich. Sie war, wie Mr. Reeder später feststellte, eine sehr intelligente und belesene Frau. Während sie ihm den Garten zeigte, hatte er Gelegenheit, sie genau zu beobachten. Sie sprach sehr viel und äußerte zu den meisten Dingen eine entschiedene Meinung. Sie erwähnte auch, daß sie eine berühmte Universität im Osten der Vereinigten Staaten besucht habe – offensichtlich war sie darauf besonders stolz, denn sie wiederholte es sogar. Ihr Alter schätzte Mr. Reeder um die Vierzig. Sie hatte dunkelbraune Augen, ein schmales Gesicht und schwarze Brauen, die einen anziehenden Gegensatz zu ihrem hellbraunen Haar bildeten.

»... und ich erinnere mich gut an den Pizarro-Skandal – ich hatte die Universität eben verlassen und war natürlich sehr interessiert, weil Pizarro aus unserer Stadt stammte. Ich bin übrigens davon überzeugt, Mr. Reeder, daß das Verschwinden dieser vielen Menschen mit der Pizarro-Bande zusammenhängt. Den ganzen Tag überlege ich mir schon, warum mein Mann in die Sache mit hineingezogen wurde. Vielleicht hat er sich einmal scharf gegen diese Praktiken ausgesprochen. Ich glaube mich entsinnen zu können, daß er einen Drohbrief bekam, als wir uns zuletzt in Boston aufhielten. Aber mein Mann gibt nichts auf solche Dinge ...«

In der Umgebung des Hauses gab es manches zu sehen. Da und dort ließen sich in alten Mauerresten die Überbleibsel früherer Bauwerke erkennen. Reeder entdeckte eine Steintreppe, die steil hinunter zum Meer führte.

Von seinem Zimmer aus, in das er sich nach dem Tee begab, hatte er einen wunderbaren Ausblick aufs Meer und den Blumengarten hinter dem Haus. Während er unter der Dusche stand, klopfte der Diener, und als Reeder aus dem Badezimmer zurückkam, hatte der Diener die Kleidung säuberlich aufgehängt und den Inhalt der Reisetasche ordentlich auf dem Tisch ausgebreitet.

»Vielen Dank«, murmelte Mr. Reeder. »Ich – äh – brauche Sie nicht mehr.«

Er schloß die Tür hinter dem Diener, verriegelte sie und begann sich langsam anzuziehen. Später ging er hinunter. Der Salon war leer. Im Kamin brannte ein Feuer.

Kurze Zeit danach kam Dr. Ingham im Abendanzug herein und wärmte sich die Hände.

»Elsa hat Ihnen wohl ihre sämtlichen Theorien entwickelt? Vielleicht hat sie nicht einmal ganz unrecht. Ich frage mich auch ständig, wodurch ich diesen Kerlen aufgefallen bin. Vielleicht habe ich einmal zu deutlich gepredigt. Kommen Sie mit in mein Arbeitszimmer zu einem kleinen Drink. Bei Elsa wird es noch eine Weile dauern.«

Er führte Mr. Reeder durch die holzgetäfelte Eingangshalle in einen bequem eingerichteten Raum – schwere Sessel, ein niedriges Sofa vor dem Kamin, an den Wänden Bücherregale.

Dr. Ingham öffnete einen Schrank, nahm eine Karaffe und Gläser heraus.

»Elsa möchte, daß ich Waffen ins Haus bringe«, bemerkte er, während er die Gläser füllte. »Für Sie als Detektiv wäre dies wohl nichts Besonderes, für mich aber ist es unausdenkbar. Ich könnte unter keinen Umständen einen Menschen töten. Sie tragen sicher einen Revolver bei sich?«

Mr. Reeder schüttelte den Kopf.

»Gelegentlich war ich gezwungen, eine Waffe mitzuführen. Aber es ist mir unangenehm. Ich besitze – äh – zwei Revolver, mußte sie aber noch nie benützen.«

»Sie enttäuschen mich, Mr. Reeder. Ich bin zwar nicht gerade nervös, aber nach diesem Überfall hätte ich mich doch ein wenig sicherer gefühlt. – Endlich, meine Liebe!«

Elsa Ingham trug ein elegantes, dunkelrotes Kleid. Mr. Reeder fand, daß sie darin wie Mitte Zwanzig aussah, aber er sprach es nicht aus.

»Worüber habt ihr euch unterhalten?« fragte sie.

»Über Revolver«, sagte Mr. Reeder laut.

Sie lächelte.

»Und mein Mann hat wohl wieder auf die Heiligkeit des Lebens hingewiesen?«

»Na ja, immerhin hatte ich auch einiges zu sagen«, erwiderte Mr. Reeder.

»Ich fragte unsern Gast«, ergänzte Dr. Ingham, »ob er eine Waffe bei sich trägt. Aber er hat keinen Revolver dabei.«

»Der arme Thomas war sicher enttäuscht«, sagte Mrs. Ingham, »als er Ihre Tasche auspackte. Er glaubte wohl lauter Pistolen und Handschellen zu finden.«

Sie gingen ins Eßzimmer, das en miniature einer elisabethanischen Banketthalle nachgebildet war. Der Boden bestand aus großen Quadersteinen.

»Das ist noch der echte Boden der alten Burg«, versicherte Mrs. Ingham stolz. »Sie gehörte der Familie De Boisy . . .«

»De Tonsin«, korrigierte Mr. Reeder. »Die De Boisys waren zwar mit ihnen verwandt, aber nur einer von ihnen bewohnte im Jahre 1453 die Burg.«

Sein Wissen löste Überraschung aus.

»Ja«, bestätigte Mr. Reeder, »ich habe mich mit der Geschichte des Schlosses befaßt.«

Während der Diener die Suppe servierte, schenkte der große, hagere Butler Mr. Reeder ein Glas Wein ein. Reeder hob das Glas ans Licht und betrachtete es.

»Erstklassig –«, sagte er. »Ich kann mir die Szene gut vorstellen, als Geoffry De Boisy seinen alten Feind zum Essen bat. Wie muß er sich gefreut haben, als seine Diener den Unglücklichen mit vergiftetem Wein ums Leben brachten.«

Er stellte das Glas auf den Tisch zurück, ohne getrunken zu haben. Er trank während des Essens keinen Schluck. Dr. Ingham erinnerte sich, daß er auch im Arbeitszimmer vom Whisky nur genippt hatte, und machte eine entsprechende Bemerkung.

»Ja, in dieser Hinsicht lebe ich abstinent«, sagte Reeder. »Das Leben ist so aufregend, daß ich keiner Reizmittel bedarf.« Er wartete, bis der Diener, der das Essen auftrug – es war der gleiche, der sich in seinem Zimmer zu schaffen gemacht hatte – außer Hörweite war, dann fragte er: »Ist Ihr Diener bei dem Überfall auch verletzt worden? Er sieht ziemlich krank aus.«

»Thomas? Nein, er kam erst später«, antwortete Ingham überrascht. »Warum?«

»Ich glaube, er trägt einen Verband um den Hals.«

»Ach – das ist mir noch gar nicht aufgefallen!«

Das Gespräch erlahmte. Der Kaffee wurde gebracht, und Mr. Reeder nahm reichlich Zucker. Eine Zigarre lehnte er dankend ab und zog seine Zigaretten hervor.

»Feuer, Thomas!« rief Dr. Ingham, doch bevor der Diener zur Stelle war, hatte Reeder eine Schachtel aus der Tasche geholt und ein Streichholz entzündet.

Es war kein gewöhnliches Streichholz. Eine grelle, blendend weiße Stichflamme schoß in die Höhe.

»Was war denn das?« fragte Dr. Ingham.

Mr. Reeder starrte auf die Schachtel.

»Jemand hat mir einen Streich gespielt! Ich bitte vielmals um Entschuldigung.«

Die Streichhölzer sahen völlig normal aus. Er gab die Schachtel an seinen Gastgeber weiter, der eines der Hölzchen entzündete, aber nicht mehr als ein mildes, gelbliches Flämmchen zustande brachte.

»Ist das nicht äußerst merkwürdig?« meinte Inghams schöne Gattin. »Beinah wie ein Leuchtsignal in Seenot.«

Man wechselte das Thema. Es war Dr. Ingham, der das Gespräch wieder auf Pizarro brachte, und Mrs. Ingham entwickelte von neuem ihre Theorie. Reeder hörte zu.

»Ich glaube, daß er nicht von Grund auf schlecht gewesen ist«, sagte Mrs. Ingham.

»Pizarro war ein Bandit«, entgegnete Mr. Reeder. »Aber was kann man von so einem hergelaufenen Lumpen schon erwarten?« Wenn er bemerkt hatte, daß Mrs. Ingham erstarrte, so ließ er sich jedenfalls nichts anmerken. »Kennedy dagegen, sein Gehilfe, ist zu bedauern. Seine Mutter war moralisch verkommen, ein ausgesprochen charakterloses Subjekt.«

Dr. Inghams Gesicht war bleich geworden, seine Augen glühten. Reeder jedoch gab sich so gelassen, als befände er sich in völliger Übereinstimmung mit seinen Gastgebern, und fuhr fort:

»In Wirklichkeit führte nämlich Kennedy die Bande an, weil er noch am gebildetsten war. Er heiratete Pizarros Tochter, eine äußerst verworfene Person. Sie hatte eine Reihe von Geliebten, bevor sie ihn nahm – wenn sie überhaupt geheiratet haben . . .«

»Nehmen Sie das zurück, Sie verdammter Lügner!« Inghams Frau war aufgesprungen, zornrot im Gesicht. »Sie lügen!«

»Halt den Mund!«

Es war Dr. Inghams Stimme, rauh und befehlend, aber die Ermahnung kam zu spät.

Mr. Reeder hielt plötzlich eine Pistole in der Hand. Er erhob sich, schob den Stuhl zurück und lehnte sich an die Wand. Thomas, der Diener, kam herbeigelaufen, aber als er die Pistole sah, blieb er stehen. Reeder sagte zu ihm:

»Auch mit einem Luftgewehr kann man also jemandem weh tun. Übrigens bitte ich um Verzeihung – ich wollte Ihren Freund treffen.« Er deutete mit dem Kopf zum Butler. »Und von Ihnen, Dr. Ingham, war es sehr dumm, die beiden nach London zu schicken, weil Sie damit rechnen mußten, daß es zu Unannehmlichkeiten führen würde. Ich habe den Toten heute gesehen, Sie wissen schon, Gelpin. Er hatte sich die Fingerknöchel verletzt. Sie sind ihm wohl zu nahe gekommen?«

Reeder hatte, sich rückwärts bewegend, eines der hohen Fenster erreicht und schob den Vorhang beiseite. Das Fenster stand offen. Der schnurrbärtige Mann, der ihm von London her gefolgt war, stieg herein. Hinter ihm die drei Männer, die vom Bahnhof aus die Verfolgung im Auto aufgenommen hatten.

Dr. Ingham stand wie gelähmt. Dann drehte er sich blitzschnell um und rannte auf eine kleine Tür in der Ecke zu. Mr. Reeder schoß in die Türfüllung. Das Holz splitterte. Ingham erstarrte, kam taumelnd zurück.

»Es war nicht mein Plan, Reeder –«, stammelte er, »ich will

Ihnen alles sagen. Ich kann beweisen, daß ich nichts damit zu tun hatte. Im übrigen sind sie alle in Sicherheit.« Er bückte sich und rollte den schweren Teppich zurück. Eine große Steinplatte mit eisernem Ring kam zum Vorschein. »Sie leben alle – alle. Ich habe Gelpin in Notwehr erschossen.«

»Und Litnoff?« fragte Mr. Reeder freundlich.

Dr. Ingham schwieg.

10

Mr. Reeder schrieb in seinem Bericht:

›Dr. Ingham hieß in Wirklichkeit Casius Kennedy. Er wurde in England geboren und schon als junger Mann mehrmals wegen Betrügereien ins Gefängnis geschickt. Dann wanderte er nach Amerika aus, wo er Pizarro kennenlernte. Er war ihm sehr nützlich, weil er dank seiner Bildung den Opfern leicht Vertrauen einflößen konnte. Den Titel eines Doktors der Theologie legte er sich aus eigenem Ermessen zu.

Als der Pizarro-Schwindel aufflog, flüchtete er nach Kalifornien. Dort erwarb er sich auf noch ungeklärte Weise ein beträchtliches Vermögen, das er dann in England zum größten Teil wieder verlor.

Bei seiner Vernehmung behauptete er, die großen Verliese unter der alten Burg ganz zufällig entdeckt zu haben. Erst als ihn seine Verluste zwangen, sich nach einer Geldquelle umzutun, sei er auf den Gedanken gekommen, sie in irgendeiner Weise auszunützen.

Vor fünf Jahren lernte er einen russischen Schauspieler namens Litnoff kennen, der Alkoholiker und stark verschuldet war. Dieser Litnoff mußte befürchten, in sein Heimatland abgeschoben zu werden, was er aus verschiedenen Gründen vermeiden wollte.

Kennedy und seine Frau entwickelten einen Plan, nach dem sich mit Litnoffs Hilfe Geld verdienen ließ. Litnoff mietete eine kleine Wohnung in London. Kennedy machte sich an die Opfer heran, wobei er nur leichtgläubige Personen auswählte, die zum Teil schon Pizarro Geld zur Verfügung gestellt hatten. Der Reihe nach machte der »Doktor« ihre Bekanntschaft, studierte ihre Gewohnheiten, ihre Steckenpferde und Schwächen. Manchmal brauche er Monate, um das Vertrauen der Leute zu gewinnen. Dann erwähnte er nebenbei den sterbenden Russen, der mit einer Kiste voll Juwelen aus Petersburg geflüchtet sei.

Mr. Ralph zum Beispiel lernte Dr. Ingham, oder Kennedy, nach längerem Briefwechsel kennen. Stellvertretend sei hier seine Aussage wiedergegeben:

»Er war sehr charmant und offensichtlich wohlhabend. Er wohnte im besten Hotel Londons. Ich dinierte zweimal mit ihm. Einmal war auch seine Frau zugegen. Er erzählte mir von einem sterbenskranken Russen, den er kennengelernt und der ihm einen merkwürdigen Vorschlag gemacht habe. Nämlich – er solle ein kleines Landgut in der Schweiz kaufen, das Litnoff gehöre, und wo er Juwelen im Wert einer halben Million Pfund vergraben habe.

Das klinge, meinte Ingham, zwar alles sehr phantastisch, aber an der Geschichte müsse doch etwas dran sein. Dieser Litnoff trage ein Schmuckstück bei sich, das mindestens tausend Pfund wert sei. Er verwahre es unter seinem Kissen.

Die Geschichte interessierte mich. Als mich der Doktor fragte, ob ich den Mann kennenlernen wolle, stimmte ich zu.

Dr. Ingham holte mich um Mitternacht ab. Wir fuhren zu einem Haus in Bloomsbury, und ich wurde in eine sehr ärmlich möblierte Wohnung geführt. In einem der Zimmer lag ein krank aussehender Mann, der nur gebrochen englisch sprach. Er erzählte mir von der Verfolgung, die ihn an den Rand des Grabes gebracht habe. Sein Vorschlag schien ohne Risiko für mich. Ich sollte nach Montreux fahren, das Landgut besichtigen und kaufen. Im Kaufpreis wäre auch der vergrabene Schmuck inbegriffen.

Das Gespräch dauerte sehr lange. Er konnte nur unter großen Schwierigkeiten sprechen, und manchmal mußten wir minutenlang warten, bis er sich wieder einigermaßen erholt hatte. Er zeigte mir die Diamantenbrosche unter dem Kopfkissen und gab sie mir sogar mit, damit ich sie schätzen lassen könne. Ich steckte die Brosche ein, ließ sie schätzen und gab sie dann Dr. Ingham zurück.

Von meiner Bank ließ ich mir eine Anweisung ausstellen. Es wurde vereinbart, daß ich mit dem Wagen zu Dr. Inghams Haus fahren, dort eine Nacht verbringen und dann über Calais nach der Schweiz reisen sollte. Gegen sechs Uhr abends kam ich in Grayne Hall an und war von der luxuriösen Einrichtung sehr beeindruckt. Ich hegte nicht den geringsten Verdacht. Um halb acht Uhr setzten wir uns zu Tisch. Ich trank mehrere Gläser Portwein und verlor die Besinnung. Als ich wieder erwachte, befand ich mich in einer schmalen Steinkammer. In einer Nische lagen Kerzen und eine Streichholzschachtel. Die Kammer enthielt eine eiserne Bettstatt, einen kleinen Teppich und eine Waschgelegenheit. Zweimal täglich erschienen Thomas und Leonard – normalerweise arbeiteten sie als Diener und Butler bei Dr. Ingham – und ließen mich in einem langen Steinkorridor auf und ab gehen. Ich sah keinen anderen Gefangenen, wußte aber, daß weitere Personen hier sein mußten, weil ich Rufe hörte. Die Bankanweisung war mir abgenommen worden. Kennedy kam nur einmal herunter und befahl mir, einen Brief an meine Tochter zu schreiben, worin ich mitteilte, daß es mir gutginge.«

Es versteht sich von selbst, daß der Erfolg des Plans allein von Litnoffs Verschwiegenheit abhing. Der Russe war Alkoholiker, aber solange er nicht verriet, woher sein Geld kam, bestand keine Gefahr. Erst als er von der Diamantenbrosche zu reden begann, entschieden die Kennedys, daß sie ihn zum Schweigen bringen mußten. Sie bereiteten auch ihre Flucht vor, hofften aber bis zum Schluß, daß sie nicht erforderlich sein würde. Ich stellte nachträglich fest, daß sie eine Woche vor ihrer Verhaftung eine Jacht gechartert hatten. Sie lag im Hafen von Dover und war startklar.

Eine weitere Komplikation ergab sich, als Kennedy den Gefangenen eines Abends das Essen brachte. Die beiden Diener befanden sich in London, weil sie Edelsheim daran hindern sollten, mich zu besuchen. Kennedy überschätzte offensichtlich seine Stärke oder verließ sich zu sehr auf den Revolver, den er Frank Seafield abgenommen hatte. Jedenfalls behauptete er später, Gelpin habe ihn ganz unerwartet angegriffen. Es sei ihm nichts anderes übriggeblieben, als ihn zu erschießen. Als die beiden Diener in den frühen Morgenstunden zurückkehrten, wurde die Leiche sofort nach Epping gefahren und dort in einen Wald gelegt.

Ich kann nicht genau festlegen, wann ich Dr. Ingham zum erstenmal verdächtigte. Ich glaube aber, daß es bereits bei seinem ersten Besuch war. Seine Besorgnis, Joan Ralphs Besuch bei mir zuvorzukommen, Alsbys Aussage, meine Unterhaltung mit dem Apotheker und Edelsheims Bericht führten unweigerlich zu der Schlußfolgerung, daß hier ein großangelegter Betrug im Gange war. Ich studierte auf der Landkarte das Gebiet von Grayne Hall, und nachdem ich noch einige Ermittlungen angestellt hatte, zeichnete sich die Möglichkeit einer Kidnapperbande großen Stils immer deutlicher ab.

Ich mußte mich vergewissern, daß »Dr. Ingham« wirklich Kennedy war, deshalb sah ich mich bei der letzten Zusammenkunft in meinem Büro gezwungen, seine Mutter zu beleidigen. Obschon er vor Wut kochte, konnte er sich noch beherrschen, aber ich hatte genug gesehen. Ich versuchte das gleiche noch einmal in Grayne Hall, jedoch erst, nachdem ich ein Leuchtsignal gegeben hatte, wie es zwischen mir und den hinter dem Haus wartenden Polizeibeamten vereinbart worden war.‹

Einige Monate später schrieb Mr. Reeder unter diesen Bericht:

›Casius Kennedy, im Old Bailey wegen Mordes zum Tode verurteilt. Im Gefängnis Pentonville hingerichtet.

Elsa Kennedy, Thomas J. Pentafard, Leonard Polenski – alle drei verurteilt im Old Bailey. Lebenslänglich.‹

Der Fall Joe Attymar

1

In der Abenddämmerung steuerte der Ruderer sein Boot unter den weitaufragenden Rumpf des großen Schiffes und zog die Ruder ein. Das kleine Boot tanzte auf den Wellen hin und her. Ein Zweiter Offizier streckte den Kopf durch ein Bullauge heraus und spuckte nachdenklich ins Wasser. Anscheinend sah er den bärtigen Ruderer nicht. Nach einer Weile zog der Schiffsoffizier den Kopf zurück und verschwand.

Wenige Sekunden später wurde eine schwere Holzkiste durch die Luke gestemmt und ins Wasser geworfen. Sie sank langsam. Eine kleine, schwarze Boje schoß an die Wasseroberfläche. Der Ruderer betrachtete sie interessiert. Ein starkes Tau verband die Boje mit der Kiste. Der Bärtige wartete, bis die Boje beinah wieder versank, dann nahm er ein Ruder und schob es unter das Tau. Er griff nach der Boje, zog sie ins Boot, befestigte das Tau an einem Bolzen, stemmte die Ruder hoch und ließ sich von der Strömung am Schiff entlangtreiben.

Mitten im Fluß lag ein schmutzig aussehender Lastkahn verankert. Dorthin steuerte das Ruderboot. Ein muskulöser junger Mann tauchte auf dem Hinterdeck auf und zog den Kahn mit einem Bootshaken heran. Der Bärtige hielt sich an der Wand des Lastkahns fest, während der Bootshaken unter das Tau geschoben wurde. Der junge Mann zerrte das Tau herüber und machte es an einer Bucht fest.

»Niemand in der Nähe, Ligsey?« brummte der Bärtige, nachdem er an Bord gestiegen war.

»Niemand, Käpt'n«, sagte der junge Mann.

Der Kapitän ging zur Deckkajüte am Bug, stieg die Treppe hinunter und schloß die Luke hinter sich. Dort unten wartete er die Dunkelheit ab.

Ligsey ging nach vorne zu seinem jugendlichen Gehilfen, der auf einem umgestülpten Eimer saß und leise auf der Mundharmonika spielte. Er setzte das Instrument ab und fragte:

»Fahren wir heute nacht hinauf?«

Ligsey nickte. Er hatte das Brummen des Motors gehört, den der Kapitän soeben angelassen haben mußte.

»Was tun wir so lange hier?« fragte der Junge neugierig. »Eine Flut haben wir schon versäumt – wir könnten längst in Greenwich sein. Warum will Käpt'n Attymar . . .«

»Kümmere dich um deine eigenen Angelegenheiten!« wies ihn der Maat zurecht.

Er hörte den Kapitän rufen und trat langsam an die Luke. »Wir holen jetzt die Kiste 'rein und verstauen sie. Ich hab' zwischen den Ziegeln Platz gelassen.«

Gemeinsam zogen sie an dem Tau und holten die Kiste aus dem Wasser. Ligsey beugte sich vor, setzte seinen Haken an und holte sie an Deck. Dann wurde die Kiste sorgfältig im Laderaum verstaut.

Die ›Allanuna‹ transportierte regelmäßig Ziegel von einem kleinen Ort an der Küste zu Tennys Werft. Jedermann auf dem Fluß wußte, daß das Schiff nicht viel taugte. Der Junge mußte sich an die Maschine stellen, während Ligsey das Ruder übernahm.

Um fünf Uhr morgens erreichten sie Tennys Werft in Rotherhithe. Als Ladeplatz war die Werft nur für bescheidene Ansprüche eingerichtet. Sie bot lediglich Platz für zwei Kräne und das schäbige Haus, wo Joe Attymar wohnte.

Durch ein altes, verrostetes Tor erreicht man Shadwick Lane. Joe Attymars Haus stand nicht direkt an dieser Straße, sondern etwas zurückgesetzt, und ihre Bewohner interessierten sich auch nicht für den Lastkahnführer. Seit Jahren brachte der Mann mit dem grauen Bart und den buschigen Augenbrauen seinen Kahn den Fluß herauf, stets mit einer Ladung Ziegel. Dann fuhr der Lastkahn wieder flußabwärts, aber ohne Attymar.

Diese Tatsache war den Leuten in der Shadwick Lane unbekannt. Sie wußten nicht einmal, daß Joe Attymar höchstens einmal im Monat in seinem Haus schlief. Sein schmutziger alter Wagen, den er gelegentlich benützte, bewies natürlich, daß er auch Landstrecken fuhr, aber niemand machte sich darüber irgendwelche Gedanken.

Es gibt gewisse kleine Probleme, die die Chefs von Scotland

Yard von Zeit zu Zeit veranlassen, ihren Untergebenen zu sagen: ›Tun Sie etwas!‹ Mr. Attymar war eines dieser kleinen Probleme, wenn er es auch nicht ahnte.

Kriminaldirektor Mason ließ Chefinspektor Gaylor kommen.

»Man hat einen Kerl verhaftet, der gestern nacht in der Lisle Street Rauschgift verkaufte«, begann er. »Unterhalten Sie sich doch einmal mit ihm. Wer weiß, vielleicht fängt er an zu singen.«

Aber der Betreffende verriet nichts, obwohl es zuerst so ausgesehen hatte, als ob er bereitwillig auspacken wollte. Immerhin sagte er so viel, daß sich gewisse Anhaltspunkte ergaben.

»Ich konnte nur herausfinden«, berichtete Gaylor, »daß diese Verkaufsorganisation nahezu lückenlos funktioniert. Die Bande, die wir letztes Jahr ausgehoben zu haben glaubten, scheint immer noch unter dem gleichen Chef zu arbeiten.«

»Machen Sie ihn unschädlich!« sagte der Kriminaldirektor, der es gewohnt war, ebenso gelassen Wunder zu fordern wie er seinen Nachmittagstee bestellte. Dann fiel ihm jedoch noch etwas ein. »Sprechen Sie doch einmal mit Reeder! Vielleicht kann er Ihnen weiterhelfen.«

Mr. Reeder aber schüttelte bedauernd den Kopf.

»Das liegt etwas außerhalb meines Bereiches. Rauschgift? Da gab es doch einen gewissen Moodle . . .«

»Moodle, der in Wirklichkeit Sam Olinski hieß, ist schon seit einem Jahr tot«, unterbrach Gaylor.

»So, so – woran starb er denn?«

»An einem Strick«, meinte Gaylor kurz.

Mr. Reeder behauptete, er wisse nichts über Rauschgifthändler.

»Vielleicht läßt sich in Ihren Unterlagen etwas finden?« bohrte Gaylor.

»Ich habe keine Unterlagen«, sagte Mr. Reeder.

»Vielleicht kann einer Ihrer seltsamen Freunde . . .«

»Ich habe keine Freunde.«

Das entsprach nicht ganz der Wahrheit.

Mr. Reeder war eine Autorität auf dem Gebiet der Hühnerzucht. Er stand oft stundenlang im Hintergarten seines Hauses und unterhielt sich mit den Nachbarn über die Vorzüge und

Nachteile gewisser Leghennenarten. So hatte sich auch seine Bekanntschaft mit Johnny Southers ergeben. Johnny wohnte ein paar Häuser weiter. Er war ein netter junger Mann, blondhaarig und gutaussehend.

Anna Welford wohnte im Haus gegenüber. Durch eine Krankheit, von der Johnny Southers Vyandotte-Hühner befallen wurden, lernte Mr. Reeder auch Anna kennen. Sie kam zufällig in Southers Garten, während Reeder das Geflügel begutachtete. Sie war schlank und hatte braune Augen, die einen seltsamen Kontrast zu ihren schwarzen Haaren bildeten. Johnny war in sie verliebt.

Letzteres kam ihm besonders deutlich zum Bewußtsein, als Mr. Clive Desboynes Sportwagen erschien, um Anna zu einem Tanzabend abzuholen. Er mißbilligte Mr. Desboynes Überlegenheit und seine besitzergreifende Art, Anna in den Wagen zu helfen. Er hielt es für ausgesprochen ungezogen, daß ein Mann Zigarren rauchte, wenn eine Dame neben ihm saß. Von diesem Tag an verrichtete Johnny seine Arbeit im Zollamt bedrückt und traurig. Dann zog er Mr. Reeder zu Rate.

»Ich verstehe sehr wenig – äh – von der Liebe«, erwiderte Reeder verlegen. »Praktisch – äh – überhaupt nichts. Es ist sicher am besten, wenn Sie einfach abwarten.«

2

Am darauffolgenden Samstagabend sah Mr. Reeder, als er nach Hause zurückkehrte, zwei Männer in der Brockley Road raufen. Er hatte einen Widerwillen gegen solche Auseinandersetzungen. Gewöhnlich handelte es sich um Betrunkene. Er zog es daher vor, sich auf die andere Straßenseite zu begeben.

Die beiden jungen Männer, die mit großer Verbissenheit kämpften, waren aber offensichtlich keine Raufbolde. Sie trugen Abendanzüge, und normalerweise führte man sich in solcher Kleidung gesitteter auf. Trotzdem hielt es Mr. Reeder nicht für geraten, sich als Schiedsrichter aufzuspielen.

Gerade als er weitergehen wollte, überquerte einer der Männer die Straße, stieg in ein Auto und fuhr davon. Der andere klammerte sich erschöpft an ein Geländer. Erst jetzt bemerkte Reeder, daß es sich um John Southers handelte.

»Ich bin beim Tanzen gewesen –«, sagte der junge Mann.

»Hoffentlich hat es Ihnen Spaß gemacht?« erkundigte sich Mr. Reeder.

Southers schien im Augenblick nicht geneigt, darüber Auskunft zu geben. Nach einer Weile meinte er:

»Gott sei Dank war Anna schon im Haus, als es passierte! Er hat sich den ganzen Abend äußerst unverschämt benommen. Ich wäre gar nicht mit ihm zusammengetroffen, wenn Anna mich nicht gebeten hätte, sie abzuholen und nach Hause zu bringen.«

In den nächsten Tagen sah Mr. Reeder Johnny nicht. Von einigen Angelegenheiten in Anspruch genommen, dachte er auch kaum mehr an Johnny, bis er mit dem Fall Joe Attymar zu tun bekam.

Man rief ihn nach Scotland Yard. Der Kriminaldirektor befand sich bei Gaylor. Die beiden studierten einen verschmutzten Brief, der im Lauf des Tages im Yard eingegangen war.

»Nehmen Sie Platz, Reeder!« sagte Kriminaldirektor Mason. »Kennen Sie einen Mann namens Attymar?« Als Reeder den Kopf schüttelte, fügte er bei: »Wir können die Sache ja selbst erledigen, aber es gibt allerhand Komplikationen, die Sie nicht zu berücksichtigen brauchen. Anscheinend hat ein Angehöriger irgendeiner Botschaft damit zu tun, und da müssen wir besonders vorsichtig sein.«

Mr. Reeder hörte nun von Joe Attymar und seinem Lastkahn ›Allanuna‹, der jahraus, jahrein die Themse befuhr und Ziegel transportierte. Über die angebliche Beteiligung eines Botschaftsmitglieds erfuhr er nichts. Er hatte in dieser Hinsicht auch gewisse Zweifel, vermutete aber, daß man ihn brauchte, um Attymar und seinen Genossen eine Falle zu stellen. Denn Mr. Reeder war allen Schiffern und Bootsleuten auf der Themse wohlbekannt.

Er ließ sich eine Reihe uninteressanter Tatsachen berichten. Joe Attymar transportierte die Ziegel zu einem geringeren Preis als seine Konkurrenten. Er lieferte an vier Baufirmen, und das Geschäft schien genug Geld einzubringen. Er galt als verschlossen, war unverheiratet und interessierte sich anscheinend nur für seine Arbeit.

»Faszinierend –«, murmelte Mr. Reeder. »Klingt fast wie in einem Roman, nicht wahr?«

Nachdem er gegangen war, meinte der Kriminaldirektor:

»Was daran faszinierend sein soll, ist mir nicht ganz klar!«

»Ach, das sind so seine Witzchen«, sagte Gaylor.

Eine Woche später, als die ›Allanuna‹ in der Nähe von Queensborough verankert lag, steuerte ein kleines Ruderboot auf sie zu. Ligsey, der auf Deck stand, sah einen Mann mit Filzhut und Zwicker in dem Boot, der zwischen den Knien einen Regenschirm hielt. Ligsey zuckte zusammen, als Mr. Reeder das Schiff bestieg.

»Guten Morgen!« sagte Reeder.

Ligsey schwieg.

»Ist der Kapitän an Bord?«

Ligsey räusperte sich.

»Nein, Sir, er ist nicht da.«

»Es macht Ihnen doch nichts aus, wenn ich mich hier ein bißchen umsehe?« Mr. Reeder wartete die Antwort gar nicht ab, ging auf und ab und starrte in die Ladeluken. »Ziegel sind zerbrechliche Gegenstände, es scheint mir daher sehr klug, sie in Stroh zu verpacken, um ... Aber, was ich gerne wissen möchte, ist folgendes – wäre es möglich, diesen Lastkahn zu mieten?«

»Da müssen Sie schon den Kapitän fragen«, erwiderte Ligsey.

»Wann erwarten Sie ihn zurück?«

»Heute abend oder morgen – ich weiß nicht.«

»Er ist wohl an Land gegangen, um den Eigentümern zu telegrafieren? Nein, nein, das stimmt natürlich nicht. Er ist ja selbst der Eigentümer. Würden Sie mir übrigens sagen, warum Sie die Ziegel so schichten, daß eine große Öffnung bleibt?«

Ligsey wurde blaß.

»Das machen wir immer so«, sagte er heiser.

Mr. Reeder wäre in die Kajüte hinabgestiegen, aber sie war versperrt. Dafür betrat er einen kleinen Raum im Bug, wo

Ligsey und der Junge nachts schliefen. Ausnahmsweise trug Mr. Reeder eine Taschenlampe bei sich, so daß er alles genau besichtigen konnte.

»Ziemlich schmutzig, wie?« fragte er, als er wieder an Deck stieg. »Schrecklich, unter solchen Bedingungen leben zu müssen. Aber es gibt natürlich noch Schlimmeres. Man kann zum Beispiel auch in einem hübschen, sauberen Gefängnis leben. Es gibt allerdings Leute, die lieber in Freiheit leben. Und das können sie in der Regel ja auch, wenn sie nur vernünftig genug sind, bei der Polizei eine Aussage zu machen.« Er nahm eine Karte aus seiner Brieftasche und gab sie Ligsey. »Da haben Sie meine Anschrift. Ich würde mich über Ihren Besuch freuen – interessieren Sie sich übrigens für Hühnerzucht?«

Ligsey interessierte sich für gar nichts.

Mr. Reeder ließ sich an Land zurückrudern.

Ein Mann hatte ihn beobachtet und gewartet, bis er mit dem Zug nach London zurückgefahren war. Als die Dunkelheit einbrach, ruderte Joe Attymar zu seinem Leichter hinaus.

»Der alte Reeder war da«, sagte Ligsey.

Der Kapitän winkte ab.

»Das weiß ich bereits. Was wollte er?«

Ligsey berichtete eine Reihe unwichtiger Einzelheiten über den Besuch, doch erwähnte er weder die Karte noch Reeders Einladung.

»Er hat mich nach dem Loch in den Ziegeln gefragt. Ich hatte noch nie mit einem Detektiv zu tun . . .«

»So!« schnaubte Joe verächtlich. »Wer war dann der Bootsführer, der neulich bei Gravesend an Bord kam? Und warum habe ich wohl eine ganze Kiste über Bord geworfen? Du Trottel! Es waren mindestens fünf bis sechs dieser Burschen an Bord! Hat er dich ausfragen wollen?«

»Nein«, antwortete Ligsey sofort.

Joe Attymar überlegte eine Weile, dann befahl er:

»Hol den Anker 'rauf! Ich warte nicht mehr auf den holländischen Dampfer.«

Ligsey seufzte erleichtert.

3

Reeder lieferte eine kurze Zusammenfassung seiner bisherigen Ermittlungen in Scotland Yard ab und fuhr in die Brockley Road zurück. Als er aus der Lewisham High Road um die Ecke bog, überholte er Johnny Southers. Johnny war nicht allein.

»Anna und ich haben uns eben über Sie unterhalten. Könnten wir Sie ein paar Minuten sprechen?«

Mr. Reeder führte sie in sein großes, altmodisches Wohnzimmer.

Die beiden wollten heiraten.

»Annas Vater weiß Bescheid und ist einverstanden«, begann Johnny. »Ich wollte es Ihnen auch gleich sagen.«

Mr. Reeder murmelte einen Glückwunsch.

»Und Desboyne war auch sehr anständig – ich erzählte Anna von unserer Rauferei, er hatte es ihr verschwiegen. Er schrieb Anna und mir einen Entschuldigungsbrief. Er hat mir eine sehr gute Stellung in Singapore angeboten – er ist sehr reich.«

»Ich bin nicht einverstanden«, sagte Anna. »Sie müssen ihn davon überzeugen, daß er in England bleiben soll, Mr. Reeder!«

»Ich habe ja auch noch etwas anderes in Aussicht«, versicherte Johnny. »Eine ganz große Sache. Ich darf nur noch nicht darüber sprechen. Wenn es klappt, lehne ich die Stellung in Singapore ab. Die Frage ist die, Mr. Reeder – wenn man Ihnen die Teilhaberschaft an einem florierenden Geschäft anbietet, aus dem wirklich etwas zu machen wäre, würden Sie dann annehmen?«

Mr. Reeder starrte zur Decke und seufzte.

»Diese hypothetischen Fragen sind mir immer unangenehm, Mr. Southers. Wenn Sie später einmal in der Lage sind, mir alles genau zu berichten, könnte ich Ihnen vielleicht einen Rat geben.«

»Deswegen wollte ich ja mit Ihnen sprechen, Mr. Reeder«, stimmte Anna lebhaft zu. »Ich fürchte, daß Johnny den Zolldienst wegen einer ganz unsicheren Sache verlassen will, aber das muß man sich doch sehr gründlich überlegen.«

Mr. Reeder war erleichtert, als die beiden sein Haus wieder verließen.

Vier Tage nach dieser Unterhaltung erhielt er einen Brief von

Clive Desboyne. Er war mit der Maschine geschrieben und lautete:

›Sehr geehrter Mr. Reeder,
Ihre Privatanschrift ist mir bekannt, weil Miss Welford mir Ihr Haus zeigte, als ich sie eines Abends abholte. Ich befinde mich in einer sehr schwierigen Lage und hätte gern Ihre Dienste in Anspruch genommen. Da die Angelegenheit auch Southers betrifft, den Sie ja kennen, werden Sie mich vielleicht empfangen. Ich wäre Ihnen sehr dankbar, wenn ich Freitag abend bei Ihnen vorsprechen dürfte.

Mit vorzüglicher Hochachtung . . .‹

Mr. Reeder wollte zuerst höflich ablehnen, aber dann überlegte er es sich anders und übermittelte dem jungen Mann telegrafisch seine Zustimmung.

Am Freitag hatte Mr. Reeder sehr viel zu tun. Beamte von Scotland Yard hatten in einer kleinen Garage im nördlichen London vier Zentner Sacharin und in einer Wohnung im Westend beträchtliche Mengen Heroin und Kokain aufgefunden.

»Es sieht so aus, als hätten wir eine der großen Verteilerzentralen entdeckt«, sagte Gaylor. »Der Lastkahn steht unter Beobachtung und Attymar wird sofort verhaftet, wenn er an Bord geht.«

»Wo liegt das Schiff?«

»Bei Greenwich.«

Mr. Reeder holte einen Umschlag aus der Tasche, entnahm ihm einen schmutzigen Zettel und legte ihn vor Gaylor auf den Tisch: ›Lieber Mr. Reeder. Kann Ihnen Auskunft geben. Sonntag morgen komm' ich zu Ihr Haus. Ein Freund.‹

Gaylor stellte fest, daß der Poststempel die Ortsbezeichnung ›Greenwich‹ trug.

»Er stammt sicher von Ligsey – in Wirklichkeit heißt er William Liggs. Er ist nicht vorbestraft, aber mehrmals verhaftet worden. Sie werden mit ihm sprechen?«

»Wenn er kommt«, sagte Reeder. »Im letzten Augenblick überlegen es sich die meisten wieder anders.«

»Vielleicht ist es dann zu spät«, meinte Gaylor.

Am Abend kam Mr. Reeder nach Hause zurück. Seine Verabredung hatte er vergessen. Als es läutete, wurde er unsanft daran erinnert.

Mr. Desboyne war im Abendanzug.

»Ich muß mich vielmals entschuldigen, daß ich Sie zu dieser Stunde störe, Mr. Reeder«, sagte er mit einem bedauernden Lächeln, »aber die Sache duldet keinen Aufschub mehr.«

Mr. Reeder deutete auf einen Stuhl, und Desboyne setzte sich.

Er war etwa Mitte Dreißig und sah recht gut aus. Seine grauen Augen blickten Mr. Reeder freundlich an.

»Sie haben unsere Auseinandersetzung beobachtet? Du lieber Himmel, hat dieser Bursche Fäuste! Nun ja, ich war ja auch sehr unhöflich zu ihm. Aber dann verfiel ich in das andere Extrem und schlug ihm eine Stellung in Singapore vor. Er wird sicherlich annehmen – aber ich möchte mein Angebot unbedingt zurücknehmen.« Der junge Mann lachte verlegen, als Reeder ihn erstaunt ansah. »Sie halten mich wohl für sehr wankelmütig? Das bin ich auch. Ich hab' mich da in eine dumme Situation verrannt, und das Ganze ist deswegen so schlimm, weil ich Anna Welford gern habe, sie mich aber überhaupt nicht mag!«

»Warum möchten Sie das Angebot zurücknehmen?« fragte Mr. Reeder.

Clive Desboyne zögerte.

»Nun, das ist eine ziemlich komplizierte Geschichte.« Er stand auf und ging stirnrunzelnd im Zimmer auf und ab. »Es war an dem Abend, als wir die Auseinandersetzung hatten. Der Streit ergab sich durch eine Bemerkung, die ich fallenließ, als wir das Tanzlokal verließen. Draußen wartete ein Mann auf Southers, aber in der Aufregung konnte er sich nicht mit ihm abgeben. Der Mann muß uns gefolgt sein und den Kampf beobachtet haben. Als ich an diesem Abend dann nach Hause kam, fragte mich der Pförtner, ob ich ein ziemlich schäbig aussehendes Individuum empfangen möchte. Aber ich war nicht in Stimmung dazu und lehnte ab. Ein paar Tage danach trat mir am Piccadilly Circus ein Mann in den Weg, der mir erzählte, daß er die Auseinandersetzung gesehen habe. Er könne mir etwas über Southers berichten. Ich sagte ihm, er möchte mich in meiner Wohnung aufsuchen. Er kam noch am gleichen Abend und erzählte mir eine merkwürdige Geschichte. Sein Name fällt mir im Augenblick nicht ein. Er sei Matrose, sagte er, auf einem Lastkahn, der einem Mann namens Attymar gehöre . . .«

»Hieß er nicht Ligsey?«

»Richtig – Ligsey. Ich will mich kurz fassen. Mit dem Lastkahn werde seit geraumer Zeit Schmuggelware transportiert, berichtete Ligsey. Attymar betreibe den Schleichhandel im großen Stil. Zum Teil schmuggle man die Ware mit dem Schiff, das andere liefe über Southers durch den Zoll.«

»Über Southers –?« Mr. Reeder riß die Augen auf.

»Ich bin jetzt ganz ehrlich, Mr. Reeder«, sagte Clive Desboyne. »Diese Geschichte kam mir gelegen, ich war sehr bereit, daran zu glauben. Ich kann John Southers nicht leiden – das ist schließlich auch verständlich. Andererseits wollte ich nicht unfair sein. Ich nannte Ligsey einen Lügner, aber er schwor, die Wahrheit zu sagen. Er glaubt, daß die Polizei Attymar verhaften wird, und daß der Kapitän dann alles preisgibt. Ich habe Southers eine sehr wichtige und verantwortliche Stelle in Singapore angeboten, und wenn nun die ganze Affäre an die Öffentlichkeit kommt, bin ich natürlich in einer unangenehmen Lage. Das wäre nicht einmal das Schlimmste, aber ich möchte vermeiden, daß Anna Welford ihn heiratet.«

»Kennen Sie Attymar?« fragte Mr. Reeder.

»Wenn Ligsey sein Versprechen hält, soll ich Attymar morgen früh kennenlernen.«

»Was hat er versprochen?« erkundigte sich Mr. Reeder.

»Er behauptet, daß Attymar Beweismaterial besitze, das er heute abend aus Attymars Haus holen wolle.«

»Wann haben Sie ihn zuletzt gesehen?«

»An dem Tag, als ich Ihnen den Brief schrieb.« Clive machte eine verzweifelte Geste. »Was immer auch geschieht, Anna wird mich für einen gemeinen Menschen halten.«

Das Telefon läutete. Mr. Reeder murmelte eine Entschuldigung, nahm den Hörer ab und lauschte. Er fragte nur:

»Um welche Zeit?« Und nach einer Pause sagte er: »Ja.«

Als er den Hörer auflegte, fuhr Desboyne fort: »Ich möchte nun am liebsten mit Attymar zusammentreffen . . .«

Mr. Reeder schüttelte den Kopf.

»Das ist nicht mehr möglich. Er ist zwischen neun und zehn Uhr heute abend ermordet worden.«

4

Um halb ein Uhr nachts fuhr Mr. Reeder mit dem Taxi in der Shadwick Lane vor. Gaylor, der ihn erwartete, führte ihn in den Hof.

»Wir suchen im Fluß nach der Leiche«, sagte er.

»Wo ist die Tat begangen worden?« fragte Reeder.

»Kommen Sie herein – und stellen Sie keine Fragen mehr!«

Das Wohnzimmer sah aus, als hätte ein Tornado darin gewütet. Das ganze Mobiliar war zertrümmert, die Wände mit Blut bespritzt. Nur ein kleiner Tisch in der Ecke war noch intakt. Auf ihm standen zwei Whiskygläser, das eine voll, das andere halb geleert. Daneben lag eine angerauchte Zigarre.

»Der Mord wurde hier begangen und die Leiche dann ins Wasser geworfen«, berichtete Gaylor. »Wir haben eine Menge Unterlagen gefunden und einen Brief von einem Mann namens Southers – John Southers. Die Anschrift fehlt, aber anscheinend handelt es sich um einen gebildeten Mann. Um neun Uhr fünfundzwanzig hatte Attymar einen Besucher, einen jungen Mann, der gesehen wurde und bereits nach zehn Minuten das Haus wieder verließ.« Gaylor holte eine schwer beschädigte Taschenuhr aus seiner Mappe. Die Zeiger waren um neun Uhr dreißig stehengeblieben. »Diese Uhr gehört Ligsey – eine Frau, die in dieser Straße wohnt, hat sie identifiziert. Das ist sehr wichtig, weil damit die Tatzeit festgelegt sein dürfte. Ich habe eine Personenbeschreibung von Southers an sämtliche Reviere durchgegeben. Außerdem ist seine Handschrift . . .«

»Ich kann Ihnen diese Mühe ersparen. Hier haben Sie die Anschrift des jungen Mannes!«

Mr. Reeder schlug sein Notizbuch auf, schrieb eine Adresse auf, riß den Zettel heraus und gab ihn Gaylor. Dann ging er mit dem Chefinspektor zur Werftanlage. Die Steintreppe, die zum Fluß führte, war mit Blutspritzern übersät.

»Sehr interessant«, sagte Mr. Reeder. »Wenn Sie die Leiche gefunden haben, möchte ich sie sehen.« Er starrte lange auf den Fluß hinaus, auf dem Nebel lag. »Der Lastkahn liegt in Greenwich, glaube ich. Kann ich mir ein Polizeiboot ausborgen?«

Ein Schnellboot fuhr an den Werftkai heran, und Mr. Reeder stieg vorsichtig ein, ohne den Regenschirm aus der Hand zu geben.

Es war ziemlich kühl, der Ostwind wehte flußaufwärts, aber Reeder saß am Bug und starrte vor sich hin. Bei Greenwich entdeckte er den Lastkahn, das Schnellboot hielt darauf zu und legte längsseits an.

Eine zitternde Stimme rief:

»Bist du's, Ligsey?«

Mr. Reeder zog sich an Bord, bevor er antwortete.

»Nein, mein Junge, ich bin nicht Ligsey. Hast du ihn erwartet?«

Der Junge hob die Laterne, betrachtete Mr. Reeder und fragte ängstlich:

»Sie sind doch von der Polizei, nicht wahr? Haben Sie Ligsey geschnappt?«

»Ich habe Ligsey nicht geschnappt. Wie lange ist er schon fort?«

»Seit acht Uhr. Der Chef hat ihn abgeholt.«

»Der Chef hat ihn abgeholt –«, wiederholte Reeder leise. »Hast du den Chef gesehen?«

»Nein, Sir. Er befahl mir, nach unten zu gehen. Ligsey schickt mich immer hinunter, wenn er sich mit dem Chef unterhält.«

Mr. Reeder zündete sich eine Zigarette an und fragte:

»Was geschah dann?«

»Ligsey kam herunter, packte seinen Seesack und befahl mir, hierzubleiben. Ich hatte Angst, ganz allein auf dem Schiff . . .«

Mr. Reeder stieg zu Ligseys Schlafkoje hinunter. Auf einem

Klapptisch lag ein Brief. Er riß den Umschlag auf und las eine Mitteilung in Attymars Handschrift: ›Lieber Mr. Southers. Das Zeug liegt im Maschinenraum. Ich muß sehr vorsichtig sein, weil die Polizei aufpaßt.‹

Als Mr. Reeder den Schiffsjungen befragte, erfuhr er, daß Ligsey den Brief auf den Tisch gelegt hatte. Darauf stieg er in den Maschinenraum hinunter. Offensichtlich hatte sich Attymar während der Flußfahrten hier aufgehalten.

Reeder brauchte nur kurz zu suchen. In einem Schränkchen fand er ein mit Ölpapier umwickeltes Päckchen. Ein Blick auf die Aufschrift gab über den Inhalt Auskunft. Er kehrte zu dem Jungen zurück und befragte ihn eingehend. Es sei nicht ungewöhnlich gewesen, daß Attymar seinen Maat abgeholt habe. Attymar sei mit einem Motorboot erschienen. Mr. Southers kenne er nicht, habe ihn auch nie an Bord gesehen, obschon gelegentlich Leute kämen. Aber er werde stets hinuntergeschickt.

Mr. Reeder ließ sich in Greenwich an Land setzen und rief von dort aus Gaylor an. Der Chefinspektor hatte einiges zu berichten.

»Wir haben Southers verhaftet. Seine Hose war blutbefleckt. Er gibt zu, heute abend in Attymars Haus gewesen zu sein. Über das, was er nachher getan haben will, erzählt er eine ganz phantastische Geschichte. Er kam erst gegen zwölf Uhr nach Hause.«

»Bemerkenswert«, sagte Mr. Reeder.

»So kann man es auch nennen«, erwiderte Gaylor gereizt. »Aber unser Fang ist recht ordentlich. Wir haben Beweismaterial genug, um ihn hängen zu sehen. Attymar hat sämtliche Rechnungen mit aufschlußreichen Bemerkungen versehen.«

»Erstaunlich«, sagte Mr. Reeder diesmal, und Gaylor hängte ein.

Reeder schickte die Unterlagen und das Rauschgift nach Scotland Yard und fuhr mit einem Taxi nach Hause. Es war drei Uhr, als er die Brockley Road erreichte. Seine Haushälterin teilte ihm mit, daß ihn Anna Welford erwarte.

Anna war leichenblaß.

»Sie haben sicher gehört, daß Johnny verhaftet worden ist –«

»Ja, ich habe dem Inspektor mitgeteilt, wo er zu finden sei.«

»Ich – ich nehme an, Sie mußten Ihre Pflicht tun? Aber Sie wissen doch, daß es nicht stimmt, Mr. Reeder? Sie wissen, daß Johnny – niemals . . .«

»Ich kenne Johnny gar nicht so genau«, wich Mr. Reeder aus. »Er ist nur ein flüchtiger Bekannter, Miss Welford. Das soll ihn aber durchaus nicht herabsetzen. Haben Sie mit ihm gesprochen, bevor er verhaftet wurde?«

Sie nickte.

»Unmittelbar vorher?«

»Ungefähr eine halbe Stunde vorher. Er war furchtbar enttäuscht. Er hatte wegen seiner Teilhaberschaft etwas unternommen, aber das Gefühl bekommen, daß man ihn betrügen wollte. Wir unterhielten uns eine Weile, und auf dem Weg zu seinem Haus wurde er verhaftet.«

»Hatte er einen blauen oder einen grauen Anzug an?«

»Einen blauen«, erwiderte sie sofort.

Mr. Reeder starrte an die Decke.

»Natürlich einen blauen, sonst – äh . . .« Er kratzte sich am Kinn. »Die Nacht war auch sehr kalt. Ich kann nichts entscheiden, bis ich seine – Anzughose gesehen habe.« Als sie ihn verwirrt und ein wenig ängstlich ansah, lächelte er ihr freundlich zu. »Machen Sie sich nicht allzuviel Sorgen. Sie haben eine Menge guter Freunde, und Mr. Desboyne wird alles tun, um Ihrem Johnny zu helfen.«

Sie schüttelte den Kopf.

»Clive kann Johnny nicht leiden.«

»Das glaube ich gern – trotzdem werden Sie feststellen, daß Mr. Desboyne der einzige ist, der diese Angelegenheit aufklären kann.«

»Aber wer war denn dieser Mann, den man umgebracht hat? Er hieß Attymar, nicht wahr? Johnny kannte gar keinen Attymar. Jedenfalls hat er mir nie davon erzählt. Und ich bin davon überzeugt, daß Johnny niemandem etwas antun könnte.«

»Ganz sicher«, meinte Mr. Reeder beruhigend, aber er sprach gegen seine Überzeugung.

5

Mr. Reeders Haushälterin hatte sich seit seiner Heimkehr sehr geheimnisvoll benommen, was nur bedeuten konnte, daß sie ihm etwas Wichtiges mitteilen mußte.

Nachdem Anna gegangen war, erfuhr Mr. Reeder endlich, worum es ging.

»Der junge Mann, der Sie gestern nacht besucht hat –«, flüsterte sie, »ich habe ihn ins Wartezimmer geführt.«

»Mr. Desboyne?«

»Ja, so sagte er. Er will nicht gehen, bis er Sie gesprochen hat.«

Ein paar Augenblicke später trat Clive Desboyne ein.

»Ich habe eben von Southers' Verhaftung erfahren – es ist unglaublich! Und ich habe mich wirklich unfreundlich gegen ihn benommen. Mr. Reeder, ich gebe Ihnen, was Sie verlangen, wenn Sie dem jungen Mann aus der Patsche helfen. Für Anna muß es furchtbar sein!«

Mr. Reeder berührte seine Nasenspitze und meinte, daß das alles ziemlich unangenehm sei.

»Und zwar für alle«, fügte er hinzu.

»Man behauptet, daß dieser Ligsey auch tot sei. Wenn es mir rechtzeitig eingefallen wäre, hätte ich die Notiz über unser Gespräch mitgebracht.«

»Sie haben Notizen gemacht? Ich könnte sie ja morgen bei Ihnen abholen«, warf Mr. Reeder erstaunlich frisch und schlagfertig hin. »Ich dachte, ich wäre der einzige, der so etwas tut.«

Desboyne sah ihn überrascht an und lachte.

»Sie denken wohl, daß ich sehr methodisch zu Werke gehe, aber das stimmt nicht ganz.« Er warf einen Blick auf seine Uhr. »Es ist noch etwas zu früh, Sie zum Frühstück einzuladen!«

»Das Frühstück ist meine Lieblingsmahlzeit«, sagte Mr. Reeder aufgeräumt.

Bereits um neun Uhr an diesem Morgen stand er vor der polierten Mahagonitür von Mr. Desboynes Wohnung in Memorial Mansions Park Lane. Clive war kein Frühaufsteher und hatte auch daran gezweifelt, ob der Detektiv der Einladung folgen würde. Reeder mußte in der Diele warten, während der Diener sich erkundigte, wie mit dem Besucher zu verfahren sei.

Mr. Reeder benützte die Wartezeit dazu, die zahlreichen Fotografien an den Wänden zu betrachten. Besonders ein Bild vom Parlament hatte es ihm angetan, auf dem man auch die Westminster-Brücke mit den doppelstöckigen Bussen erkennen konnte. Während er dieses Foto studierte, erschien Clive Desboyne.

»Ich kann Ihnen genau sagen, in welcher Woche diese Aufnahme gemacht wurde«, sagte Mr. Reeder. »Sehen Sie diese beiden Busse mit den Reklameschildern für zwei Theaterstücke? Ich weiß ganz genau, daß die beiden Stücke nur eine Woche lang gemeinsam liefen.«

»Tatsächlich?«

Desboyne schien nicht so beeindruckt, wie Mr. Reeder es erwartet hatte. Er führte den Gast ins Eßzimmer, und Reeder fand neben seiner Serviette drei eng beschriebene Bogen Papier.

»Ich weiß nicht, ob Sie das Zeug überhaupt lesen können«, sagte Desboyne, »aber es werden Ihnen sicher ein paar Dinge auffallen, die ich bei unserem Gespräch zu erwähnen vergessen habe. Im ganzen sprechen die Notizen eher für Southers, und ich bin froh, daß ich mir alles aufgeschrieben habe. Zum Beispiel behauptete er, Southers nie gesehen zu haben. Das ist ziemlich merkwürdig.«

»Allerdings«, erwiderte Mr. Reeder. »Dieses Foto draußen muß im Mai letzten Jahres aufgenommen worden sein.«

Es war erstaunlich, wieviel Mr. Reeder, an sich ein schweigsamer Mensch, während des Frühstücks redete. Als Clive Desboyne jedoch auf den Mord zu sprechen kam, wich Reeder geschickt aus.

»Er interessiert mich nicht besonders, wenn ich ehrlich sein will«, sagte er. »Ich bin schließlich auch kein Angehöriger der – äh – Kriminalpolizei. Man trug mir lediglich auf, die Schmuggelpraktiken zu untersuchen. Ich finde es höchst bedauerlich, daß der junge Southers in die Geschichte verwickelt ist. Er scheint ein netter Kerl zu sein und versteht auch etwas von Hühnern. Er erzählte mir zum Beispiel, daß er einen Brutkasten . . .«

Nach dem Frühstück bat er um die Erlaubnis, die Notizen mitnehmen zu dürfen. Eine halbe Stunde später erreichte er das Haus in der Shadwick Lane. Gaylor, mit dem er dort zusammentreffen wollte, war noch nicht erschienen. Mr. Reeder unterhielt sich inzwischen mit zwei Männern, die in der kleinen Werftanlage arbeiteten. Sie hatten Attymar in den Jahren, die er hier lebte, nur selten gesehen. Der Lohn wurde ihnen von Ligsey ausbezahlt.

»Es hat sich hier nie etwas geändert«, sagte der eine. »Nicht einmal das Eisentor ist in der ganzen Zeit gestrichen worden. Wir benützen immer noch den gleichen Amboß, um das Tor offenzuhalten . . .« Überrascht sah er von einer Seite zur anderen – der Amboß war verschwunden. »Komisch –«, meinte er.

Mr. Reeder mußte ihm recht geben. Wer hatte schon Interesse daran, einen verrosteten Amboß zu stehlen?

Kurz darauf erschien Gaylor und führte ihn durch das Haus – vom geräumigen Keller zur Küche und in ein Schlafzimmer, das durch eine Holzwand unterteilt war. Die Möbel waren einfach, aber gut erhalten. Nirgends fand sich persönliches Eigentum von Attymar, abgesehen von einem alten Rasierapparat, einem Rasierpinsel und sechs abgewetzten Hemden. Am meisten jedoch interessierte sich Mr. Reeder für den Spiegel und den schmierigen Streifen, der sich von der linken oberen Ecke her über das Glas zog. Der Spiegel war mit Schnüren, deren Enden herabbaumelten, an einem Holzgestell befestigt.

»Sehr amüsant«, sagte Mr. Reeder.

»Was soll amüsant sein?« fragte Gaylor düster.

Reeder hob die Hand und fuhr mit dem Finger dem Streifen auf dem Spiegelglas entlang. Dann begann er, suchend im Zimmer herumzugehen.

»Ist schon etwas entfernt worden?«

»Nein, nichts – abgesehen von den schriftlichen Unterlagen. Übrigens kann ich Ihnen etwas zeigen, das Sie noch mehr amüsieren wird.«

Gaylor öffnete die Tür zu einer Nebenkammer. Wände und Boden waren gefliest. An einer Wand waren zwei Wasserhähne und an der Decke eine Düse installiert.

»Ist das kein Luxus? Dusche – sogar mit heißem Wasser. Amüsant, wie?«

»Übrigens, nichts ist so amüsant wie die Detektive im Film – wissen Sie, diese Herren, die immer große Lupen mit sich herumtragen. Gehen Sie überhaupt ins Kino?«

Gaylor gestand, daß er gelegentlich nicht widerstehen könne.

»Dann passen Sie auf!« sagte Reeder.

Er zog aus seiner Tasche die größte Lupe, die Gaylor je gesehen hatte. Unter den verblüfften Blicken des Inspektors ließ sich Reeder auf die Knie nieder und begann den Boden abzusuchen. Von Zeit zu Zeit hob er etwas auf und legte es in einen Umschlag.

»Zigarrenasche?« fragte Gaylor ironisch.

»Beinahe –.«

Reeder suchte weiter, richtete sich plötzlich auf und hielt ein winziges Stückchen Silberpapier in der Hand.

»Ach so, Sie suchen eine Zigarette?«

Aber Mr. Reeder ließ sich durch diesen Sarkasmus nicht aus der Ruhe bringen. Unter der Silberschicht lag ein hauchdünnes, durchsichtiges Papierchen. Mr. Reeder löste das durchsichtige Papier vorsichtig ab, berührte es und betrachtete dann seine Fingerspitzen.

»Wo ist der Kamin?« fragte er schließlich.

»Es gibt nur einen – in der Küche.«

Mr. Reeder eilte nach unten. Auf dem Rost lag Asche, aber man konnte nicht erkennen, was verbrannt worden war.

Gaylor, der gefolgt war, meinte:

»Ich möchte doch erwähnen, daß Ihre Bemühungen sinnlos sind. Wir haben im Tagebuch so viel gefunden, daß Southers der Strick sicher ist.«

»Tagebuch?« Reeder sah auf.

»Jawohl, Attymars Tagebuch.«

»Hab' ich mir gedacht! Kein eigentliches Tagebuch, nicht wahr? Nur irgendein Heftchen. Es beginnt – Moment mal – vor ungefähr zwei oder drei Wochen?«

Gaylor starrte Reeder überrascht an.

»Mason hat Ihnen Bescheid gesagt?«

»Nein, ich habe gar nicht mit ihm gesprochen. Aber natürlich konnte es sich nicht um ein übliches Tagebuch oder eine Agenda handeln, die am 1. Januar beginnt.«

Sie verließen das Haus. Reeder stand eine Weile unschlüssig im Hof herum.

»Vom Motorboot, das Ligsey hierherbrachte, haben Sie keine Spur entdeckt, nicht wahr? Ich will Ihnen sagen, wie es aussieht – ein schwarzes Motorboot, das die Form eines Kanus hat und notfalls drei Personen aufnimmt. Vergessen Sie nicht – ein kanuförmiges Boot, ungefähr drei Meter lang.«

»Und wo kann ich es finden?« fragte Gaylor.

»Unten auf dem Flußgrund. Im Boot liegt ein kleiner Amboß, der zum Offenhalten des Tors hier benützt wurde.«

Mr. Reeder kehrte nochmals ins Haus zurück. Er machte Gaylor auf etwas aufmerksam, was dieser bereits bemerkt hatte, nämlich die Blutflecken auf dem Boden und an den Wänden des kleinen Flurs.

»Natürlich hab' ich sie gesehen«, versicherte Gaylor. »Meiner Meinung nach begann der Kampf im Wohnzimmer – sie taumelten hinaus . . .«

»Das ist unmöglich«, murmelte Mr. Reeder.

6

Zur ersten gerichtlichen Vernehmung erschien John Southers verwirrt, kaum fähig, einen klaren Gedanken zu fassen. Gaylor hatte schon am Morgen mit ihm gesprochen.

»Er sagt nur, daß er auf Grund einer Verabredung Attymars Haus aufgesucht hätte. Er habe eine Weile warten müssen, bis die Tür geöffnet worden sei, und auch dann habe er nur den Flur betreten dürfen. Attymar soll ihn dann nach Highgate geschickt haben, wo er sich mit irgendeinem Unbekannten treffen sollte. Sie wissen ja, der große Unbekannte!«

Mr. Reeder nickte.

»Und ist er tatsächlich mit ihm zusammengetroffen?«

Gaylor lachte.

»Sie sind heute aber wirklich spaßig!«

»Wäre es möglich, mit unserem Freund Southers zu sprechen?«

»Das bezweifle ich«, sagte Gaylor. »Es hat, in irgendeiner andern Sache, Stunk gegeben, und da ist man jetzt doppelt zurückhaltend. Immerhin will ich einmal Mason fragen.«

Am Nachmittag war Mr. Reeder zu Hause, als Anna Welford erschien.

»Haben Sie mit Johnny gesprochen?« war ihre erste Frage.

Mr. Reeder verneinte und setzte ihr auseinander, daß er eigentlich mit dem Fall nichts zu tun habe.

»Clive war bei mir«, sagte sie, »und hat mir alles erzählt. Er regt sich furchtbar auf.«

»Er hat Ihnen alles erzählt?«

»Ja – von Ligsey und auch, daß er bei Ihnen war. Er tut für Johnny, was er kann. Er hat sogar einen Rechtsanwalt beauftragt.«

»Wenn an der Geschichte etwas Wahres wäre, müßte Ihr Johnny ziemlich wohlhabend sein«, meinte Mr. Reeder. »Sein Vater hat mir aber heute früh erzählt, daß das Guthaben auf dem Konto seines Sohnes nur sehr bescheiden ist.«

Sie senkte den Kopf und seufzte.

»Sie haben das Geld gefunden – ich dachte, Sie wüßten es schon«, sagte sie leise.

»Sie haben das Geld gefunden –?«

»Die Polizei durchsuchte vor etwa einer Stunde das Haus. Im Werkzeugschuppen fand sie eine große Schachtel voller Pfundnoten.«

Mr. Reeder pfiff durch die Zähne.

»Weiß Mr. Desboyne davon?«

»Clive weiß nichts. Er war schon weggegangen. Er ist übrigens sehr nett – er hat mir ein Geständnis gemacht, das nicht allzu schmeichelhaft für mich sein dürfte.«

Mr. Reeder blinzelte gutmütig.

»Daß er schon verlobt ist?«

Sie sah ihn erstaunt an.

»Sie wissen davon?«

»Solche Dinge sollen ja vorkommen«, meinte er ausweichend.

»Ich bin im Grunde froh darüber. Damit schaltet sich das allzu Persönliche von selbst aus. Er setzt sich sehr für Johnny ein, denn er glaubt, daß dieser Ligsey den Mord begangen hat.«

»Oh! Das ist aber interessant.« Reeder sah das Mädchen nachdenklich an. »Die – äh – Polizei vertritt eher die Meinung, daß Mr. Ligsey tot ist.« Seine Stimme klang etwas gereizt, als mißbillige er, daß die Polizei überhaupt Meinungen vertrat. »Er soll sogar – äh – ermordet worden sein.«

Sie schwiegen eine Weile. Er wußte instinktiv, daß sie wegen irgendeiner Bitte zu ihm gekommen war, aber erst, als sie sich erhob, kam sie darauf zu sprechen.

»Clive wollte selbst mit Ihnen sprechen, Ihnen einen Vorschlag machen. Er weiß, daß Sie mit dem Fall amtlich nichts zu tun haben, und zudem hält er Sie für sehr klug, wie ich natürlich auch. Wäre es möglich für Sie, diesen Fall zu übernehmen – auf Johnnys Seite, meine ich? Vielleicht bin ich albern, aber begreiflicherweise klammere ich mich an jeden Strohhalm.«

Mr. Reeder sah zum Fenster hinaus und schüttelte langsam den Kopf.

»Leider – nein. Ich fürchte, es geht nicht! Auf der Seite Ihres – äh – Verlobten steht die Polizei. Wenn Johnny unschuldig ist, bin ich mit ihr natürlich auf seiner Seite. Vergessen Sie nicht, daß mit dem Beweis der Schuld eines Mannes zugleich die Unschuld aller anderen bewiesen ist.« Er zögerte einen Moment. »Lassen Sie mich überlegen – wenn Ligsey noch am Leben wäre –? Ein dummer, junger Mann, dem ich nicht zutraue, daß er für die Dinge verantwortlich ist, die in den letzten vierundzwanzig Stunden geschehen sind.«

Als Anna gegangen war, suchte er Johnnys Vater auf. Der alte Mann führte ihn zum Werkzeugschuppen und zeigte ihm die Stelle, wo die Schachtel versteckt gewesen war.

»Ich betrete den Schuppen nie. Er gehört allein Johnny.«

»Wird der Schuppen abgeschlossen?«

»Nein, nie.«

Mr. Reeder besichtigte den Garten, der entweder vom Haus aus oder über einen schmalen Seitenpfad zu erreichen war.

»Gegraben hat niemand im Garten?« fragte Mr. Reeder, während er die Blumenbeete betrachtete, und als der alte Southers verneinte, fuhr er fort: »Dann würde ich an Ihrer Stelle ein bißchen graben. Wenn Sie etwas finden, müssen Sie selbst entscheiden, ob sie es der Polizei erzählen wollen oder nicht. Wenn Sie es mit Ihrem Gewissen vereinbaren können, den Fund zu verschweigen und ihn an einen sicheren Ort zu bringen, könnte dies Ihrem Sohn vielleicht einmal von Nutzen sein.«

Mr. Reeder kehrte nach Hause zurück, wo ihn Gaylor erwartete.

»Ich habe den Chef wissen lassen, daß Sie Southers sprechen wollen, aber er möchte, daß Sie sich aus dem Fall heraushalten, bis alle Zeugen einvernommen sind.« Er sah Reeder verschmitzt an. »Wenn Sie natürlich in der Zwischenzeit irgend etwas entdecken, dann nehmen wir es gern zur Kenntnis.«

»Das kann ich mir denken«, murmelte Mr. Reeder.

»Zum Beispiel läuft das Gerücht um, daß Ligsey nicht tot sei. Der Junge auf dem Lastkahn behauptet sogar, Ligsey sei gestern nacht mit einem Ruderboot vorbeigekommen und habe ihm befohlen, den Mund zu halten. Meiner Meinung nach hat der Junge geträumt, aber man kann nie wissen.«

Den weiteren Nachmittag verbrachte Mr. Reeder in der Gegend, in der sich Ligsey häufig aufgehalten hatte. Er unterhielt sich mit vielen Leuten und suchte schließlich die Little Calais Street auf, wo eine unscheinbare junge Dame wohnte, die mit dem Vermißten verlobt war.

Miss Rosie Loop war klein und ziemlich dick. Sie hatte schlechte Zähne und ein rotes Gesicht. Sie hätte Reeder wohl nicht empfangen, wenn sie nicht der irrigen Meinung gewesen wäre, er käme von einer Zeitung.

»Wer sind Sie?« fragte ihre Mutter unter der Tür.

»Chefredakteur der Times«, antwortete Mr. Reeder ohne Zögern.

In der engen, kleinen Küche, wo die trauernde Verlobte eben damit beschäftigt war, Marmeladenbrote zu vertilgen, durfte sich Mr. Reeder auf einen sauberen Stuhl setzen und einem Bericht über die Ereignisse der vergangenen Nacht lauschen.

»Ich hab' den Reportern noch nichts davon erzählt«, sagte Rosie mit schriller Stimme. »Er ist gestern nacht gekommen. Ich schlafe oben mit meiner Mutter, und wann immer er an Land kam, warf er ein paar Steinchen ans Fenster, damit ich Bescheid wußte. Gestern nacht nun tauchte er so gegen halb drei Uhr auf –.«

»Und warf Steine ans Fenster?« fragte Reeder.

Sie nickte eifrig.

»Und es war wirklich Mr. Ligsey?«

»Natürlich! Ich wollte lange nicht ans Fenster gehen, aber Mutter meinte, ich sollte mich nicht so anstellen, sein Geist könnte mir nichts tun. Ich öffnete das Fenster, und da stand er in seinem alten Ölmantel! Ich fragte ihn, wo er gewesen sei, aber er hatte es sehr eilig. Er sagte, ich solle mir keine Sorgen machen, es gehe ihm gut.«

»Wie sah er aus?«

Sie schüttelte ungeduldig den Kopf.

»Es war doch mitten in der Nacht! Er sagte nur: ›Du brauchst dir überhaupt keine Sorgen zu machen‹, und dann verschwand er.«

»Klang seine Stimme nicht erkältet?«

Sie riß den Mund auf.

»Sie haben ihn gesehen? Wo ist er denn?«

»Ich habe ihn nicht gesehen. War er erkältet?«

»Ja«, gab sie zu, »und es wäre Ihnen wohl auch nicht anders ergangen, wenn Sie Tag und Nacht auf dem Fluß fahren müßten. Hoffentlich gibt er das bald auf. Wenn er der Polizei die Wahrheit sagt, wird er sicher Geld bekommen. Es war direkt komisch, daß ich ihn für tot gehalten habe. Wir wollten schon Trauerkleidung kaufen – nicht wahr, Mutter?« wandte sie sich an die alte Frau, die heiser zustimmte. »In allen Zeitungen stand ja, daß er tot sei. Man hat den Fluß nach ihm und Käpt'n Attymar abgesucht. Dieser Käpt'n behandelte Ligsey immer wie einen Hund.«

»Er hat Ihnen nicht geschrieben?«

»Nein, aber er ist auch kein großer Briefschreiber.«

7

Die ›Allanuna‹ lag immer noch vor Greenwich. Mr. Reeder ließ sich in einem Boot hinüberfahren. Auch der kleine Hobbs befand sich noch an Bord, und selbst die Tatsache, daß er jetzt den Befehl innehatte, konnte ihn nicht für seine Einsamkeit entschädigen.

Über Ligseys Besuch drückte er sich sehr entschieden aus. Der Maat sei mit dem Boot längsseits gekommen und habe ihm gepfiffen. Hobbs habe ihn im Boot sitzen sehen, einen weißen Verband um den Kopf. Miss Rosie hatte davon nichts erwähnt, deshalb erkundigte sich Reeder auf dem Rückweg bei ihr nach diesem Umstand.

»Ja«, bestätigte sie, »das hab' ich ganz vergessen. Der Verband war unter dem Hut zu sehen.«

Wieder zu Hause angekommen, machte sich Mr. Reeder einige Notizen.

In der Mordnacht war Attymar gegen acht Uhr abends mit einem Motorboot erschienen und hatte Ligsey mit nach London genommen. Um halb zehn Uhr war Johnny Southers in Attymars Haus gekommen und, nach seiner Angabe, nach Highgate geschickt worden. Gegen elf Uhr hatte man den Mord entdeckt ...

Mr. Reeder runzelte die Stirn.

»Ich werde alt«, sagte er, nahm den Hörer auf und wählte die Nummer, unter der Gaylor am Abend zu erreichen war.

»Haben Sie etwas herausgefunden, Reeder?« erkundigte sich Gaylor nach der Begrüßung.

»Ich glaube, ich leide an Gehirnerweichung –«, stellte Mr. Reeder gelassen fest, »ich habe mich nicht einmal erkundigt, wie der Mord entdeckt wurde!«

Gaylor lachte.

»Das hab' ich Ihnen nicht gesagt? Es war ganz einfach. Ein Polizist, der seinen Rundgang machte, fand das Tor offen, eine Laterne auf dem Boden, die andere im Vorraum ... Was haben Sie denn?«

Mr. Reeder kicherte.

»Entschuldigen Sie –«, sagte er, »sind Sie sicher, daß nicht auch eine Alarmanlage in Betrieb war?«

»Davon hab' ich nichts gehört.«

Nach diesem Gespräch lehnte sich Mr. Reeder bequem in seinen Sessel zurück. Dann suchte er im Telefonbuch nach der Nummer von Mr. Clive Desboyne, der sich nach mehrmaligem Läuten endlich meldete.

»Seltsam, ich wollte Sie eigentlich auch anrufen«, sagte Desboyne. »Haben Sie den Fall übernommen?«

»Ich schwanke noch«, erwiderte Reeder. »Bevor ich eine Entscheidung treffe, möchte ich mich gern noch einmal mit Ihnen unterhalten. Könnte ich gegen neun Uhr in Ihre Wohnung kommen?«

»Gewiß«, sagte Desboyne nach kurzem Zögern. »Ich wollte zwar weggehen, aber ich erwarte Sie.«

Reeder fuhr wieder in die Stadt. Im Westend unterhielt er sich mit einigen Theateragenten. Dann aß er in einem Lokal zu Abend und fuhr in die Park Lane.

Er trat aus dem Fahrstuhl, läutete an der Tür zu Desboynes Wohnung und wartete. Kurz darauf hörte er Schritte. Clive Desboyne öffnete die Tür und lächelte entschuldigend.

»Hoffentlich stört es Sie nicht, daß hier alles in Unordnung ist? Es wird gestöbert. Eigentlich hätte ich ja wegfahren sollen, aber nun halten mich diese scheußlichen Umtriebe ohnehin fest.« Der Teppich stand aufgerollt in einer Ecke, die Tapete hatte man abgerissen und den Kronleuchter mit einem Tuch verhängt – nur Desboynes Arbeitszimmer war noch unberührt. »Morgen ziehe ich in ein Hotel! – Nun, Mr. Reeder, wollen Sie den Fall für mich und Anna übernehmen?«

Mr. Reeder schüttelte den Kopf.

»Sie müssen –«, drängte Desboyne, »Sie sind der einzige Detektiv in London, zu dem ich Vertrauen habe. Ich weiß, daß Sie gelegentlich Fälle übernehmen.«

»Für Banken«, winkte Reeder ab. »Für Banken – keine privaten Angelegenheiten.«

»Ich muß darauf bestehen!« drängte Clive. »Ich habe Anna alles erzählt – auch über Southers. Offen gesagt, glaub' ich immer noch, daß Ligseys Geschichte der Wahrheit entspricht und Southers sich nebenbei etwas verdient. Das tun viele im Grunde anständige Menschen, und ich verurteile ihn deswegen auch nicht. Ich weiß, was es heißt, arm zu sein.«

»Es liegt Ihnen viel an der jungen Dame?« fragte Mr. Reeder nach einer längeren Pause.

Desboyne lachte.

»Selbstverständlich! Aber trotzdem will ich versuchen, Johnny aus der Patsche zu helfen – weswegen wollten Sie mich übrigens sprechen, Mr. Reeder?«

Eigentlich hätte Mr. Reeder gern erwähnt, daß er wegen des großen Reinemachens hier war, aber das durfte er nicht sagen. Statt dessen erzählte er, daß Ligsey offenbar noch am Leben sei.

Clive Desboyne schien dies nicht zu beeindrucken.

»Das ist mir an sich gleichgültig«, sagte er offen. »Soviel ich weiß, konzentriert sich die Polizei auf den Mord an Attymar – und so lautet auch die Anklage gegen John Southers. Sollte sich Ligsey bei mir melden, werde ich Sie verständigen.«

Als sie in die Diele hinaustraten, betrachtete Mr. Reeder die nackten Wände.

»Ich würde Ihnen vorschlagen, die Wände grün bemalen zu lassen, Mr. Desboyne. Grün ist eine sehr beruhigende Farbe.«

Reeder hatte sich für zehn Uhr mit einem Theateragenten verabredet. Dieser Agent wußte, wo man gewisse Fotos beschaffen konnte, und hatte versprochen, an der Ecke von St. Martins Lane zu warten. Mr. Reeder kam pünktlich, aber von Billy Gurther war nichts zu sehen. Auch um halb elf Uhr war er noch nicht erschienen, so daß Reeder beschloß, ihn zu Hause aufzusuchen.

Die Vermieterin erzählte eine sehr merkwürdige Geschichte. Ein Bote sei erschienen und habe Billy fortgeholt. Eine halbe Stunde später sei er aufgeregt zurückgekommen. Man habe ihm einen großen Auftrag in Spanien angeboten, er müsse sofort abreisen. Er hätte erstaunlich viel Geld bei sich gehabt.

Mr. Reeder fuhr sofort nach Scotland Yard und verlangte Mason zu sprechen. Gaylor kam herunter und teilte ihm mit, sein Besuch wäre nicht erwünscht.

»Gehen Sie zu Ihrem Chef hinauf, Mr. Gaylor«, sagte Reeder scharf, »und melden Sie ihm, daß ich ihn sofort zu sprechen wünsche! Sonst müßte ich leider das Innenministerium bemühen.«

Gaylor war vorsichtig. Niemand wußte, wie weit Reeders Beziehungen wirklich reichten. Er erstattete seinem Chef Bericht und kam nach kurzer Zeit zurück, um Mr. Reeder nach oben zu führen.

Reeder nahm Platz und entwickelte eine seltsame Theorie.

»Wir können Gurther in Southampton festnehmen«, schlug Gaylor vor, doch Reeder schüttelte den Kopf.

»Ich bin nicht dafür. Ein Mann soll ihn bis Paris beschatten und dort erst verhaften.«

»Wenn Ihre Theorie zutrifft«, sagte Mason, »muß es ja auch eine Methode geben, mit der man sie beweisen kann. Vielleicht ist das nicht ganz einfach . . .«

»Ganz im Gegenteil«, versicherte Mr. Reeder und wandte sich an Gaylor. »Sie erinnern sich doch an das Schlafzimmer über dem Raum, in dem der Mord angeblich begangen wurde? Sie haben sicher eine Fotografie hier?«

»Ich hole sie gleich.« Gaylor verließ das Zimmer und kam bald darauf mit einem Stoß Vergrößerungen zurück, die er auf den Tisch legte.

»Hier –«, sagte Mr. Reeder und zeigte auf ein Bild.

»Die Uhr? Ja, sie ist mir aufgefallen. Aber die meisten Leute, die zur See fahren, bringen sie auf diese Weise an.«

Die kleine Uhr war an der Decke befestigt, und zwar unmittelbar über dem Bett, so daß der Schläfer nur die Augen zu öffnen brauchte, um die Zeit ablesen zu können. Die Uhr hatte Leuchtzeiger.

»Ich möchte, daß Sie die Uhr abnehmen und die Decke übermalen lassen. Dann sollte das Bett fortgeschafft und durch einen Tisch und Stühle ersetzt werden. In zwei Tagen dürfte die Anklage gegen den jungen Southers hinfällig sein.«

»Wie Sie meinen!« Mason zuckte die Achseln. »Ich habe die Fahndung nach Ligsey einleiten lassen, und die Flußpolizei durchsucht alle Schlupfwinkel.«

Vom Big Ben schlug es elf Uhr, als Mr. Reeder mit dem Omnibus von der Westminsterbrücke zu seiner Wohnung fuhr. Seine Haushälterin erwartete ihn schon an der Tür.

»Mr. Gaylor hat angerufen, Sir. Er schickt Ihnen eine kleine eiserne Kassette, die Sie sich ansehen sollen.«

»Ist die Kassette schon angekommen?«

»Vor zehn Minuten, Sir.«

»Wann hat Mr. Gaylor angerufen?«

Sie drückte sich etwas unpräzis aus, immerhin konnte man ihrer Antwort entnehmen, daß der Anruf ungefähr vor einer halben Stunde erfolgt sein mußte. Zu dieser Zeit hatte Mr. Reeder gerade den Omnibus bestiegen.

Die Kassette stand auf dem Tisch – ein schweres, rechteckiges Kästchen, ungefähr fünfzehn Zentimeter lang und sechs Zentimeter breit. Reeder wog es in der Hand, stellte es vorsichtig auf den Tisch zurück und rief Scotland Yard an.

Gaylor hatte sich bereits entfernt, doch zu Hause war er noch nicht eingetroffen.

»Er soll mich sofort anrufen, wenn er kommt«, ließ Reeder bestellen und setzte sich an seinen Schreibtisch, um die alten Revueprogramme, Theaterplakate, Fotografien und Zeitungsausschnitte durchzusehen.

Um ein Uhr kam seine Haushälterin herein und fragte nach seinen Wünschen.

»Ich brauche nichts mehr –«, sagte Mr. Reeder, zögerte und erkundigte sich plötzlich: »Wo schlafen Sie?«

»Im Zimmer über Ihnen, Sir.«

»Über meinem Arbeitszimmer?« fragte Reeder hastig. »Nein, nein, Sie bleiben am besten in der Küche, bis ich von Mr. Gaylor gehört habe. Vielleicht könnten Sie ausnahmsweise mal in der Küche schlafen. Sie brauchen sich nicht zu ängstigen –«, fügte er erklärend hinzu, »ich möchte lediglich einen Polizeibeamten nach oben schicken, um ein Gespräch zu belauschen.«

Mr. Reeder war ein schlechter Lügner, doch die Haushälterin zog sich gehorsam in die Küche zurück.

Kaum war sie gegangen, rief Gaylor an. Sie unterhielten sich einige Minuten. Danach wartete Reeder, bis der Chefinspektor erschien. Er war nicht allein, sondern brachte zwei Beamte von der Sprengstoffabteilung mit. Sie untersuchten die Kassette genau.

»Sie haben recht, Mr. Reeder«, sagte der eine. »Es ist eine Bombe.«

Er öffnete eine Instrumententasche und arbeitete schweigsam, während die anderen zusahen.

Zehn Minuten später war die Bombe unschädlich gemacht.

»Sie haben doch hoffentlich die Verpackung aufgehoben?« fragte Gaylor.

Mr. Reeder übergab das braune Packpapier, und die Kriminalbeamten verabschiedeten sich.

»Sie haben dem Chef eine Menge verschwiegen«, sagte Gaylor unter der Tür. »Es ist immer das gleiche bei Ihnen!«

Reeder zwinkerte leicht mit dem linken Auge, wurde aber gleich wieder ernst.

Am nächsten Morgen stand er schon um sechs Uhr auf und war um halb acht auf dem Weg zur Themse. Tags zuvor hatte er mit acht verschiedenen Bootsfirmen zwischen Windsor und Henley telefoniert und das Gesuchte schließlich in der Gegend von Bourne End ermittelt. Er fand den betreffenden Bootsbauer bei der Arbeit.

»Sie sind der Herr, der über die ›Zaira‹ Bescheid wissen wollte? Eigentlich seltsam, gerade als Sie anriefen, war sie auf dem Fluß in Richtung Marlow ... Wie? Nein, ich hatte sie nie zuvor gesehen, aber der Name fiel mir auf. Die Jacht ist fast neu, und sie dürfte mit sehr starken Motoren ausgerüstet sein, das sah man schon am Kielwasser. Nach Ihrem Anruf telefonierte ich mit Marlow, doch sagte man mir dort, daß das Schiff nicht vorbeigekommen sei. Es liegt jetzt an einem Privatkai bei einem großen, roten Haus, das seit Jahren leersteht. Eigentlich wollte ich heute früh einen meiner Gehilfen nachsehen lassen, ob es immer noch vor Anker liegt, aber ich konnte keinen entbehren. Es schien übrigens niemand an Bord zu sein. Wollen Sie das Schiff kaufen?«

Daran hatte Mr. Reeder noch gar nicht gedacht. Er überlegte und meinte dann, der Preis hätte ihn bisher davon abgehalten.

»Ja«, bemerkte der Bootsbauer, »es ist durchaus üblich, daß

Boote monatelang an irgendeinem Privatkai festliegen. Zu empfehlen ist es allerdings nicht, weil vor allem in den Wintermonaten zu viele Ratten aufs Schiff kommen.«

Mr. Reeder wanderte langsam den Fluß entlang und schwenkte dann zu dem schmalen Kanal ein, den er trotz der genauen Anweisungen beinahe übersehen hätte. Er ging vorsichtig weiter, bis sich der Kanal etwas verbreiterte. Hier war das Schiff festgemacht. Es sah verlassen aus. Das Vorderteil hatte man mit Segeltuch abgedeckt. Alle Bullaugen waren nicht nur geschlossen, sondern auch mit braunem Packpapier überzogen.

»Ist jemand an Bord?« rief er laut.

Keine Antwort. Auf dem Wasser schwamm eine Ente, die bei dem Lärm erschreckt das Weite suchte.

Im vorderen Teil des Schiffes befanden sich offensichtlich die Kajüten für die kleine Mannschaft und der Maschinenraum. Die Wohnkajüte lag im Heck. Die Türen zu den Kabinen waren mit Schlössern versehen.

Mr. Reeder sah sich um und stieg dann über eine kleine Leiter zum Schiff hinunter. Er nahm einen Schlüsselbund aus der Tasche und versuchte, das Schloß an der Tür zur Wohnkajüte zu öffnen. Nach einiger Zeit gelang ihm dies auch. Er drückte die Klinke nieder, stieß die Tür auf. Drinnen war es sehr dunkel. Er knipste seine Taschenlampe an.

Die Kajüte war leer. Der Lichtkegel wanderte über den Boden, blieb einen Moment über einem Revolver mit silbernem Knauf stehen.

»Sehr interessant«, sagte Mr. Reeder und stieg in die Kajüte hinab.

Unten angekommen, drehte er sich um, griff nach der Pistole in seiner Tasche und schritt langsam rückwärts durch den Raum, ohne die Tür aus den Augen zu lassen. Plötzlich stieß sein Fuß gegen den Revolver am Boden. Er bückte sich, um ihn aufzuheben . . .

8

Mr. Reeder spürte ein Hämmern in seinem Kopf. Ein Licht stach schmerzhaft in seine Augen – das winzige Lämpchen an der Kajütendecke. Irgend jemand schien zu sprechen. Langsam kam Mr. Reeder zu sich.

Er traute seinen Augen nicht, glaubte sich in eine phantastische Traumwelt versetzt.

Der Mann in der Ecke wirkte . . . Mr. Reeder überlegte. Theatralisch, natürlich. Der rote Mantel und die lange schwarze Maske, all das schien einem dämonischen Schauspiel zu entstammen.

Mr. Reeder konnte sich nicht bewegen. Er trug Handschellen, seine Beine waren gefesselt, und ein Knebel hinderte ihn am Reden. Das hatte immerhin den Vorteil, daß er der seltsamen Gestalt nicht zu antworten brauchte.

»Haben Sie verstanden, was ich sagte?« Der Mann im roten Mantel sprach mit ausländischem Akzent. »Sie sind ja so schlau, aber ich bin doch noch ein bißchen klüger, wie? War das nicht ein hübscher Trick, die silberne Pistole am Boden? Sie konnten eben nicht widerstehen!« An den Fingern des Unbekannten glänzten mehrere Ringe. »Ich weiß, Sie sind die üblichen, geistesschwachen Verbrecher gewöhnt, aber zum erstenmal stehen Sie einem Mann gegenüber, der genau plant. Einen Augenblick . . .« Er trat zu Reeder und löste den Knebel. »Einseitige Unterhaltungen sind langweilig! Wenn Sie mir Schwierigkeiten machen, schieße ich Sie nieder. Aber zunächst möchte ich Ihnen doch einiges erklären. Kennen Sie mich?«

»Ich bedaure, bisher nicht das Vergnügen gehabt zu haben«, erwiderte Mr. Reeder, und der andere lachte.

»Sie könnten Ihre Karriere glanzvoll krönen – statt dessen . . . Wissen Sie, wo Sie sind?«

»Ich bin auf der ›Zaira‹.«

»Und wissen Sie auch, wem das Schiff gehört?«

»Mr. Clive Desboyne.«

Der Mann lachte wieder.

»Der arme Junge, er ist unglücklich verliebt, nicht wahr? Im übrigen glaubt er, daß sein Schiff in Twickenham überholt wird. Vielleicht hat er Ihnen erzählt, daß er es auf zwei Monate vermietet hat? – Nein? Ah, sehr interessant. Vielleicht hat er es vergessen.«

Mr. Reeder nickte langsam.

»Nun, sagen Sie mir doch, ob Sie wissen, wer Attymar umgebracht hat?«

»Sie – sind Attymar«, antwortete Mr. Reeder.

»Sie sind also doch klüger, als ich dachte? Wie gut, daß ich Sie unschädlich machen kann. Ich bin Attymar! Spreche ich wie er? Vielleicht, wer weiß.« Er trat wieder auf Reeder zu und befestigte erneut den Knebel. »Wo werden Sie die kommende Nacht verbringen? Beschwert mit einer eisernen Kette? Ich kenne die tiefsten Stellen im Fluß, es kann Jahre dauern, bis man Ihre Leiche findet. Wie seltsam, wenn man bedenkt, daß London keinen Mr. Reeder mehr hat! Wie viele Leute haben schon versucht, Sie umzubringen, aber es ist ihnen nicht gelungen, weil sie es nicht richtig anstellten, weil sie nicht planten.«

Mr. Reeder schwieg. Was blieb ihm anderes übrig? Er konnte nicht einmal die Hände heben, denn ein Strick verband die Handschellen mit der Fessel um seine Fußknöchel.

Der Mann im roten Mantel beugte sich über ihn. Durch die Löcher in der Maske sah man die Augen funkeln.

»Gestern abend machte ich einen Versuch. Ich fragte mich: Hat dieser Mann Verstand? Also schickte ich Ihnen eine kleine Bombe. Ich schickte auch Desboyne eine – er wird heute abend noch sterben. Auf unseren Freund, Mr. Southers, wartet der Strang, und damit wäre alles erledigt! Ich kann mich in aller Ruhe aus dem Staub machen. Niemand wird mich daran hindern.«

Mr. Reeder hob gelangweilt die Brauen. Der Mann im roten Mantel mußte etwas gehört haben, denn er trat schnell zur Tür und lauschte. Dann stieg er die Treppe hinauf, warf die Tür hinter sich zu und legte das Schloß vor. Kurz darauf hörte man ihn das Schiff verlassen.

Am Ufer hatte sich nämlich der Bootsbauer eingefunden, um Nachforschungen anzustellen.

Der Gefangene hatte eine Viertelstunde Zeit, seine unglückliche Lage zu überdenken und nach einem Ausweg zu suchen. Mr. Reeder stellte fest, daß es ihm ziemlich leichtfiel, seine Hände aus den Handschellen zu befreien. Er besaß außergewöhnlich schmale Handgelenke und Hände. Er zog mühsam eine Hand heraus, lockerte den Knebel und setzte sich auf. Er schwankte und wäre beinahe umgefallen. Er begriff, wie gefährlich es war, einen Fluchtversuch zu riskieren, bevor er einigermaßen wieder zu Kräften gekommen war. Den Revolver hatte man ihm abgenommen, auch die silberne Pistole war verschwunden. Er legte sich die Handschellen wieder an und blieb regungslos, bis der Unbekannte die Tür aufschloß und hereinschaute.

»Ich fürchte, Sie bekommen heute nichts zu essen – es macht Ihnen doch nichts aus?«

Aus irgendeinem Grund knipste er dann von außen das Licht in der Kabine an, so daß Mr. Reeder den Raum betrachten konnte. Die Kajütentür bestand aus Stahl. Auch die Bullaugen schieden aus – sie waren viel zu klein. Und die Zeit drängte. Höchstwahrscheinlich hatte man vor, ihn nachts auf den Fluß hinauszubringen, mit schweren Ketten zu umschnüren und ins Wasser zu werfen. Wie bedrohlich nahe dieses Ende vor ihm stand, wußte er nicht einmal.

Dem Mann im roten Mantel war nämlich eingefallen, wie gefährlich sich das Gespräch mit dem Bootsbauer auwirken konnte. Wenn der Handwerker nun einen Polizisten verständigte?

Er trat in den Maschinenraum und holte einen kleinen Stahlzylinder. Er brauchte nur die Düse aufzuschrauben, den Zylinder in die Kajüte zu werfen, und in einer Viertelstunde ...

Kaltblütig zog er zwei schwere Ketten aus einem Schrank und warf sie auf Deck. Mr. Reeder hörte es. Er zerrte wieder eine Hand aus den Handschellen, nahm den Knebel ab, setzte sich auf und löste die Fußfessel. Dann erhob er sich, taumelte zur Tür und schob den eisernen Riegel vor.

Der Mann an Deck hörte das Geräusch, lief zur Kajütentür und zerrte daran.

»Ich fürchte, Sie kommen zu spät –«, rief Mr. Reeder höflich hinaus.

Der Mann draußen schlug das Glas eines der Bullaugen ein und warf den Zylinder in die Kajüte. Dann hörte man ihn über die Planken laufen.

Mr. Reeder sah sich nach einer Waffe um, aber er fand nichts Passendes. Eines stand fest – der Mann im roten Mantel würde nicht wagen, zum Fluß zu laufen. Dort müßte er sofort auffallen.

Peng! Ein Pistolenschuß zerriß die Stille. Dann ein zweiter Knall. Rufe. Plötzlich meldete sich die tiefe Stimme Clive Desboynes.

»Reeder – wo sind Sie? Wie geht es Ihnen?«

Es dauerte einige Zeit, bis Desboyne das Schloß aufbrechen konnte.

»Gott sei Dank, es ist Ihnen nichts passiert!« rief Clive atemlos. »Wer war der Kerl, der da auf mich geschossen hat?« Er deutete zum Gebüsch am Rand des Kanals hinüber. »Gibt es dort ein Haus oder eine Straße? Jedenfalls lief er dorthin. Was ist geschehen?«

Mr. Reeder preßte die Hände an die Schläfen. Nach einer Weile hob er den Kopf.

»Ich habe einen großen Verbrecher kennengelernt«, sagte er ernst. »Er heißt Attymar!«

Clive Desboyne riß die Augen auf.

»Attymar? Aber der ist doch tot!«

»Das hatte ich auch gehofft – aber so kann man sich täuschen. Nein, nein, junger Mann, ich werde Ihnen nicht sagen, was passiert ist. Jedenfalls bin ich nicht sehr stolz darauf, diesem – äh – Amateur in die Falle gegangen zu sein. Wie kamen Sie eigentlich hierher?«

»Reiner Zufall. Ich weiß es selbst nicht genau. Ich rief in Twickenham wegen der Reparaturarbeiten an der Jacht an. Gelegentlich vermiete ich die ›Zaira‹, wissen Sie. Von Twickenham aus stellte man Nachforschungen nach dem Verbleib des Schiffes an, und so kam ich schließlich hierher. – Sie sehen gar nicht gut aus!«

»Ich fühle mich auch scheußlich«, sagte Mr. Reeder. »Und Sie kamen also . . .«

»Ja, ich fuhr hierher. Irgendwie hatte ich das Gefühl, daß etwas nicht stimmte. In der Nähe traf ich einen Mann, der mit dem Bootsbauer gesprochen hatte, und Sie wurden mir beschrieben. Aus irgendeinem Grund schoß der Kerl, der hier auf dem Schiff war, sobald er mich erblickte. Darauf ergriff er die Flucht.«

»Haben Sie eine Waffe?« fragte Reeder.

Desboyne lächelte. »Nein, ich trage nie eine Pistole bei mir.«

»Dann hat es also keinen Sinn, den Burschen zu verfolgen. Na ja, dafür ist schließlich die Polizei da. Wo steht Ihr Wagen?«

»Ich ließ ihn bei einem alten Haus stehen. Vielleicht hat sich der Kerl dort versteckt. Hoffentlich ist mein Wagen noch da!«

Der Sportwagen stand noch an der gleichen Stelle. Desboyne ließ den Motor an. Plötzlich fiel ihm etwas ein.

»Ich glaube, der Dieselmotor meiner Jacht läuft noch – wenn es Ihnen nichts ausmacht, laufe ich schnell zurück und stelle ihn ab. Dann verständige ich die Polizei und veranlasse auch gleich, daß die ›Zaira‹ nach Maidenhead gebracht wird.«

Er blieb zehn Minuten weg. Mr. Reeder hatte Gelegenheit, den Wagen eingehend zu betrachten. Nachts hatte es geregnet.

»Wir fahren nach Marlow, dort gebe ich Auftrag, das Schiff zu holen«, sagte Desboyne, als er zurückkam und sich ans Steuer setzte. »Erzählen Sie mir doch, was Ihnen passiert ist.«

Mr. Reeder lächelte traurig.

»Sie sind mir doch nicht böse, wenn ich das ablehnen muß. Ich möchte einmal meine Memoiren schreiben, und da sollte man nicht schon alles vorher erzählen.«

Er war jedoch bereit, über andere Themen zu sprechen, zum Beispiel über den erfreulichen Umstand, daß Desboynes Wagen nicht gestohlen worden war.

»Hoffentlich treffe ich mit diesem Kerl nicht mehr zusammen!« ereiferte sich Desboyne. »Aber man wird ihn bestimmt finden. Es ist wirklich eine Unverschämtheit, einfach zu schießen, ohne den anderen vorher zu warnen.«

»Warum regen Sie sich auf?« fragte Reeder. »Das hat doch alles keinen Sinn.«

Als sie beim Bootshaus anhielten, stieg er mit aus und hörte zu, während Desboyne mit Twickenham telefonierte und erklärte, wo sich das Schiff befand.

»Sie werden es zurückholen«, sagte Desboyne, als er auflegte. »Soll ich jetzt die Polizei verständigen?«

Reeder schüttelte den Kopf.

»Ich würde es nicht tun. Bis da etwas geschieht – na, Sie wissen ja.«

Auf dem Weg zurück in die Stadt unterhielt er sich angeregt mit Clive Desboyne.

»Sie hatten noch nie mit einem Mordfall zu tun –?«

»Ich bin auch nicht sehr begierig darauf.«

»Sehr vernünftig. Meistens sind junge Leute viel zu neugierig«, erwiderte Mr. Reeder. »Aber es handelt sich hier um ein sehr interessantes Verbrechen, weil es bis ins letzte geplant war. Der Mörder arrangierte alles so, daß es auf die Tat eines gewöhnlichen Verbrechers hindeutete. Er glaubte, damit unerkannt bleiben zu können.«

»Und wird es ihm gelingen?« fragte Desboyne.

»Nein – ich glaube nicht. Ich glaube, daß er hängen wird, ja, ich bin fast sicher.« Mr. Reeder schwieg lange. »Dabei war er in gewisser Hinsicht sogar recht schlau. Er mußte zum Beispiel die Aufmerksamkeit des Streifenpolizisten auf die Tatsache lenken, daß ein Mord begangen worden war. Er ließ das Tor offen, stellte eine Laterne auf den Boden und eine weitere in den Vorraum, so daß der Polizist auf jeden Fall Ermittlungen anstellen mußte.«

Clive Desboyne runzelte die Stirn.

»Aber – ich weiß nun wirklich nicht mehr, wer denn tatsächlich ermordet worden ist! Mit Attymar sind Sie schließlich heute zusammengetroffen, und auch um Ligsey kann es sich nicht handeln, weil er nach Ihrer eigenen Feststellung noch am Leben ist. Warum suchte Johnny Southers eigentlich Attymars Haus auf?«

»Weil man ihm eine Stellung, ja sogar eine Teilhaberschaft bei Attymar angeboten hatte. Attymar besaß zwei oder drei Lastkähne, und sein Geschäft schien zu blühen. Southers wußte nicht einmal, daß dieser Attymar ein Verbrecher war. Man vereinbarte telefonisch einen Treffpunkt. Southers erschien, sprach mit Attymar, allerdings im Dunkeln, wobei er auf irgendeine Weise mit Blut besprizt wurde. – Ich kann mich an einen ähnlichen Fall in Frankreich erinnern. Das übrigens waren die klugen Einfälle unseres Verbrechers – die Sache mit dem Blut, die Laternen, der Umstand, daß er das Verschwinden des Theateragenten arrangierte. Aber er machte einen entscheidenden Fehler. Sie kennen das Haus – nein, natürlich nicht.«

»Welches Haus?«

»Attymars Haus. Eigentlich ist es nicht viel mehr als ein Schuppen. Wenn Sie Lust haben, zeige ich es Ihnen einmal.«

»Wird dieser – Fehler Johnny Southers retten?« fragte Desboyne.

»Ganz gewiß.«

Mr. Reeder schloß die Augen und schwieg, während sie durch Shepherd's Bush fuhren. Desboyne setzte ihn vor dem Yard ab, und sie vereinbarten, sich am gleichen Nachmittag in der Shadwick Lane zu treffen.

9

»Von Ligsey haben wir nichts mehr gehört«, sagte Gaylor, als Reeder sein Büro betrat.

»Ich wäre auch überrascht gewesen«, antwortete Reeder heiter, »einmal, weil er tot ist, und zum andern, nun, ich habe einfach nicht erwartet, daß er sich meldet.«

»Sie wissen, daß er den Chef gestern nacht angerufen hat?«

»Auch das würde mich nicht überraschen.«

Sie unterhielten sich über Johnny Southers und die Beweise, die gegen ihn vorlagen. Der ganze Garten war umgegraben worden, aber man hatte nichts gefunden.

»Nach unseren Informationen hatte er dort ein paar tausend Pfund versteckt, aber wir fanden nichts.«

»Wieviel befand sich denn in der Schachtel, die in dem Werkzeugschuppen entdeckt wurde?«

»Ach, nicht viel mehr als hundert Pfund«, erwiderte Gaylor. »Das meiste sollte angeblich im Garten vergraben sein. Doch wir fanden nicht eine Pfundnote!«

»Zu dumm«, sagte Mr. Reeder mitfühlend. »Macht es Ihnen etwas aus, wenn ich einen jungen – äh – Freund heute durch Attymars Haus führe? Er ist nicht gerade an Mordfällen interessiert, aber da er sich um die Verteidigung von Mr. Southers bemüht . . .«

»Mir ist es gleichgültig«, sagte Gaylor, »aber Sie sollten doch lieber den Chef fragen.«

Kriminaldirektor Mason befand sich außer Haus, und die Chance, ihn zu erreichen, wurde noch geringer, nachdem Clive Desboyne angerufen und Mr. Reeder zum Mittagessen eingeladen hatte.

»Anna Welford kommt auch. Ich habe ihr erzählt, daß Sie Johnnys Unschuld für beweisbar halten. Sie möchte unbedingt mit Ihnen sprechen.«

Mr. Reeder traf sich mit den beiden zum Mittagessen. Anschließend machte Anna Besorgungen, während er mit Clive zu Attymars Haus fuhr. Reeder öffnete das eiserne Tor und ließ seinen Begleiter eintreten.

»Hier sieht es ja furchtbar aus!« rief Desboyne aus. »Ich bin zwar nicht besonders anspruchsvoll, aber so etwas Heruntergekommenes habe ich noch nicht gesehen.«

Mr. Reeder zeigte ihm den Raum, in dem der Mord begangen worden war, und führte ihn dann die schmale Treppe zu Käpt'n Attymars Wohnzimmer hinauf.

»Wenn Sie an diesem Tisch sitzen, kann ich Ihnen etwas Interessantes zeigen.« Mr. Reeder knipste die Lampe auf dem Tisch an, und Desboyne setzte sich. »Sie haben doch etwas Zeit? – Wie spät ist es eigentlich?«

Clive Desboyne sah zur Decke empor.

»Einen Moment – vier Uhr.«

»Wunderbar«, murmelte Reeder. »Fast genau erraten. Übrigens merkwürdig, daß Sie gerade zur Decke geblickt haben. Früher war nämlich dort oben eine Uhr angebracht.«

»An der Decke?« fragte Clive ungläubig.

Er stand auf, trat ans Fenster und starrte auf die Werft hinab. Am Kai stand ein Polizist. Desboyne deutete plötzlich hinunter.

»Dort ist der Mord begangen worden –«, sagte er mit Nachdruck.

Mr. Reeder kam zum Fenster und reckte den Kopf vor. Er spürte den Gummiknüppel nicht mehr, der ihn traf. Lautlos brach er zusammen.

Clive Desboyne sah sich um, verließ den Raum und lauschte. Dann sperrte er die Tür ab und ging zum Kai hinunter. Der Polizist sah ihn mißtrauisch an, aber Desboyne drehte sich um und rief etwas, als wollte er seinen Begleiter, der aus irgendeinem Grund noch im Haus aufgehalten wurde, verständigen.

Dann verschwand er.

Erst ein paar Stunden später erschien Gaylor und brachte Reeder wieder zu Bewußtsein.

»Das hab' ich verdient«, sagte Mr. Reeder, als er wieder sprechen konnte. »Zweimal an einem Tag! Ich bin eben doch schon zu alt für solche Dinge.«

10

Die maßgebenden Beamten von Scotland Yard rauften sich die Haare. Der Mörder hatte es verstanden, allen Absperrungsmaßnahmen zum Trotz seine Flucht zu bewerkstelligen.

Im Yard erläuterte Mr. Reeder im einzelnen, wie er auf den Verdacht gekommen war.

»Meine Ermittlungen zeigten, daß Attymar nie bei Tag gesehen worden war, außer von seiner Mannschaft. Er hatte Verbindungen nach vielen europäischen Städten und schmuggelte seit Jahren. All dies fiel ihm leicht, weil er das Leben eines Lastkahnkapitäns führte. Er verstand es natürlich, die Strapazen auf ein Mindestmaß zu reduzieren, denn abgesehen davon, daß er das Schmuggelgut abholte und zu seinem Kai brachte, machte er es sich sehr bequem. – Für die meisten der merkwürdigen Ereignisse konnte ich zunächst keine Erklärung finden. Wenn Clive Desboyne nicht gerade zu der Zeit in der Brockley Road aufgetaucht wäre, als das Verbrechen entdeckt wurde – er wußte nämlich ganz genau, um welche Zeit der Polizist durch die Shadwick Lane ging –, hätte ich vielleicht gar keinen Verdacht geschöpft. Er spekulierte eben falsch. Selbst, als er mir die Geschichte von Ligsey erzählte. Denn als ich Attymars Haus durchsucht hatte, wußte ich, daß Ligsey tot sein mußte. Sonst würde Desboyne nie gewagt haben, diese Geschichte zu erfinden. – Er bildet sich etwas darauf ein, ein kluger Verbrecher zu sein. Aber wie alle dieser Sorte machte er ein paar alberne Fehler. Als ich ihn in seiner Wohnung besuchte, fand ich Fotografien an den Wänden, die ihn in verschiedenen Kostümen zeigten. Es war der erste Hinweis, daß er früher einmal auf der Bühne gestanden haben mußte. Das Bild, auf dem das Parlament zu sehen war, zeigte auch die ›Zaira‹ bei der Fahrt flußaufwärts. Am Bug hing ein kleines, kanuförmiges Motorboot, das mir der kleine Hobbs am gleichen Tag genau geschildert hatte. Desboyne erkannte seinen Fehler sofort, aber er hoffte, ich würde den Bildern keine Bedeutung beimessen. – Ich stellte Ermittlungen an und entdeckte, daß früher ein C. Desboyne in Revuetheatern als Verwandlungskünstler aufgetreten war. Ich sprach mit Leuten, die sich an ihn erinnern und mir wertvolle Einzelheiten berichten konnten. Zehn Jahre lang hatte er sich als Attymar ausgegeben und maskiert, seine ganzen Ersparnisse in einem Lastkahn angelegt, die Kaianlage und das Haus gemietet und schließlich sogar gekauft. Er kann sehr gut organisieren, und es besteht kein Zweifel, daß er in diesen zehn Jahren ein beachtliches Vermögen ansammeln konnte. Es fiel natürlich keinem Menschen ein, den heruntergekommenen Kapitän mit dem eleganten jungen Mann aus der Park Lane in Verbindung zu bringen. – Was Ligsey über ihn wußte, ist mir nicht bekannt. Ich glaube, sehr viel kann es nicht gewesen sein. Attymar entdeckte jedoch, daß Ligsey sich mit mir in Verbindung gesetzt hatte. Sie erinnern sich doch an den Brief? Von diesem Augenblick an war Ligseys Schicksal besiegelt. Desboyne entwarf einen komplizierten Plan – er wollte den Verdacht auf den verhaßten Nebenbuhler lenken und zur gleichen Zeit Ligsey beseitigen. Ich bin der Meinung, daß er schon drei Wochen vor dem Mord beabsichtigt hatte, Johnny Southers auf irgendeine Weise aus dem Weg zu räumen. Das Geld im Werkzeugschuppen wurde in der Mordnacht dort versteckt, während das Geld im Garten . . .«

»Welches Geld?« unterbrach Mason. »Im Garten wurde nichts gefunden.«

Mr. Reeder hüstelte.

»Auf jeden Fall wurde das Geld in den Werkzeugschuppen gebracht, um den Verdacht gegen Southers zu bestätigen. Eine plumpe Angelegenheit. Die Mitteilung in dem Brief, die alten Rechnungen und die Geschichte, die mir Desboyne erzählte, verfolgten zwei Ziele. Zunächst sollte damit das Verschwinden Attymars erklärt und zum andern Southers erledigt werden. – Aber der kühnste und klügste Trick war wohl der heute morgen auf seinem Schiff. Wahrscheinlich wartete er schon lange auf mich. Man muß ihm zugestehen, daß er als Verwandlungskünstler wirklich etwas leistete. Er sprach mit dem Bootsbauer von Bourne End, wobei er als gebückter, alter Mann auftrat. Dann spielte er meinen Retter, weil er glaubte, auf andere Weise den Verdacht nicht von sich ablenken zu können. Unglücklicherweise erkannte ich nicht nur, daß der Wagen die ganze Nacht am selben Fleck gestanden hatte, sondern auch noch andere Dinge.«

Das Telefon läutete. Mason nahm den Hörer ab.

»Vor einer Viertelstunde –? Sie wissen nicht, wohin? – Es war Desboyne, nicht wahr? Sie sagte nicht, wo sie ihn treffen wollte?«

Reeder seufzte und erhob sich.

»Man hat Miss Anna Welford erlaubt, ihr Haus zu verlassen?« fragte er gereizt.

Mason konnte seinen Ärger verstehen, denn Reeder hatte als erstes verlangt, daß Anna Welford gut bewacht würde. Einige von Masons Beamten hatten es in dieser Hinsicht aber nicht so genaugenommen. Sie fanden, daß Desboyne ganz bestimmt dort nicht auftauchen werde. Damit hatten sie auch nicht unrecht. Anna gab, bevor sie ausging, ihren Eltern eine Telefonnummer an, unter der sie zu erreichen wäre. Und prompt wurde diese Nummer Desboyne, als er anrief, mitgeteilt. Daher konnte jetzt mit Sicherheit angenommen werden, daß Anna unterwegs war, um sich mit Clive zu treffen.

»Wem also soll man die Schuld geben?« Gaylor zuckte die Achseln.

»Sehr billig!« fauchte Reeder.

11

Clive Desboyne machte sich das Vergnügen, mit Anna in nicht allzu großer Entfernung von Scotland Yard zusammenzutreffen.

»Wo ist Johnny?« fragte sie sofort.

»Ich sollte wirklich eifersüchtig sein!« stellte er amüsiert fest.

Er winkte einem Taxi und wies den Fahrer an, sie nach Chiswick zu fahren.

»Reeder hat sich mit Ihnen auch nicht in Verbindung gesetzt, nicht wahr? Das freut mich, ich wollte als erster die gute Nachricht überbringen.«

»Man hat ihn entlassen?« fragte sie ein wenig ungeduldig.

»Er wird heute abend entlassen. Ich halte es für das beste. Scotland Yard möchte nicht, daß sich die Reporter gleich auf ihn stürzen. Ich habe mit meinem Cousin vereinbart, daß Johnny bei ihm übernachten kann.«

All dies klang plausibel, und als er das Taxi anhalten ließ, um zu telefonieren, und sie danach erfuhr, er habe ihren Vater verständigt, daß sie nicht vor acht Uhr zurückkehre, fand sie seine Fürsorge rührend.

»Ich mußte mich auch ständig vor den Reportern verstecken.«

In diesem Augenblick fuhr der Lieferwagen einer Zeitung vorbei. Auf der Rückseite prangte ein Plakat: ›Mörder entkommen‹.

Kurze Zeit später sah Anna ein weiteres Plakat: ›Gesamte Polizei fahndet nach Mörder‹.

Das Taxi bog in eine Seitenstraße ein und hielt, als Clive ans Fenster klopfte. In einiger Entfernung befand sich eine Garage.

Desboyne schloß das Tor auf und fuhr einen kleinen Sportwagen heraus.

»Ich hab' ihn für Notfälle hier«, sagte er zu Anna. »Man weiß nie, wann man so etwas brauchen kann.«

Sie stieg ein, und er steuerte den Wagen durch Brentford. Als sie Hounslow erreichten, begann es heftig zu regnen.

Sie war ihm so dankbar und hatte gegen seinen Vorschlag, bis Oxford zu fahren, nichts einzuwenden. Als sie den Stadtrand erreichten, eröffnete er ihr lächelnd, daß Johnny an diesem Morgen ins Gefängnis Oxford gebracht worden sei.

»Ich habe es als Überraschung aufgespart«, sagte er. »Nur ein paar Leute wissen Bescheid, und ich wollte nicht, daß Sie es weitersagen.«

Sie suchten ein kleines Café auf und blieben dort etwa eine Stunde sitzen.

Sie wurde schließlich unruhig.

»Wir fahren ins Gefängnis und erkundigen uns mal!« schlug er vor.

Sie hielten vor dem Gefängnisgebäude. Er ließ sie im Wagen warten und ging hinein. Als er zurückkam, lächelte er bedauernd.

»Man hat ihn vor einer halben Stunde entlassen. Mein Cousin holte ihn mit dem Wagen ab. Wir fahren jetzt zurück.«

Es wurde dunkel, der Regen ließ nicht nach. Sie fuhren auf großen Umwegen nach London, kamen durch eine kleine Stadt, die sie als Marlow zu erkennen glaubte, bogen plötzlich von der Hauptstraße ab, rasten durch eine verlassene Gegend und hielten schließlich vor einem halbzerfallenen Haus. In der Nähe schimmerte dunkel das Wasser eines Flußarms.

Sie stiegen aus. Clive Desboyne schloß die Haustür auf.

»So, da wären wir –«, erklärte er freundlich, gab ihr die Hand und zog sie in eine düstere, muffig riechende Eingangshalle.

Die Tür fiel hinter ihr ins Schloß.

»Aber – das kann doch nicht stimmen«, sagte sie mit zitternder Stimme.

»O doch, es stimmt.«

Er zog eine Taschenlampe aus der Manteltasche und knipste

sie an. Das Haus war möbliert, aber alles war mit einer dicken Staubschicht bedeckt.

Er hielt sie am Arm gepackt, führte sie einen Gang entlang und schob sie in ein Zimmer.

Der Raum war ziemlich sauber. Er enthielt ein Bett, einen Tisch und einen kleinen Ölofen. Auf einer Kredenz lagen Nahrungsmittel.

»Halt dich ruhig und mach mir keinen Ärger!« sagte er.

Er zündete ein Streichholz an und näherte es dem Docht einer Petroleumlampe.

»Was hat das zu bedeuten?« fragte sie.

»Das hat zu bedeuten«, antwortete er nach einer Weile, »daß ich verrückt nach dir bin. In ein paar Monaten wird man mich wahrscheinlich hängen, also möchte ich noch ein bißchen was vom Leben haben.« Er starrte sie unverwandt an. »Das heißt nicht, daß ich dich ermorde oder dir etwas antue, wie ich es bei Mr. Reeder vorhatte – o ja, ich war der theatralische Herr auf der ›Zaira‹. Das Ganze spielte sich hier ganz in der Nähe ab. Aber du wirst jetzt sehr vernünftig sein, mein Liebling – kein Mensch weiß, daß wir hier . . .«

Die Türscharniere waren verrostet. Sie knarrten, wenn die Tür geöffnet wurde.

Sie knarrten auch jetzt.

Desboyne drehte sich blitzschnell um. Seine Hand zuckte zur Tasche, in der seine Pistole lag.

»Keine Bewegung –«, sagte Mr. Reeder mit sanftem Nachdruck. »Und nehmen Sie die Hände hoch – sonst müßte ich leider schießen!«

Zehn Kriminalbeamte, die seit drei Stunden im Haus gewartet hatten, drängten ins Zimmer und legten Desboyne Handschellen an.

»Aber sehen Sie zu, daß sie passen«, meinte Mr. Reeder freundlich. »Die meinen heute früh waren ein paar Nummern zu groß.«

INHALT

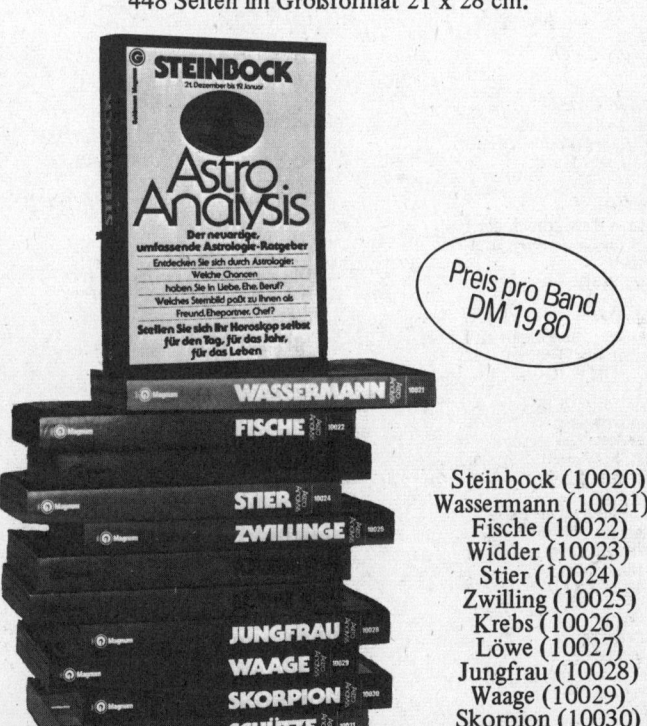

Dr. Jochen Aumiller
Niemand soll der Nächste sein.
Das Buch zur persönlichen Krebs-
vorsorge. Nach der gleichnamigen
Serie im Fernsehen.
10794 / DM 3,80

Lutz Bernau/Prof. Dr. med.
Adolf Ernst Mayer
Schmerzfrei durch Fingerdruck.
Die aktuelle Methode der Aku-
pressur. Mit zahlreichen Abb.
10792 / DM 6,80

Ilse Buck
Gesund und schlank durch
Isometrik
10592 / DM 4,80

Siegfried Block
Sieg über das Altern.
Frischzellentherapie heute.
10864 / DM 6,80

Renzo Corcos
Das große Rezeptbuch der Heil-
kräuter für Gesundheit und
Schönheit
10766 / 9,80

Kamala Devi
Tantra-Sex. Die modernen Liebes-
techniken des Ostens.
10743 / DM 6,80

George Downing
Partner-Massage.
Fitness, Schönheit, Freude.
10742 / DM 5,80

Donna und Rodger Ewy
Die Lamaze-Methode.
Der Weg zu einem positiven
Geburtserlebnis.
10814 / DM 5,80

Stephanie Faber
Kräuterkosmetik.
200 Kosmetikrezepte
mit Heilkräutern -
hausgemacht.
10809 / DM 8,80

Dr. med. Guido Fisch
Akupunktur.
Chinesische Heilkunst in der Medizin
der Zukunft. Mit zahlreichen Abb.
10815 / DM 5,80

Robert G. Jackson
Nie mehr krank sein.
Das Geheimnis langen Lebens.
10744 / DM **7,80**

Die Frau und ihr Körper.
Ein Handbuch.
Bau - Funktionen - Störungen.
10774 / DM 12,80

Das Kind und sein Körper.
10829 / DM 12,80

Der Mann und sein Körper.
10746 / DM 12,80

Michael Funcke/Horst Schmitz
Unsere Gesundheit.
Vorbeugen, Vorsorgen, Versichern.
10799 / DM 6,80

Hartwig Gäbler
Das Büchlein von den heilenden
Kräutern. Mit 89 Abbildungen.
10644 / DM 5,80

Dr. med. Josef Hammerschmid-
Gollwitzer
Der aufgeklärte Patient.
Medizinische Allgemeinbildung
10764 / DM 7,80
Wörterbuch der medizinischen
Fachausdrücke. 2 Bände.
10706 / DM 19,80

Hugo Max Gross
Biorhythmik.
Einführung und Anleitung
in die Lehre vom Auf und
Ab unserer Lebenskraft.
10761 / DM **6,80**

Ursula Klamroth
Wenn Sie ein Kind bekommen
Schwangerschaft, Geburt,
Säuglingspflege.
10825 / DM 7,80

Goldmann
Gesundheit

H.U. Peters / Kurt Pollak
**Vom Kopfschmerz kann
man sich befreien.**
10737 / DM 6,80

**Priv.-Doz. Dr. med. Jürgen Kramer
Bandscheibenschäden.**
Mit 42 Abbildungen.
9035 / DM 4,00

**Prof. Dr. med. Hans Kraus
Rückenschmerzen**
Ursachen - Verhütung - Behandlung
10697 / DM 4,80

**Hans Peter Legal
Herz und Kreislauf.**
Anatomie - Funktion - Vorsorge -
Krankheiten - Heilung.
10822 / DM 6,80

**Barbara Lüdecke
Schönheitsfarm im eigenen Heim.**
Rezepte, um schön zu werden und
jung zu bleiben.
10797 / DM 6,80

**Ralph J. Mac Fadyen
Weg mit der Brille!**
Wie man durch tägliches Training
die Sehkraft verbessert.
10848 / DM 6,80

**Hans Mohl/Max Inzinger/
Martin Richter
Iß das Richtige.**
Schlank für immer durch das Er-
folgsprogramm der
Fernsehserie 'Praxis'
10777 / DM 5,80

**Tokujiro Namikoshi
Shiatsu** Heilung durch Fingerspitzen.
10765 / DM 5,80

**Dr. med. Herbert M. Raymun
Rheuma, Arthrosis,
Rückenschmerzen**
9027 / DM 6,00

**Dr. med. Hans Redies
Kinderkrankheiten**
Vorbeugen - Erkennen - Pflegen
10693 / DM 7,80

**Bernt Rossiwall
Zähne fürs Leben**
10819 / DM 4,80

**Barbara Rütting
Mein Kochbuch.**
Naturgesunde Köstlichkeiten
aus aller Welt.
10838 / DM 7,80

**Walther Schoenenberger
Gesund durch natürliche Säfte.**
Möglichkeiten und Erfolge der
Frischpflanzentherapie.
10839 / DM 5,80

**Dr. med. Friedrich Sieber
Die Kneippkur**
10849 / DM 7,80

**Werner Thumshirn
Jeder kann für sich was tun.**
Das Buch zur persönlichen
Herz-Kreislauf-Vorsorge.
10847 / DM 5,80

**Wolf Ulrich
Alte Heilweisen neu entdeckt.**
10856 / DM 6,80

**Rudi Wormser
Sensitiv-Spiele.**
Mit Abbildungen.
10689 / DM 5,80

**Nikolaus Weger
Erste Hilfe bei Ver-
giftungen.**
10863 / DM 7,80

Goldmann
Neumarkter Straße 18, 8000 München 80

Goldmann Stern-Bücher
Reportagen zu Themen der Zeit.

Programm- und Preisänderungen vorbehalten

(11511) DM 19,80

(11512) DM 7,80

(11506) DM 16,80

(11230) DM 9,80

(11231) DM 9,80

(11233) DM 9,80

(11501) DM 9,80

(11502) DM 9,80

(11503) DM 9,80

(11504) DM 8,80

(11505) DM 12,80

(11239) DM 9,80

(6952) DM 9,80

(6953) DM 9,80

(6954) DM 7,80

Citadel-
Filmbücher

Die Filmreihe ohne Alternative.
Herausgegeben von Joe Hembus.

Programm- und Preisänderungen vorbehalten

(10201) DM 19,80

(10202) DM 19,80

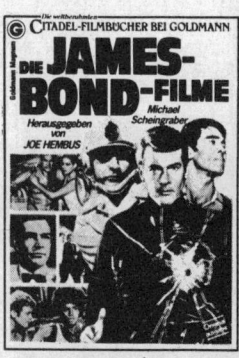

(10203) DM 19,80

(10204) DM 19,80

(10205) DM 19,80

(10206) DM 19,80

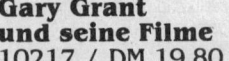

**Gary Grant
und seine Filme**
10217 / DM 19,80

**Ronald Reagan
und seine Filme**
10215 / DM 14,80

(10207) DM 24,80

(10211) DM 24,80

10212 / DM 19,80

(10208) DM 19,80

(10209) DM 24,80

(10210) DM 19,80

(10213) DM 24,80

(10214) DM 19,80

10216 / DM 19,80

Im Großformat 21 x 28 cm

Große Reihe

Preisänderungen vorbehalten

Vialar, Paul
Madame de Viborne.
Roman. (3704) DM 9,80

Wagner, F.J.
Das Ding.
Roman. (3921) DM 6,80

Walker, Margaret
Die Sklavin.
Roman. (3568) DM 6,80

Wallace, Lewis
Ben Hur.
Roman. (645) DM 5,80

Warden, Robert
Steiner II. Das Eiserne Kreuz.
Roman nach Motiven von
Willi Heinrich.
(3884) DM 6,80

Wiseman, Thomas
Der Tag vor Sonnenaufgang.
Roman. (6330) DM 7,80

Woodiwiss, Kathleen E.
Wohin der Sturm uns trägt.
Roman. (6341) DM 7,80
Shana.
Roman. (3939) DM 8,80

Zola, Emile
Nana.
Roman. (3996) DM 8,80

Zwerenz, Gerhard
Der chinesische Hund.
Roman. (6323) DM 5,80
Salut für einen alten Poeten.
(3937) DM 5,80
Die 25. Stunde der Liebe.
Roman. (3971) DM 5,80
Schöne Geschichten.
Erotische Streifzüge.
(3987) DM 5,80

Die Quadriga des Mischa Wolf.
Roman. (3652) DM 6,80
Die schrecklichen Folgen der Legen-
de, ein Liebhaber gewesen zu sein.
Erotische Geschichten.
(3674) DM 4,80
Die Ehe der Maria Braun.
Roman nach dem gleichnamigen
Film von Rainer Werner Fassbinder.
(3841) DM 5,80
Wozu das ganze Theater?
Roman. (3824) DM 6,80
Eine Liebe in Schweden.
Roman. (3907) DM 5,80
Ungezogene Geschichten.
(3928) DM 5,80

Heitere Romane und Humor

Böttcher, Maximilian
Krach im Hinterhaus.
Roman. (6348) DM 6,80

Gallico, Paul
Kleine Mouche — Pepino — Die
Schneeganz. Erzählungen.
(902) DM 3,80

Geißler, Horst Wolfram
Die Glasharmonika.
Roman. (2717) DM 4,80
Der unheilige Florian.
Roman. (1712) DM 4,80
Das Lied vom Wind.
Roman. (3641) DM 5,80

**Gilbreth, Frank B. /
Gilbreth Carey, Ernestine**
Im Dutzend billiger.
Roman. (3929) DM 4,80

Heimeran, Ernst (Hrsg.)
Unfreiwilliger Humor.
(3381) DM 4,80

Holm, Sven (Hrsg.)
Bettfreuden.
Dänische Liebesgeschichten.
Erste Folge. (3531) DM 4,80
Zweite Folge. (3649) DM 4,80
Dritte Folge. (3975) DM 4,80

Lembke, Robert
Die besten, die größten,
die schlimmsten.
Rekorde reihenweise.
(3836) DM 5,80
Robert Lembkes Witzauslese.
(3355) DM 3,80
Zynisches Wörterbuch.
Mit 20 Zeichnungen von
Franziska Bilek.
(3437) DM 3,80

Lohmeier, Georg
Geschichten für den Komödienstadel.
(3456) DM 4.—
Neue Geschichten
für den
Komödienstadel.
(3470) DM 4.—

Nicklisch, Hans
Familienalbum.
(6335) DM 5,80

Rösler, Jo Hanns
An meine Mutter...
(3467) DM 3,80
Kitty und Johannes.
Erzählungen.
(3537) DM 4,80
Lachen Sie mit Jo Hanns Rösle
(3484) DM 3,80
Wohin sind all die Jahre...
(3398) DM 4,80
Wohin sind all die Tage...
(3407) DM 4,80
Wohin sind all die Stunden...
(3421) DM 4,80

Scott, Mary

Übernachtung — Frühstück ausgeschlossen.
Roman. (6316) DM 4,80
Fremde Gäste.
Roman. (3866) DM 4,80 DE
Das Jahr auf dem Lande.
Roman. (3882) DM 4,80 DE
Ja, Liebling.
Roman. (2740) DM 4,80
Geliebtes Landleben.
Roman. (3705) DM 4,80
Das waren schöne Zeiten.
Mary Scott erzählt aus ihrem Leben.
Es ist ja so einfach.
Roman. (1904) DM 4,80
Es tut sich was im Paradies.
Roman. (730) DM 5,80
Flitterwochen.
Roman. (3482) DM 5,80
Fröhliche Ferien am Meer.
Roman. (3361) DM 4,80
Frühstück um Sechs.
Roman. (1310) DM 5,80
Hilfe, ich bin berühmt!
Roman. (3455) DM 4,80
Kopf hoch, Freddie!
Roman. (3390) DM 4,80
Macht nichts, Darling.
Roman. (2589) DM 4,80
Mittagessen Nebensache.
Roman. (1636) DM 4,80
Onkel ist der Beste.
Roman. (3373) DM 4,80
Tee und Toast.
Roman. (1718) DM 4,80
Truthahn um Zwölf.
Roman. (2452) DM 4,80
Und abends etwas Liebe.
Roman. (2377) DM 4,80
Verlieb dich nie in einen Tierarzt.
Roman. (3516) DM 4,80
Wann heiraten wir, Freddie?
Roman. (2421) DM 5,80
Zum Weißen Elefanten.
Roman. (2381) DM 5,80
Oh, diese Verwandtschaft.
Roman. (3663) DM 4,80
Zärtliche Wildnis.
Roman. (3677) DM 4,80
Das Teehaus im Grünen.
Roman. (3758) DM 5,80
Na endlich, Liebling.
Roman. (3913) DM 5,80

Scott, Mary / West, Joyce

Das Geheimnis der Mangroven-Bucht.
Roman. (3354) DM 4,80
Lauter reizende Menschen.
Roman. (1465) DM 4,80
Das Rätsel der Hibiskus-Brosche.
Roman. (3492) DM 4,80
Tod auf der Koppel.
Roman. (3419) DM 4,80
Der Tote im Kofferraum.
Roman. (3369) DM 4,80

Seeliger, Ewald Gerhard

Peter Voß, der Millionendieb.
Roman. (1826) DM 4,80

Smith, Richard

Schlank durch Sex.
Mit Kalorienangaben.
(3741) DM 4,80 DE

Spoerl, Alexander

Matthäi am letzten.
Roman. (2968) DM 3,80
Unter der Schulbank geschrieben.
(2957) DM 3,80

Spoerl, Heinrich

Die Hochzeitsreise.
Roman. (2754) DM 3,80

Tibber, Robert

Auch sonntags Sprechstunde.
Roman. (3328) DM 3,80
Heirate keinen Arzt.
Roman. (1912) DM 3,80
Ob das wohl gut geht...
Roman. (2908) DM 3,80
Kleiner Kummer, großer Kummer.
Roman. (1950) DM 3,80
Die lieben Patienten.
Roman. (1996) DM 3,80

Troy, Una

Die Pforte zum Himmelreich.
Roman. (2643) DM 4,80
Maggie und ihr Doktor.
Roman. (2354) DM 4,80
Meine drei Ehemänner.
Roman. (2390) DM 5,80

Wodehouse, P. G.

Fünf vor zwölf, Jeeves!
Roman. (3962) DM 5,80
Stets zu Diensten.
Roman. (3860) DM 4,80
Das Mädchen in Blau.
Roman. (3718) DM 4,80
Die Feuerprobe und andere Geschichten.
(2339) DM 4,80
Herr auf Schloß Blandings.
Geschichten. (3418) DM 3,80
Keine Ferien für Jeeves.
Roman. (3658) DM 3,80
Ohne Butler geht es nicht.
Roman. (3500) DM 3,80
Terry lebt verschwenderisch.
Roman. (3349) DM 4.—
Was tun, Jeeves?
Roman. (3947) DM 4,80
Der Junggesellen-Club.
Roman. (3924) DM 4,80

Wolfe, Winifred

Gefrühstückt wird zu Hause.
Roman. (1594) DM 4,80

Märchen und Sagen

Andersen, Hans Christian

Gesammelte Märchen.
(510) DM 5.—

Grimm, Brüder

Märchen der Brüder Grimm.
Nach der Ausgabe von 1857.
(412) DM 9,80

Mark, Herbert

Die schönsten Heldensagen der Welt.
(3748) DM 9,80

Schwab, Gustav

Die schönsten Sagen des klassischen Altertums.
(500) DM 5,80

Große Reihe

Preisänderungen vorbehalten

Denk, Liselotte
Auf der Suche nach morgen.
6360 (DM 7,80)

Dietrich, Marlene
Nehmt nur mein Leben...
(6327) DM 7.80

Drewitz, Ingeborg
Gestern war Heute.
Roman. (3934) DM 9.80
Das Hochhaus.
Roman. (3825) DM 6.80

**Dronsart, Claude /
Nédélec, Hervé**
Saint Tropez, ich liebe dich.
Reportage und Bilder.
(6364) DM 6.80

Dumas d.Ä., Alexandre
Die drei Musketiere.
Roman. (404) DM 8,80
Der Graf von Monte Christo.
Roman. (815) DM 7.80
Das Halsband der Königin.
Roman. (3404) DM 7.80

Dumas d.J., Alexandre
Die Kameliendame.
Roman. (3389) DM 4.80

Endrikat, Fred
Das große Endrikat-Buch.
(3720) DM 5.80

Engelmann, Bernt
Eingang nur für Herrschaften.
Karrieren über die Hintertreppe.
(3699) DM 5.80

English, Harold
In letzter Minute.
Roman. (6311) DM 7.80

Erler, Rainer
Die letzten Ferien.
Roman. (6310) DM 5,80
Die Delegation.
Roman. (3701) DM 5.80
Fleisch.
Roman. (3727) DM 6.80
Das Blaue Palais.
Romane nach der
gleichnamigen
Fernsehserie:
Das Genie.
(3743) DM 4.80
Der Verräter.
(3757) DM 4.80
Das Medium.
(3767) DM 4.80
Unsterblichkeit.
(3858) DM 5.80
Der Gigant.
(3909) DM 5.80

Fabel, Renate
Wo die Liebe hinfällt.
Roman. (3916) DM 5.80

**Fechner, Eberhard /
Kempowski, Walter**
Tadellöser & Wolff/Ein Kapitel für
sich.
Materialien zu ZDF-Fernseh-
sendungen.
(3902) DM 6.80

Felinau, Josef Pelz von
Titanic.
Der berühmte Roman um die größte
Schiffskatastrophe der Welt.
(3600) DM 6.80

Ferber, Edna
Saratoga.
Roman. (6328) DM 6.80
Giganten.
Roman. (3648) DM 7.80
Show Boat.
Roman. (3716) DM 6.80

Fernau, Joachim
Fernau siehe unten

Ferolli, Beatrice
Sommerinsel.
Roman. (3838) DM 6.80

Fischer, Marie Louise
Mutterliebe.
Roman. (4000) DM 5.80 (Mai 1981)
Ein ergreifender Roman der belieb-
ten Autorin Marie Louise Fischer.
Sie beschreibt das Urbild einer sich
aufopfernden Frau und Mutter, der
die Familie über alles geht.
Die Frauen vom Schloß.
Roman. (3970) DM 7.80
Aus Liebe schuldig.
Roman. (3990) DM 5.80
Tödliche Hände.
Roman. (3856) DM 5.80
Das Dragonerhaus.
Roman.. (3869) DM 6.80
Der Schatten des anderen.
Roman. (3715) DM 5.80
Mit einer weißen Nelke.
Roman. (3508) DM 5.80
Süßes Leben, bitteres Leben.
Roman. (3642) DM 4.80
Des Herzens unstillbare Sehnsucht.
Roman. (3669) DM 4.80
Schwester Daniela.
Roman. (3829) DM 5.80
Diese heiß ersehnten Jahre.
Roman. (3826) DM 6.80
Die Rivalin.
Roman. (3706) DM 7.80

Joachim Fernau

Die Gretchenfrage.
Variationen über ein Thema von Goethe.
(6306) DM 5,80 (Juni 1981)
Joachim Fernau, eleganter Erzähler mit Esprit, der
Philosoph unter den Sachbuchautoren, mit heiter-gelas-
senen Causerien über die Gretchenfrage: "Wie hältst du's
mit der Religion?" Eine Variation in sieben Sätzen.
Fernau - von Millionen gelesen, von Millionen geliebt.

Rosen für Apoll.
Die Geschichte der Griechen
(3679) DM 5,80
Disteln für Hagen
Eine Bestandsaufnahme der
deutschen Seele
(3680) DM 5,80
**Deutschland, Deutschland
über alles ...**
Von Anfang bis Ende
(3681) DM 6,80

Die Genies der Deutschen
(3828) DM 6,80
Caesar läßt grüßen
Die Geschichte der Römer
(3831) DM 6,80
Halleluja
Die Geschichte der USA
(3849) DM 6,80
Und sie schämeten sich nicht
Ein Zweitausendjahr-Bericht
(3867) DM 5,80

Große Reihe

Preisänderungen vorbehalten

Lentz, Mischa
Isabel.
Die Geschichte eines Sommers.
(6351) DM 5,80

Es ist schon sieben und Grischa
nicht hier...
Roman. (6337) DM 5,80

Leonhardt, Rudolf Walter
(Hrsg.)
Lieder aus dem Krieg.
(3683) DM 6,80

Llewellyn, Richard
Der Judastag.
Roman. (3870) DM 7,80

Lundholm, Anja
Zerreißprobe.
Roman. (3877) DM 5,80

MacLean, Alistair
Rendezvous mit dem Tod.
Roman. (2655) DM 6,80
Das Mörderschiff.
Roman. (2880) DM 5,80

Mally, Anita
Premiere.
Roman. (6354) DM 5,80

Markus
Geschichte, die das Leben schrieb.
Ein stern-Buch.
(6952) DM 7,80

Martin, Hansjörg
Herzschlag.
Roman. (3951) DM 6,80

Maupassant, Guy de
Bel Ami.
Roman. (3411) DM 6,80

McKenna, Richard
Das Kanonenboot vom
Yangtse-Kiang.
Roman. (3532) DM 6,80

Meissner, Hans-Otto
Im Zauber des Nordlichts.
Reisen und Abenteuer am Polarkreis.
(6347) DM 8,80
Der Stern von Kalifornien.
Reisen und Abenteuer im Südwesten
der USA.
(3974) DM 8,80
Alatna.
Roman. (3857) DM 6,80
Versprechen im Schnee.
Roman. (3719) DM 5,80
Im Eismeer verschollen.
Roman. (2923) DM 4.—
Wildes rauhes Land.
Reisen und Jagen im Norden
Kanadas.
(3760) DM 7,80
Gemsen vor meiner Tür.
Jagdgeschichten.
(3956) DM 7,80

Merkel, Max
Geheuert — Gefeiert — Gefeuert.
Die bemerke(l)nswerten Erlebnisse
eines Fußballtrainers.
(3948) DM 6,80

Metternich, Tatiana
Bericht eines ungewöhnlichen
Lebens.
(3922) DM 8,80

Moore, Robin
Das chinesische Ultimatum.
Roman. (3535) DM 5,80
Big Money.
Roman. (3675) DM 5,80

**Moore, Robin /
Dempsey, Al**
Die Rom-Verschwörung.
Agententhriller.
(3973) DM 5,80
Die roten Falken.
Roman. (3659) DM 5,80
Die London-Falle.
Agententhriller.
(3946) DM 5,80 DE

**Moore, Robin /
Fuca, Barbara**
Ein Leben für die Hölle.
Roman. (3717) DM 4,80

Müller, André
Entblößungen.
Ausgefallene, interessante,
literarische Interviews.
(3887) DM 7,80

Munshower, Suzanne
John Travolta.
Disco-Star.
(3835) DM 5,80

Neiken, Dinah
Von ganzem Herzen.
Roman. (6301) DM 6,80

Och, Armin
Zürich
Paradeplatz.
Roman.
(6312) DM 6,80

Otta, Stephan
Nur ein Seitensprung.
Roman. (3919) DM 5,80

Pahlen, Henry
Der Gefangene der Wüste.
Roman. (2545) DM 6,80
In den Klauen des Löwen.
Roman. (2581) DM 5,80
Liebe auf dem Pulverfaß.
Roman. (3402) DM 4,80
Schlüsselspiele für drei Paare.
Roman. (3567) DM 6.—
Schwarzer Nerz auf zarter Haut.
Roman. (2624) DM 5,80

Pahlen, Kurt (Hrsg.)
Mein Engel, mein Alles, mein Ich.
294 Liebesbriefe berühmter Musiker
(6320) DM 7,80

Pepin F.
Magic 17.
Erotische Begegnungen.
(3855) DM 5,80

Konsalik

**Das Haus der
verlorenen Herzen.**
Roman. (6315) DM 6,80
Eine glückliche Ehe.
Roman. (3935) DM 6,80
**Das Geheimnis der sieben
Palmen.**
Roman. (3981) DM 6,80
Verliebte Abenteuer.
Heiterer Liebesroman.
(3925) DM 5,80
**Auch das Paradies wirft
Schatten.**
Die Masken der Liebe.
Zwei Romane.
(3873) DM 5,80
Der Fluch der grünen Steine.
Roman.
(3721) DM 5,80
Schicksal aus zweiter Hand.
Roman. (3714) DM 6,80
Die tödliche Heirat.
Kriminalroman.
(3665) DM 5,80

Manöver im Herbst.
Roman. (3653) DM 6,80
Ich gestehe.
Roman.
(3536) DM 5,80
Morgen ist ein neuer Tag.
Roman.
(3517) DM 5,80
Das Schloß der blauen Vögel.
Roman. (3511) DM 6,80
Die schöne Ärztin.
Roman.
(3503) DM 5,80
Das Lied der schwarzen Berge.
Roman. (2889) DM 5,80
Ein Mensch wie du.
Roman. (2688) DM 5,80
Die schweigenden Kanäle.
Roman. (2579) DM 5,80
Stalingrad.
Bilder vom Untergang der
6. Armee.
(3698) DM 7,80

Percha, Igor von
Charlotta, Gräfin von Potsdam.
Roman. (3466) DM 6.—
Christina Maria und die
Petersburger Nächte.
Roman. (3440) DM 4,80
Im Auftrag der Königin.
Roman. (3670) DM 4,80

Perrin, Elula
Nur Frauen können Frauen lieben.
Roman. (3926) DM 5,80

Marcel Pagnol

Der Dichter der Provence

Marius — Fanny — César.
Szenen aus Marseille.
(3972) DM 7,80
Marcel.
Eine Kindheit in der Provence.
(3750) DM 5,80
Marcel und Isabelle.
Die Zeit der Geheimnisse.
(3759) DM 5,80
Die Zeit der Liebe.
Kindheitserinnerungen.
(3878) DM 6,80
Die Wasser der Hügel.
Roman. (3766) DM 6,80
Die eiserne Maske.
Der Sonnenkönig und das
Geheimnis des großen Unbek.
(3862) DM 6,80

Piechota, Ulrike
Traumkonzert
Roman. (6355) DM 5,80

Plievier, Theodor
Stalingrad.
Roman. (3643) DM 6,80

Poe, Edgar Allan
Der Doppelmord in der Rue
Morgue   (523) DM 4,80
Der Untergang des Hauses Usher.
Erzählungen. (3410) DM 4,80

Poyer, Joe
Der Milliarden-Terror.
Polit-Thriller.
(3992) DM 6,80

Preute, Michael und Gabriele
Deutschlands Kriminalfall Nr. 1
Vera Brühne — ein Justizirrtum?
(3891) DM 5,80

Preute, Michael / Guldner, Renate
Elvis Presley. The King.
Mit 28 Illustrationen sowie vollst
Disco- und Filmographie.
(3597) DM 4,80

Raab, Fritz
Das Denkmal.
Roman. (6317) DM 7,80

Rampa, Lobsang
Das dritte Auge.
Ein tibetanischer Lama erzählt
sein Leben.
(3744) DM 6,80

Rand, Ayn
Der ewige Quell.
Roman. (3700) DM 9,80

Rattay, Arno / Chiczewski, Andrzej
Narben.
Wege zur Versöhnung
zwischen Deutschen und Polen.
(6365) DM 7,80

Rezzori, Gregor von
Die Toten auf ihre Plätze!
Ein Filmtagebuch.
(3541) DM 5,80

Rosendorfer, Herbert
Stephanie und das vorige Leben.
Roman. (3823) DM 5,80

Rothenberger, Anneliese
Melodie meines Lebens.
Ein Weltstar erzählt.
(2990) DM 4,80

Ruark, Robert
Die schwarze Haut.
Roman. (6304) DM 8,80
Nie mehr arm. Roman.
1. Teil: (6333) DM 6,80
2. Teil: (6334) DM 6,80

Schaake, Ursula
Zwölf Tage im August.
Roman. (3666) DM 4,80

Schönthan, Gaby von
So nah der Liebe.
Roman. (3890) DM 5,80

Schrobsdorff, Angelika
Die kurze Stunde zwischen
Tag und Nacht.
Roman. (3964) DM 9,80
Der Geliebte.
Roman. (3525) DM 6,80
Die Herren.
Roman. (3471) DM 7,80

Schulberg, Budd
Der Entzauberte.
Roman. (3986) DM 7,80
Die Faust im Nacken.
Roman. (3762) DM 6,80

Sebastian, Peter
Schwester Carola.
Roman. (6322) DM 5,80

Stop, Dr. von Menasse!
Arztroman. (6346) DM 5,80
Als die letzte Maske fiel.
Arztroman.
(3993) DM 5,80
Der Chefarzt.
Roman. (3662) DM 4,80
Kaserne Krankenhaus.
Roman. (3822) DM 4,80

Segal, Erich
Oliver's Story.
Roman. (3709) DM 4,80

Seymour, Gerald
Der Ruf des Eisvogels.
Roman. (3930) DM 6,80

Sheldon, Sydney
Ein Fremder im Spiegel.
Roman. (6314) DM 6,80
Jenseits von Mitternacht.
Roman. (6325) DM 7,80
Blutspur.
Roman. (6342) DM 6,80

Sing mit Fischer.
Die schönsten Lieder der
Fischer-Chöre.
(3942) DM 6,80

Sinn, Dieter
Rom zu meinen Füßen.
Cesare Borgia. Ein Roman der Macht.
(6340) DM 7,80

Slaughter, Frank G.
Intensivstation.
Roman. (3506) DM 6,80

Sommer, Siegfried
Meine 99 Bräute.
Roman. (3871) DM 5,80

Steffens, Günter
Die Annäherung an das Glück.
Roman. (3988) DM 9,80

Steinbeck, John
Die wunderlichen Schelme von
Tortilla Flat.
Roman. (3923) DM 5,80
Wonniger Donnerstag.
Roman. (3931) DM 6,80

Stevens, Robert Tyler
Sommer in Livadia.
Roman. (6339)

Stromberger, Robert (Hrsg.)
Tod eines Schülers.
Wer ist schuld am Selbstmord von
Claus Wagner?
(3950) DM 7,80

Tessin, Brigitte von
Der Bastard.
Roman. (3932) DM 9,80

Stone, Irving
Die Träume leben.
Die Karriere des Heizers D.
Roman. (6326) DM 6,80

Tetsche
Neues aus Kalau.
Ein stern-Buch.
(6953) DM 9,80

Tolstoi, Leo N.
Krieg und Frieden.
Roman. (430) DM 9,80

Troll, Thaddäus
Herrliche Aussichten.
Satirische Feststellungen.
(3734) DM 3,80

Troy, Una
Der Brückenheilige.
Roman. (3676) DM 5,80
Sommer der Versuchung.
Roman. (3380) DM 5,80

Trudeau, Margaret
Ich pfeif' auf die Vernunft.
Erinnerungen.
(3864) DM 7,80

Große Reihe

Das vollständige Programm / Preisänderungen vorbehalten

Romane
Unterhaltung
Tatsachenberichte

Aldridge, Alan (Hrsg.)
The Beatles Songbook.
Mit vielen farbigen Abbildungen
und vollständigen Songtexten.
Im Großformat 21 x 28 cm.
(10197) DM 19,80

Aldridge, James
Der wunderbare Mongole.
Roman. (3941) DM 4,80

Barbier, Elisabeth
Verschlossenes Paradies.
Roman. (6308) DM 6,80

Die Mogador-Saga. Bd. I
Bezaubernde Julia.
Roman. (3655) DM 6,80
Die Mogador-Saga. Bd. II.
Leid und Liebe für Julia.
Roman. (3667) DM 5,80
Die Mogador-Saga. Bd. III.
Ludivine und Frédéric.
Roman. (3697) DM 5,80
Die Mogador-Saga. Band IV.
Schicksalsjahre für Ludivine.
Roman. (3708) DM 5,80
Die Mogador-Saga. Band V.
Junge Herrin Dominique.
Roman. (3724) DM 5,80
Die Mogador-Saga. Bd. VI.
Bittersüße Liebe für Dominique.
Roman. (3753) DM 5,80
Mein Vater, der Held.
Roman. (3945) DM 5,80
Weder Tag noch Stunde.
Roman. (3943) DM 6,80

Baumann, Bodo
Bitte recht amtlich.
Satiren aus Deutschland.
(3941) DM 4,80

Beaty, David
Flucht aus Kajandi.
Roman. (6302) DM 6,80
Zone des Schweigens.
Roman. (3852) DM 5,80
Gesetz der Serie.
Roman. (3448) DM 5.—
Um Haaresbreite.
Roman. (3460) DM 6,80
Testflug.
Roman. (3644) DM 5,80
Der letzte Flug.
Roman. (3764) DM 6,80
Sirenengesang.
Roman. (3712) DM 5,80

Bergfeld, Thorsten
Nachmittagssonne.
Roman. (6352) DM 6,80

Bergius, C.C.
Söhne des Ikarus.
Die abenteuerlichsten Flieger-
geschichten der Welt.
(3989) DM 6,80
Heißer Sand.
Roman. (3963) DM 5,80
Schakale Gottes.
Roman. (3863) DM 6,80
Der Tag des Zorns.
Roman. (3519) DM 5,80

Das weiße Krokodil.
Roman. (3502) DM 3,80
Entscheidung auf Mallorca.
Roman. (3672) DM 5,80
Dschingis Chan.
Roman. (3664) DM 7,80
Der Fälscher.
Roman. (3751) DM 5,80

Bergner, Elisabeth
Bewundert viel und viel
gescholten.
Unordentliche Erinnerungen.
(3980) DM 8,80

Berthold, Will
Revolution im weißen Kittel.
Hoffnungen und Siege der
modernen Medizin.
(3977) DM 7,80
Etappe Paris.
Roman. (3903) DM 5,80
Fünf vor zwölf — und kein
Erbarmen.
Roman. (3702) DM 5,80
Brigade Dirlewanger.
Roman. (3518) DM 5,80
Feldpostnummer unbekannt.
Roman. (3539) DM 5,80
Prinz-Albrecht-Straße.
Roman. (3673) DM 6,80
Vom Himmel zur Hölle.
Roman nach Tatsachen.
(3842) DM 5,80
Auf dem Rücken des Tigers.
Roman. (3832) DM 5,80

Beth, Gunther
Meine Mutter tut das nicht.
Roman. (3915) DM 5,80

Bieler, Manfred
Der Kanal.
Roman. (3998) DM 9,80

Binding, Rudolf G.
Reitvorschrift für eine Geliebte.
Mit Federzeichnungen von
Wilhelm M. Busch.
(3507) DM 3,80

**Blaumeiser, Josef/
Nittner, Tomas**
Die Wüste bebt.
Absolut keine
Legenden über Arabien.
(6951) DM 7,80

Blickensdörfer, Hans
Der Schacht.
Roman. (3650) DM 6,80

Blobel, Brigitte
Der Mandelbaum.
(6358) DM 5,80

Ehepaare.
Roman. (6359) DM 5,80
Das Osterbuch.
(3847) DM 5,80
Alsterblick.
Roman. (3917) DM 5,80
Jasminas Sohn.
Roman. (6357) DM 5,80

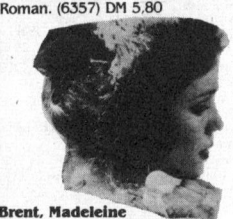

Brent, Madeleine
Cadi.
Roman. (3851) DM 6,80

Bromfield, Louis
Nacht in Bombay.
Roman. (3723) DM 7,80
Kenny.
Roman. (3392) DM 3,80
Früher Herbst.
Roman. (3661) DM 5,80

Buchheim, Lothar-Günther
Tage und Nächte steigen aus dem
Strom. Eine Donaufahrt.
(6343) DM 6,80

Buck, Pearl S.
Frau im Zorn.
Roman. (3999) DM 6,80
Wer Wind sät...
Roman. (3960) DM 5,80
Die Liebenden. Erzählungen.
(3991) DM 6,80
Ruf des Lebens.
Roman. (3912) DM 5,80
Und fänden die Liebe nicht.
Roman. (3850) DM 5,80

Geheimnisse des Herzens.
Erzählungen. (3874) DM 6,80
Über allem die Liebe.
Roman. (773) DM 4,80
Die gute Erde.
Roman. (3654) DM 5,80
Das Mädchen Orchidee.
Roman. (3504) DM 6,80
Die Wandlung des jungen Ko-sen.
Roman. (3534) DM 4,80
Der Weg ins Licht.
Roman. (3944) DM 5,80

Burgess, Alan
Sieben Mann im Morgengrauen.
Das Attentat auf Heydrich.
(6329) DM 6,80

Busch, Fritz Otto
Das Geheimnis der »Bismarck«.
Kampf und Untergang des berühm-
ten deutschen Schlachtschiffes.
(3523) DM 5,80

Buschow, Rosemarie
Der Prinz und ich.
Eine wahre Geschichte aus dem
Lande der Ölscheichs.
Ein BUNTE-Buch.
(3957) DM 6,80 DE

Byhan, Inge
In 30 Sekunden Crash.
Die ungewöhnlichsten Flugzeug-
katastrophen nach Berichten von
Augenzeugen. Ein BUNTE-Buch.
(3952) DM 5,80

Caldwell, Erskine
In Gottes sicherer Hand.
Roman. (3910) DM 6,80

Caldwell, Taylor
Gesellschaft im Blizzard.
Roman. (3660) DM 3,80

Canning, Victor
Das brennende Auge.
Roman. (3859) DM 5,80

Colpet, Max
Es fing so harmlos an.
Roman. (3914) DM 5,80

Constantine, Eddie
Der Favorit.
Roman. (6321) DM 5,80
(6360) DM 7,80

Cordes, Alexandra
Dunkle Nacht, heller Tag.
Roman. (6307) DM 5,80
Sehnsucht ist mehr als
ein Traum.
Roman. (6336) DM 5,80
Gefährliche Liebe.
Roman. (3969) DM 6,80
Das Lied von Liebe und Tod.
Roman. (3898) DM 5,80
Haus der Träume.
Roman. (3703) DM 5,80
Wilde Freunde.
Die Abenteuer des Rick Hardt.
(3524) DM 4,80
Die Buschärztin.
Roman. (3645) DM 5,80
Das Kind des anderen.
Roman. (3830) DM 5,80
Ich will mir dir allein sein.
Roman. (3908) DM 5,80
Saat der Sünde.
Roman. (3936) DM 5,80
Der Engel mit den schwarzen
Flügeln.
Roman. (3868) DM 5,80

Courtney, Caroline
Olivia. Triumph der Liebe.
Roman. (6361) DM 4,80
Lucinda. Geheimnisvolle Liebe.
Roman. (3965) DM 4,80
Davinia. Königsweg der Liebe.
Roman. (3994) DM 4,80

Cussler, Clive
Eisberg.
Roman. (3513) DM 6,80
Der Todesflieger.
Roman. (3657) DM 5,80
Hebt die Titanic.
Roman. (3976) DM 7,80

Czuday, Axel
Allein in der Arktis.
(3896) DM 8,80

Deeping, Warwick
Hauptmann Sorrell und
sein Sohn.
Roman. (3668) DM 7,80

Deighton, Len
Unternehmen Adler.
Tatsachenbericht.
(3979) DM 7,80

Edgar Wallace

Alle Wallace-Krimis auf einen Blick

Die Abenteuerin.
(164) DM 4,80
A.S. der Unsichtbare.
(126) DM 4,80
Die Bande des Schreckens.
(11) DM 4,80
Der Banknotenfälscher.
(67) DM 4,80
Bei den drei Eichen.
(100) DM 4,80
Die blaue Hand.
(6) DM 4,80
Der Brigant.
(111) DM 4,80
Der Derbysieger.
(242) DM 4,80
Der Diamantenfluß.
(16) DM 4,80
Der Dieb in der Nacht.
(1060) DM 3,80
Der Doppelgänger.
(95) DM 4,80
Die drei Gerechten.
(1170) DM 4,—
Die drei von Cordova.
(160) DM 4,80
Der Engel des Schreckens.
(136) DM 3,80
Feuer im Schloß.
(1063) DM 3,80
Der Frosch mit der Maske.
(1) DM 5,80
Gangster in London.
(178) DM 5,80
Das Gasthaus an der Themse.
(88) DM 3,80
Die gebogene Kerze.
(169) DM 3,80
Geheimagent Nr. sechs.
(236) DM 4,80
Das Geheimnis der gelben Narzissen.
(37) DM 4,80
Das Geheimnis der Stecknadel.
(173) DM 4,80
Das geheimnisvolle Haus.
(113) DM 4,80
Die gelbe Schlange.
(33) DM 4,80
Ein gerissener Kerl.
(28) DM 4,80
Das Gesetz der Vier.
(230) DM 4,80
Das Gesicht im Dunkel.
(139) DM 4,80
Im Banne des Unheimlichen
(117) DM 5,80

In den Tod geschickt.
(252) DM 3,80
Das indische Tuch.
(189) DM 4,80
John Flack.
(51) DM 4,80
Der Joker.
(159) DM 4,80
Das Juwel aus Paris.
(2128) DM 3,80
Kerry kauft London.
(215) DM 4,80
Der leuchtende Schlüssel.
(91) DM 4,80
Lotterie des Todes.
(1098) DM 3,80
Louba, der Spieler.
(163) DM 4,80
Der Mann, der alles wußte.
(86) DM 4,80
Der Mann, der seinen Namen änderte.
(1194) DM 3,80
Der Mann im Hintergrund.
(1155) DM 4,—
Der Mann aus Marokko.
(124) DM 4,80
Die Melodie des Todes.
(207) DM 4,80
Die Millionengeschichte.
(194) DM 3,80
Mr. Reeder weiß Bescheid.
(1114) DM 3,80
Nach Norden, Strolch!
(221) DM 4,80
Neues vom Hexer.
(103) DM 4,80
Penelope von der »Polyantha«.
(211) DM 3,80
Der goldene Hades.
(226) DM 3,80
Die Gräfin von Ascot.
(1071) DM 3,80
Großfuß.
(65) DM 4,80
Der grüne Bogenschütze.
(150) DM 4,80
Der grüne Brand.
(1020) DM 4,80
Gucumatz.
(248) DM 4,80
Hands up!
(13) DM 4,80
Der Hexer.
(30) DM 4,80
Der Preller.
(116) DM 4,80
Der Rächer.
(60) DM 4,80

Der Redner.
(183) DM 4,80
Richter Maxells Verbrechen
(41) DM 3,80
Der rote Kreis.
(35) DM 4,80
Der Safe mit dem Rätselschloß.
(47) DM 4,80
Die Schuld des Anderen.
(1055) DM 3,80
Der schwarze Abt.
(69) DM 4,80
Der sechste Sinn des Mr. Reeder.
(77) DM 4,80
Die seltsame Gräfin.
(49) DM 4,80
Der sentimentale Mr. Simpson.
(1214) DM 4,80
Das silberne Dreieck.
(154) DM 4,80
Das Steckenpferd des alten Derrick.
(97) DM 4,80
Der Teufel von Tidal Basin.
(80) DM 3,80
Töchter der Nacht.
(1106) DM 4,80
Die toten Augen von London.
(161) DM 3,80
Die Tür mit den 7 Schlössern.
(21) DM 4,80
Turfschwindel.
(155) DM 4,—
Überfallkommando.
(75) DM 4,80
Der Unheimliche.
(55) DM 4,80
Die unheimlichen Briefe.
(1139) DM 4,80
Der unheimliche Mönch.
(203) DM 4,80
Das Verrätertor.
(45) DM 4,80
Der viereckige Smaragd.
(195) DM 4,80
Die vier Gerechten.
(39) DM 4,80
Zimmer 13.
(44) DM 4,80
Der Zinker.
(200) DM 3,80

Das vollständige Programm

Goldmann Krimis...
...mörderisch gut

● = *Originalausgabe / Preisänderungen vorbehalten*

Sammlung dtsch. Kriminalautoren

Fortride, L.A.
Der Chrysanthemenmörder.
(4694) DM 3,80

Plötze, Hasso
Formel für Mord.
● (5609) DM 4,80
Lupara.
● (5607) DM 4,80
Die Tätowierung.
● (4877) DM 4,80
Gift und Gewalt.
● (4886) DM 4,80
Weidmannsheil, Herr Kommissar.
● (5604) DM 4,80
Eine Geisel zuviel.
● (5601) DM 4,80
Fluchtweg.
● (4833) DM 4,80
Die kalte Hand.
● (4845) DM 3,80

Rudorf, Günter
Mord per Rohrpost.
(5603) DM 4,80

Wery, Ernestine
Die Hunde bellten die ganze Nacht.
(5608) DM 6,80
Sie hieß Cindy.
● (5606) DM 4,80
Auf dünnem Eis.
● (4830) DM 5,80
Als gestohlen gemeldet.
● (5602) DM 4,80
Die Warnung.
● (4857) DM 4,80

Lit. Krimi

Blake, Nicholas
Der Morgen nach dem Tod.
(5217) DM 5,80

Canning, Victor
Das Sündenmal.
(4779) DM 4,80
Querverbindungen.
(5207) DM 5,80

Crispin, Edmund
Morde — Zug um Zug.
(5214) DM 4,80
Der Mond bricht durch die Wolken.
(5205) DM 6,80

A Detection Club Anthology
Dreizehn Geschworene.
(5209) DM 6,80

Dibdin, Michael
Der letzte Sherlock-Holmes-Roman.
(5203) DM 4,80

Doody, Margaret
Sherlock Aristoteles.
(5215) DM 6,80

Ellin, Stanley
Jack the Ripper und van Gogh.
(5212) DM 5,80
König im 9. Haus.
(4811) DM 5,80

Freeling, Nicolas
Castangs Stadt.
(5221) DM 5,80
Die Formel.
(5213) DM 6,80
Inspektor Van der Valks
Witwe.
(4897) DM 5,80
Der schwarze Rolls-Royce.
(5206) DM 5,80

Gores, Joe
Dashiell Hammetts letzter
Fall.
(4801) DM 4,80
Der Killer in dir.
(4838) DM 4,80

Hare, Cyril
Erschlagen bei den Eiben.
(4774) DM 3,80
Er hätte später sterben
sollen.
(4782) DM 3,80

Hill, Reginald
Noch ein Tod in Venedig.
(5219) DM 4,80
Das Rio-Papier
u.a. Kriminalgeschichten.
(5216) DM 5,80
Der Calliope-Club.
(4836) DM 5,80

Hughes, Dorothy B.
Wo kein Zeuge lauscht.
(5210) DM 4,80

Maling, Arthur
Zuletzt gesehen...
(5201) DM 6,80

Neely, Richard
Der Attentäter.
(4556) DM 4,—
Lauter Lügen.
(4816) DM 4,80
Schwarzer Vogel über der
Brandung.
(4748) DM 4,80
Flucht in die Hölle.
(4866) DM 4,80
Die Nacht der schwarzen
Träume.
(4778) DM 4,80
Das letzte Sayonara.
(5208) DM 6,80

Ruhm, Herbert (Hrsg.)
Die besten Stories aus dem
weltberühmten »Black Mask
Magazine«
(4818) DM 6,80

Simon, Roger L.
Die Peking-Ente.
(5202) DM 4,80

Swarthout, Glendon
Das Wahrheitsspiel.
(5218) DM 6,80

Symons, Julian
Der Fall Adelaide Bartlett.
(5220) DM 6,80
Am Ende war alles umsonst.
(4773) DM 4,80
Roulett der Träume.
(4792) DM 4,80
Damals tödlich.
(4855) DM 5,80

Taibo II., Francisco J.
Die Zeit der Mörder.
(5222) DM 4,80

Tynan, Kathleen
Agatha.
(5204) DM 5,80

Weverka, Robert
Mord an der Themse.
(5211) DM 4,80

Action-Krimi

Charles, Robert
Sechs Stunden nach dem
Mord.
(4760) DM 3,80

Copper, Basil
Mord ersten Grades.
(5408) DM 4,80
Geld spielt (k)eine Rolle.
(5410) DM 4,80

Crowe, John
Ein Weg von Mord zu Mord.
(4766) DM 4,80

Crumley, James
Der letzte echte Kuß.
(5414) DM 5,80

Downing, Warwick
...Zahn um Zahn.
(4747) DM 3,80

Faust, Ron
Der Skilift-Killer.
(4832) DM 3,80

Fish, Robert L.
Die Insel der Schlangen.
(5426) DM 4,80
Ein Kopf für den Minister.
(5415) DM 4,80

Gores, Joe
Überfällig.
(5419) DM 5,80
Zur Kasse, Mörder!
(5418) DM 4,80

Hallahan, William H.
Ein Fall für Diplomaten.
(4823) DM 4,80

Hamill, Pete
Ich klau' dir eine Bank.
(5413) DM 4,80

Jeder kann ein Mörder sein.
(5417) DM 4,80

Harrington, William
Scorpio 5.
(4739) DM 4,80

Hubert, Tord
Wenn der Damm bricht.
(4828) DM 4,80

Irvine, R.R.
Der Katzenmörder.
(4745) DM 4,80
Bomben auf Kanal 3.
(4850) DM 4,80

Israel, Peter
Der Trip nach Amsterdam.
(4876) DM 5,80

Jobson, Hamilton
Ein bißchen sterben.
(4888) DM 3,80
Kontrakt mit dem Killer.
(4755) DM 3,80
Richtet mich morgen.
(4808) DM 3,80

Jones, Elwyn
Chefinspektor Barlow in
Australien.
(4862) DM 3,80

Kyle, Duncan
Todesfalle Camp 100.
(5402) DM 5,80

Lacy, Ed
Mord auf Kanal 12.
(5422) DM 4,80
Verdammter Bulle.
(5416) DM 4,80
Zahlbar in Mord.
(5406) DM 4,80
Geheimauftrag Harlem.
(5404) DM 4,80

Lecomber, Brian
Schmuggelfracht nach
Puerto Rico.
(4861) DM 5,80

MacDonald, John D.
Die mexikanische Heirat.
(5420) DM 4,80

MacKenzie, Donald
Nicht nur Schnappschüsse.
(5425) DM 4,80

Martin, Ian Kennedy
Regan und das Geschäft
des Jahrhunderts.
(4834) DM 3,80

Marshall, William
Bombengrüße aus Hongkong.
(4738) DM 3,80
Dünne Luft.
(4722) DM 4,80
Das Skelett auf dem Floß.
(5403) DM 4,80

**Pronzini, Bill /
Malzberg, Barry**
Jagt die Bestie!
(5423) DM 5.80

Rifkin, Shepard
Die Schneeschlange.
(4863) DM 3,80

Ross, Sam
Der gelbe Jaguar.
(5411) DM 4,80

Simon, Roger L.
Das Geschäft mit der Macht.
(4874) DM 3,80
Hecht unter Haien.
(4880) DM 3,80

Stein, Aaron Marc
Der Kälte-Faktor.
(4841) DM 3,80
Unterwegs in den Tod.
(4835) DM 4,80
Auftrag mit heißen
Kurven.
(5412) DM 4,80

Straker, J.F.
Mord unter Brüdern.
(4870) DM 4,80

Topor, Tom
Verblichener Ruhm.
(5424) DM 5,80

Wainwright, John
Joey.
(4810) DM 3,80
Requiem für einen Verlierer.
(4733) DM 3,80
Gutschein für Mord.
(4848) DM 3,80
Nachts stirbt man schneller.
(5407) DM 4,80

Waugh, Hillary
Fünf Jahre später.
(4875) DM 3,80

Way, Peter
Der tödliche Irrtum.
(5421) DM 4,80

Weverka, Robert
Mord an der Themse.
(5409) DM 4,80

Wilcox, Collin
Der tödliche Biß.
(5401) DM 4,80
Das dritte Opfer.
(4689) DM 4,80
Der Profi-Killer.
(5405) DM 4,80

**Wilcox, Collin /
Pronzini, Bill**
Montag mittag San Francisco.
(4884) DM 4,80

Wren, M.K.
Gewiß ist nur der Tod.
(4839) DM 4,80

Rote Krimi

Bagby, George
Ein Goldfisch unter Haien.
(4768) DM 3,80
Die schöne Geisel.
(4853) DM 3,80
Toter mit Empfehlungs
schreiben.
(4864) DM 3,80

Beare, George
Die teuerste Rose.
(4843) DM 3,80

Blake, Nicholas
Das Biest.
(4889) DM 4,80

Brett, Simon
Generalprobe für Mord.
(4826) DM 3,80

Bunn, Thomas
Leiche im Keller.
(4846) DM 5,80

Carmichael, Harry
Liebe, Mord und falsche
Zeugen.
(4847) DM 4,80
Der Tod zählt bis drei.
(4785) DM 3,80

Christie, Agatha
Alibi.
(12) DM 4,80
Dreizehn bei Tisch.
(66) DM 4,80
Das Geheimnis von Sittaford.
(73) DM 4,80
Das Haus an der Düne.
(98) DM 4,80
Mord auf dem Golfplatz.
(9) DM 4,80
Nikotin.
(64) DM 4,80
Der rote Kimono.
(62) DM 4,80
Ein Schritt ins Leere.
(70) DM 4,80
Tod in den Wolken.
(4) DM 4,80

Dolson, Hildegarde
Schönheitsschlaf mit
Dauerwirkung.
(4825) DM 4,80

Durbridge, Francis
Der Andere.
(3142) DM 3,80
Die Brille.
(2287) DM 4,80
Charlie war mein Freund.
(3027) DM 4,—
Es ist soweit.
(3206) DM 4,80
Das Halstuch.
(3175) DM 4,—

Im Schatten von Soho.
(3218) DM 4,—
Keiner kennt Curzon.
(4225) DM 4,—
Das Kennwort.
(2266) DM 4,—
Kommt Zeit, kommt Mord.
(3140) DM 4,—
Ein Mann namens Harry
Brent.
(4035) DM 3,80
Melissa.
(3073) DM 4,—
Mr. Rossiter empfiehlt sich.
(3182) DM 4,80
Paul Temple —
Banküberfall in Harkdale.
(4052) DM 3,80
Paul Temple —
Der Fall Kelby.
(4039) DM 3,—
Paul Temple jagt Rex.
(3198) DM 4,80
Paul Temple und die
Schlagzeilenmänner.
(3190) DM 4,80
Der Schlüssel.
(3166) DM 4,80
Die Schuhe.
(2277) DM 4,80
Der Siegelring.
(3087) DM 4,—
Tim Frazer.
(3064) DM 4,80
Tim Frazer und der
Fall Salinger.
(3132) DM 4,80
Wie ein Blitz.
(4205) DM 3,—
Tim Frazer weiß Bescheid.
(4871) DM 4,80
Die Kette.
(4788) DM 4,80
Zu jung zum Sterben.
(4157) DM 3,—

Fleming, Joan
Das Haus am Ende der
Straße.
(4814) DM 3,80

Fletcher, Lucille
Taxi nach Stamford.
(4723) DM 3,80

Francis, Dick
Der Trick, den keiner kannte.
(4804) DM 4,80
Die letzte Hürde.
(4780) DM 4,80

**Gardner, Erle Stanley
(A.A. Fair)**
Alles oder nichts.
(4117) DM 4,80
Der dunkle Punkt.
(3039) DM 4,80
Goldaktien.
(4789) DM 4,80
Die goldgelbe Tür.
(3050) DM 4,—

Heiße Tage auf Hawaii.
(3106) DM 4,80
Im Mittelpunkt Yvonne.
(4749) DM 4,80
Kleine Fische zählen nicht.
(4802) DM 4,80
Lockvögel.
(3114) DM 4,80
Per Saldo Mord.
(3121) DM 4,—
Ein schwarzer Vogel.
(2267) DM 4,—
Der schweigende Mund.
(2259) DM 5,80
Ein pikanter Köder.
(3129) DM 4,—
Sein erster Fall.
(2291) DM 4,—
Treffpunkt Las Vegas.
(3023) DM 4,80
Wo Licht im Wege steht.
(3048) DM 4,—
Der zweite Buddha.
(3083) DM 4,80
Das volle Risiko.
(4852) DM 4,80
Die Pfotenspur.
(4309) DM 4,—

Gilbert, Michael
Geliebt, gefeiert und getötet.
(4911) DM 5,80
Das leere Haus.
(4868) DM 4,80

Goodis, David
Schüsse auf den Pianisten.
(4894) DM 4,80

Gordons, The
Letzter Brief an Cathy.
(4898) DM 4,80
Beeile dich zu leben.
(4765) DM 4,80
FBI-Aktien.
(2260) DM 4,80
FBI-Aktion »Schwarzer Kater«.
(4661) DM 3,—
FBI-Auftrag.
(3053) DM 3,—
Feuerprobe.
(4670) DM 4,—
Geheimauftrag für Kater D.C.
(3072) DM 3,—
Der letzte Zug.
(3074) DM 4,80

Gunn, Victor
Das achte Messer.
(201) DM 4,80
Auf eigene Faust.
(162) DM 4,—
Die Erpresser.
(148) DM 4,80
Das Geheimnis der
Borgia-Skulptur.
(205) DM 4,—
Die geheimnisvolle Blondine.
(1232) DM 4,—
Gelächter in der Nacht.
(175) DM 4,—

Gute Erholung, Inspektor
Cromwell.
(1137) DM 4,—
Im Nebel verschwunden.
(140) DM 4,80
In blinder Panik.
(1104) DM 4,—
Inspektor Cromwell
ärgert sich.
(2036) DM 4,—
Inspektor Cromwells
großer Tag.
(143) DM 4,—
Inspektor Cromwells Trick.
(294) DM 4,—
Die Lady mit der Peitsche.
(261) DM 4,—
Lord Bassingtons Geheimnis.
(3028) DM 3,—
Der Mann im Regenmantel.
(2093) DM 4,—
Der rächende Zufall.
(186) DM 4,—
Das rote Haar.
(1289) DM 4,—
Roter Fingerhut.
(267) DM 4,—
Schrei vor der Tür.
(2155) DM 4,—
Schritte des Todes.
(3049) DM 4,80
Die seltsame Idee der
Mrs. Scott.
(1122) DM 4,—
Spuren im Schnee.
(147) DM 4,—
Der Tod hat eine Chance.
(166) DM 4,—
Tod im Moor.
(1083) DM 3,80
Die Treppe zum Nichts.
(193) DM 4,—
Der vertauschte Koffer.
(216) DM 4,80
Der vornehme Mörder.
(3062) DM 4,—
Was wußte Molly Liskern?
(1205) DM 4 —
Das Wirtshaus von Dartmoor.
(4772) DM 4,80
Wo waren Sie heute nacht?
(1012) DM 4,—
Die Rosenblätter.
(284) DM 4,80
Zwischenfall auf dem
Trafalgar Square.
(254) DM 4,—

Healey, Ben
Letzte Fähre nach Venedig.
(4914) DM 4,80

Hensley, Joe L.
Giftiger Sommer.
(4869) DM 3,80

Hill, Peter
Mord im kleinen Kreis.
(4824) DM 3,80

Howard, Hartley
Der große Fischzug.
(4887) DM 4,80
Jenseits der Tür.
(4649) DM 4,80
Einmal fängt jeder an.
(4777) DM 3,80
One-Way Ticket.
(4813) DM 3,80
Der Abschiedsbrief.
(4890) DM 4,80
Der Teufel sorgt für die
Seinen.
(4759) DM 4,80
Keine kleine Nachtmusik.
(4783) DM 3,80
Fünf Stunden Todesangst.
(4867) DM 3,80
Fahrkarte ins Jenseits.
(4730) DM 4,80
Nackt, mit heiler Haut.
(4715) DM 4,80

Hughes, Dorothy B.
Der Tod tanzt auf den
Straßen.
(4900) DM 4,80

Knox, Bill
Frachtbetrug.
(4909) DM 4,80
Zwischenfall auf Island.
(4899) DM 4,80
Tödliche Fracht.
(4906) DM 4,80
Whisky macht das Kraut
nicht fett.
(4873) DM 4,80
Gestrandet vor der Bucht.
(4842) DM 3,80

Law, Janice
Zwillings-Trip.
(4817) DM 3,80

Lewis, Roy
Morgen wird abgerechnet.
(4856) DM 3,80
Nichts als Füchse.
(4761) DM 3,80

Lockridge, F.R.
Lautlos wie ein Pfeil.
(4051) DM 3,80
Schluß der Vorstellung.
(4750) DM 4,80
Sieben Leben hat die Katze.
(4820) DM 4,80

Lutz, John
Augen auf beim Kauf.
(4803) DM 3,80

MacKenzie, Donald
Der Fall Kerouac.
(4901) DM 4,80
Notizbuch der Angst.
(4883) DM 3,80
Die tödliche Lektion.
(4822) DM 3,80

Maling, Arthur
Eine Aktie auf den Tod.
(4807) DM 4,80
Manipulationen.
(4854) DM 4,80

Marsh, Ngaio
Der Tod im Frack.
(4908) DM 6,80
Mylord mordet nicht.
(4910) DM 6,80
Fällt er in den Graben,
fällt er in den Sumpf.
(4912) DM 5,80
Ouvertüre zum Tod.
(4902) DM 5,80
Tod im Pub.
(4904) DM 5,80

Martin, Robert
Gute Nacht und süße
Träume.
(4764) DM 4,80

Nielsen, Helen
Ein folgenschwerer
Freispruch.
(4885) DM 4,80

Ormerod, Roger
Blick auf den Tod.
(4819) DM 3,80

Postgate, Raymond
Das Urteil der Zwölf.
(4896) DM 4,80

Roberts, Willo Davis
Tatmotiv: Angst.
(4776) DM 4,80

Roffman, Ian
Trauerkranz mit Liebesgruß.
(4881) DM 4,80

Sayers, Dorothy
Es geschah im Bellona-Klub.
(3067) DM 4,80
Geheimnisvolles Gift.
(3068) DM 4,80
Mord braucht Reklame.
(3066) DM 4,80

Siller, Hilda van
Der Bermuda-Mord.
(4734) DM 3,80
Das Ferngespräch.
(4758) DM 4,80
Ein fairer Prozeß.
(4635) DM 4,80
Ein Familienkonflikt.
(4767) DM 3,80
Der Hilfeschrei.
(4702) DM 3,80
Küß mich und stirb.
(4743) DM 3,80
Die Mörderin.
(4720) DM 3,80
Pauls Apartment.
(4725) DM 3,80
Die schöne Lügnerin.
(4621) DM 3,80
Niemand kennt Mallory.
(4751) DM 3,80

Smith, Charles Merrill
Reverend Randollph und der
Racheengel.
(4860) DM 4,80
Die Gnade GmbH.
(4905) DM 5,80

Stout, Rex
Die Champagnerparty.
(4062) DM 4,—
Gambit.
(4038) DM 4,—
Gast im dritten Stock.
(2284) DM 4,—
Das Geheimnis der
Bergkatze.
(3052) DM 4,—
Gift à la carte.
(4349) DM 4,—
Die goldenen Spinnen.
(3031) DM 4,—
Morde jetzt — zahle später.
(3124) DM 4,—
Orchideen für sechzehn
Mädchen.
(3002) DM 4,—
P.H. antwortet nicht.
(3024) DM 4,—
Das Plagiat.
(3108) DM 4,80
Der rote Bulle.
(2269) DM 4,—
Der Schein trügt.
(3300) DM 4,—
Vor Mitternacht.
(4048) DM 4,—
Per Adresse Mörder X.
(4389) DM 4,80
Zu viele Klienten.
(3290) DM 4,—
Zu viele Köche.
(2262) DM 4,—
Das zweite Geständnis.
(4056) DM 4,—
Wenn Licht ins Dunkle fällt.
(4358) DM 4,—

Truman, Margaret
Mord im Weißen Haus.
(4907) DM 5,80

Upfield, Arthur W.
Bony stellt eine Falle.
(1168) DM 4,—
Bony übernimmt den Fall.
(2031) DM 4,—
Bony und der Bumerang.
(2215) DM 4,—
Bony und die Maus.
(1011) DM 4,80
Bony und die schwarze
Jungfrau.
(1074) DM 4,—
Bony und die Todesotter.
(2088) DM 4,—
Bony und die weiße Wilde.
(1135) DM 4,—
Bony wird verhaftet.
(1281) DM 4,80

Fremde sind unerwünscht.
(1230) DM 4,—
Gefahr für Bony.
(2289) DM 4,—
Die Giftvilla.
(180) DM 4,80
Ein glücklicher Zufall.
(1044) DM 4,80
Die Junggesellen von
Broken Hill.
(241) DM 4,80
Der Kopf im Netz.
(167) DM 4,80
Die Leute von nebenan.
(198) DM 4,80
Mr. Jellys Geheimnis.
(2141) DM 4,—
Der neue Schuh.
(219) DM 4,80
Der schwarze Brunnen.
(224) DM 4,—
Der streitbare Prophet.
(232) DM 4,80
Todeszauber.
(2111) DM 4,—
Viermal bei Neumond.
(4756) DM 4,80
Wer war der zweite Mann?
(1208) DM 4,—
Die Witwen von Broome.
(142) DM 4,80
Bony kauft eine Frau.
(4781) DM 3,80

Wainwright, John
Gehirnwäsche.
(4903) DM 4,80

Wallace, Penelope
Toter Erbe — guter Erbe.
● (4893) DM 3,80
Das Geheimnis des
schlafwandelnden Affen.
● (4849) DM 3,80

Weinert-Wilton, Louis
Die chinesische Nelke.
(53) DM 5,80
Der Drudenfuß.
(233) DM 4,80
Die Königin der Nacht.
(281) DM 4,80
Der Panther.
(5) DM 4,80
Der schwarze Meilenstein.
(4741) DM 4,80
Der Teppich des Grauens.
(106) DM 4,80
Die weiße Spinne.
(2) DM 4,80

Woods, Sara
Kommt nun zum Spruch.
(4913) DM 4,80
Der Mörder tritt ab.
(4878) DM 4,80
Verrat mit Mord garniert.
(4882) DM 4,80
Ein Dieb oder zwei.
(4784) DM 4,80

lui

DAS EUROPÄISCHE MÄNNERMAGAZIN

Wir halten
nur die verwöhntesten Männer
in Spannung.

Urteilen Sie
selbstkritisch, ob Sie
dazugehören könnten.

Das neueste Heft
gibt es
an jedem besseren Kiosk